Julia Rösner

DAS FALLEN DER BLÄTTER

Roman

AF219420

Bibliografische Information der Deutschen Nationalbibliothek:
Die Deutsche Nationalbibliothek verzeichnet diese Publikation
in der Deutschen Nationalbibliografie; detaillierte bibliografische
Daten sind im Internet über http://dnb.d-nb.de abrufbar.

Umschlaggestaltung, Umschlagbild & Satz: Robert Rösner
Lektorat: Thomas Montag

ISBN 9783752627008

Für die vielen lieben Menschen im
Münchner Förderzentrum,
von denen ich so viel lernen durfte

Julia Rösner (Jahrgang 1983) schreibt seit ihrem elften Lebensjahr Gedichte, Kurzgeschichten und Romane. Von ihr behandelte Themen wie der Umgang mit Verlust und Lebenskrisen, sowie ethischen und spirituellen Fragen fügen sich harmonisch ein in Geschichten über Liebe, Familie und Freundschaft. Sie ist als Magisterpädagogin in der Beratung für Menschen mit Behinderung tätig und lebt mit ihrem Ehemann und ihrem Kater südlich von München.

Fallende Blätter,
ein Erstrahlen
des Vergehens.
Mit bunten Farben
lockt uns die Natur,
um teilzuhaben
am letzten Tanz,
am Schauspiel der Vergänglichkeit.
Tanze mit,
meine Seele!
Lächelnd und frei
im bunten Kleid -
deiner Wandlung entgegen.

KAPITEL EINS

Die Weinblätter leuchteten in den herrlichsten Farben von goldgelb über orange bis hin zu einem zarten Rot. Und dann gab es auch Stellen, an denen das Grün des Sommers noch nicht gänzlich verschwunden war und weiter strahlte wie eine Erinnerung an heiße Tage. Die Pflanzen rankten und reckten sich entlang der Hauswand, rund herum um das Fenster und die Eingangstür, die sich gleich daneben befand. Sie bildeten einen bunten Rahmen wie einen wunderbar herzlichen Willkommensgruß, so, wie sie es immer schon getan hatten im Herbst.

Elisabeth stand davor und hatte einen Kloß im Hals. Wie lange war sie nicht mehr hier gewesen? Drei Jahre? Eine halbe Ewigkeit. Von drinnen konnte sie Musik hören, die durch das schräg gestellte Fenster drang. Dahinter befand sich die Küche und silhouettenhaft konnte sie jemanden auf- und abgehen sehen. Doch auf einmal hielt die Person in ihren Bewegungen inne. Sie schien Elisabeth erblickt zu haben, denn im nächsten Moment wurde die Haustür geöffnet und eine junge Frau Anfang zwanzig lächelte sie an.

„Oh, hallo, ich bin Sabine", stellte sie sich vor. Sie hatte braune Haare, die sie nach oben hochgesteckt trug. Elisabeth grüßte zurück, stellte sich vor und fügte zögerlich hinzu: „Hatten wir telefoniert?"

Die junge Frau jedoch schüttelte den Kopf und berichtigte: „Nein, das war meine Chefin."

Aus dem Inneren des Hauses war ein Poltern zu vernehmen, was sie veranlasste, leicht ihre Augen zu verdrehen und die Tür vollständig zu öffnen. „Es ist gut, dass Sie da sind", raunte sie, als Elisabeth an ihr vorbeiging. Der

Eingangsbereich roch urtümlich nach altem Holz und Weihrauch, und Elisabeth hatte sich immer schon gefragt, woher genau dieser sakrale Geruch herrührte. War es das Alter des Hauses oder seine Lage? Stieg er von den alten Dielenböden auf? Beim Eintreten bemerkte sie, dass das Holz des Bodens Pflege gebrauchen konnte, denn stellenweise waren Streifen darauf zu erkennen. Sabine ging mit schnellen Schritten voran über den Flur in Richtung Wohnzimmer, von wo das Poltern augenscheinlich gekommen war. Elisabeth folgte ihr langsam. Der Gang war nicht sehr hell, und seine Wände hingen voller Bilder der unterschiedlichsten Maler, die Elisabeths Mutter noch gekauft hatte. Offenbar hatte Dagmar sie alle hängen lassen, auch wenn sie zum Teil recht kitschig waren. Das Bild direkt neben Elisabeths Kopf zeigte beispielsweise ein Mädchen, das durch einen Wald aus Fichten und anderen Nadelhölzern ging. Eine Schar verschiedener Tiere wie Füchse, Hasen und Vögel folgten ihm friedlich. Elisabeth wusste beim besten Willen nicht, was das für eine Szene sein sollte. Etwa aus einem Märchen? Sie schüttelte mit einem leisen Lachen den Kopf. Offenbar mochte ihre Schwester Dagmar solchen Kitsch ebenso, wie es ihre Mutter getan hatte. Davon zeugten auch diverse Figuren und Vasen mit Tiermotiven, welche auf der Kommode neben der Wohnzimmertür standen. Aus dem Zimmer waren gedämpfte Stimmen zu hören, doch Elisabeth konnte nur wenig verstehen.

„Ich mache das schon, Frau Gothe…“. Das war Sabine gewesen. Dagmars Stimme klang in Elisabeths Ohren rau und irgendwie seltsam. So lange hatte sie sie nicht mehr in natura gehört, zuletzt als sie ihr in der Klinik gesagt hatte, sie könne gehen… Vor beinahe acht Wochen also. Seitdem hatten sie nur sporadisch telefoniert und kurze Gespräche geführt, in denen Dagmar immer nur gesagt hatte, es wäre alles in Ordnung.

„Jaja, das machen Sie alles", erwiderte sie nun harsch, schob dann aber leise hinterher: „Danke."

Elisabeth spähte durch den Türspalt und sah, wie Sabine ein paar Bücher vom Boden aufhob. Sie erwiderte kurz Elisabeths Blick, dann blickte sie in die Richtung, in der Dagmar sich befinden musste. Ein Husten war von dort zu hören.

„Frau Gothe, da ist jemand zu Besuch gekommen", sagte Sabine und schien auf eine Reaktion zu warten. Die kam auch prompt.

„Muss das sein?", raunzte Dagmar ziemlich unfreundlich. So mürrisch kannte Elisabeth ihre Schwester nicht, aber andererseits konnte sie auch nicht behaupten, sie besonders gut zu kennen. Zumindest nicht mehr. Das war lange her...

Elisabeth machte einen weiteren Schritt nach vorne in Richtung der Wohnzimmertür. Nahe an der Wand befand sie sich nun, und so übersah sie die blaue Bodenvase, gegen die ihr Fuß trat, und die sie nur mit viel Glück davon abhalten konnte zu fallen. Ein durchdringendes Scheppern konnte sie jedoch nicht verhindern.

„Wer ist da?", rief es von innen. Es half nichts: jetzt konnte Elisabeth sich nicht mehr verstecken. Sie drückte die Tür weiter auf und stand im Wohnzimmer, ihrer Schwester gegenüber. Die Sekunden tickten zwischen ihnen hinweg. Endlose Sekunden.

Der Anruf war so überraschend gekommen für Elisabeth, dass sie sich nun gar nicht mehr an alles erinnern konnte. Aber sie hatte noch genau diese Stimme im Ohr, die sie noch nie zuvor gehört hatte und die ihr ruhig erklärte, woher sie Elisabeths Nummer hatte. In ihrem Kopf hatte sich alles gedreht von der Flasche Wein, die sie gerade zuvor alleine geleert hatte. Sie, die eigentlich gar keinen Alkohol vertrug und noch nie gerne getrunken hatte. Bis zu diesen verhängnisvollen

Monaten, in denen ihr eigenes Leben komplett durcheinander geraten war...

Und dann dieser Anruf. Draußen vor ihrem Fenster hatten zwei Tauben unaufhörlich gegurrt und waren aufgeregt auf und ab geflattert wie eine Untermalung für den nächsten Satz der Anruferin: ‚Es geht um Ihre Schwester.'

Dagmar war blond wie Elisabeth selbst, aber in ihrer langen Haarpracht erschienen noch nicht ganz so viele graue Strähnen wie in der ihrer Schwester. Jetzt trug sie sie mit einem grünen Tuch nach oben gebunden, dazu eine rote Bluse und dunkelbraune Jeans. Farbenfroh, das war ihre Erscheinung schon immer gewesen. So farbenfroh, wie die Weinblätter draußen am Eingang.

Elisabeth wusste später nicht mehr, wer von ihnen die erste Bewegung gemacht hatte, aber deutlich erinnerte sie sich an Dagmars Hände, die auf metallenen Reifen lagen. Sie klammerten sich förmlich fest an diesen Reifen, die dazu dienten, ihren Rollstuhl fortzubewegen. Ihre rechte Hand war eingespannt in einer Art Schiene, die den kleinen Finger und den Zeigefinger streckte.

Und Elisabeth erinnerte sich später daran, dass Sabine sich irgendwann räusperte und mit den Worten „ich lasse Sie mal alleine" den Raum verließ.

Da standen sie nun, nach all der Zeit. Beziehungsweise Elisabeth stand und Dagmar saß in diesem Rollstuhl und schaute zu ihr hoch. Ihre Beine wirkten schief und irgendwie steif. Irgendwie nicht richtig. Es sah schrecklich aus.

„Hallo Dagmar", schaffte Elisabeth nach einer gefühlten Ewigkeit zu sagen. Die Pause, die darauf folgte, war unerträglich. Warum sagte ihre Schwester nichts? Warum starrte sie sie nur so an? Dabei war es eigentlich Elisabeth, die hätte starren müssen, denn auch wenn sie nach dem Anruf des Pflegedienstes eine Vorstellung von Dagmars Zustand gehabt hatte, so war es doch ein Schock, sie nun so zu sehen. Ihre kleine Schwester.

„Die vom Pflegedienst haben mich angerufen", fuhr Elisabeth fort, um die Stille zu unterbrechen. Dagmar blickte sie weiter an, dann schluckte sie schließlich und drehte sich mit dem Rollstuhl zur Seite.

„Mit dir habe ich jetzt nicht gerechnet", sagte sie so leise, dass es kaum verständlich war. Ihren Blick hielt sie auf das Fenster gerichtet. Vom Gang her, wohl aus der Küche, waren klappernde Geräusche zu hören. Offenbar hantierte Sabine mit Geschirr oder etwas Ähnlichem. Elisabeth zog ihren Mantel aus, hängte ihn über die Sessellehne und trat neben Dagmar. Vom Wohnzimmerfenster aus konnte man in den Garten schauen, hinter dem sich eine Wiese erstreckte. Die Buchen und Ahornbäume dort trugen gelbe und braune Blätterkleider, die schon reichlich dünn geworden waren und aus denen immer wieder Blätter hinunter segelten wie bunte Regenschauer. Sie tanzten im goldenen Schein der Nachmittagssonne und sammelten sich auf dem moosbedeckten Boden. Buntes vergehendes Leben.

Erneut klapperte es von der Küche her, und dieses Mal klang es nach Töpfen, fast so, als würde Sabine etwas kochen.

„Sie ist nett", stellte Elisabeth mit einer Geste in Richtung Küche fest, eigentlich nur, um irgendetwas zu sagen. Dagmar jedoch erwiderte nichts, und sie bewegte auch ihren Blick nicht weg vom Fenster. So weit weg schien sie zu sein mit ihren Gedanken, doch gerade, als Elisabeth weitersprechen wollte, erhob sie ihre Stimme: „Warum bist du gekommen?"

Auch wenn Elisabeth mit dieser Frage gerechnet hatte, fühlte sie sich dennoch von ihr überrumpelt. Oder war es Dagmars Anblick, der ihr diesen Stich erneut versetzt hatte? Der Rollstuhl und ihre schiefen Beine, die so falsch aussahen? Dachte ihre Schwester wirklich,

15

das würde sie kaltlassen? Elisabeth hätte sie am liebsten geschüttelt!

„Oh, Dagmar!", rief sie aus und konnte einen Blick auf den Rollstuhl nicht unterdrücken. „Wie könnte ich denn nicht kommen?"

Sie hob ihre Arme wie zu einer Umarmung, ließ sie jedoch gleich wieder sinken. Der Blick ihrer Schwester wirkte verwundert, fast abweisend, so als wäre ihr Elisabeths emotionaler Ausbruch peinlich. Wieder klang ihre Stimme harsch und rau, als sie erwiderte: „Du hast dich ja auch nicht oft herbemüht, als Mutter krank war!"

Elisabeth konnte ein genervtes Schnaufen nicht unterdrücken. Das war nicht fair, dass Dagmar jetzt wieder damit anfing! Sie hatte ja keine Ahnung, wie es in Elisabeths Leben aussah und auch vor vier Jahren ausgesehen hatte, als die Mutter krank gewesen war. So oft es ihr möglich gewesen war, hatte sie versucht zu kommen. Sie hatte sich so viel Zeit aus den Rippen geschnitten, wie es ihr Job und ihr Leben zugelassen hatten. Aber für Dagmar war das einfach nicht genug. Elisabeth versuchte, ihren Ärger hinunterzuschlucken. Sie wollte jetzt nicht mit ihrer Schwester streiten. Mit einem Seufzen ließ sie sich in den Sessel sinken, was Dagmar mit einem höhnischen Grinsen quittierte. Oder war es verbittert?

„Ja, setz dich. Ich sitze schon." Und leise raunte sie noch hinterher: „Wenn auch nicht bequem." Sie rückte in dem Rollstuhl etwas hin und her, schien jedoch keine gute Position finden zu können. Hatte sie Schmerzen?

„Ich hatte gehofft, wir könnten reden", sagte Elisabeth leise und bemühte sich, es versöhnlich klingen zu lassen, doch die erhoffte Reaktion blieb aus. Dagmar starrte nur weiter aus dem Fenster. Was dachte sie? Was fühlte sie? Es war so lange her, dass Elisabeth aus den

16

Zügen ihrer Schwester hatte lesen können, was in ihr vorging.

Und auf einmal fühlte Elisabeth sich zurückversetzt in die Klinik, wo ihr eine Ärztin erklärt hatte, wie schlimm Dagmar bei dem Autounfall verletzt worden war. Bis auf den Verband um ihren Kopf hatte sie völlig normal ausgesehen...Nie hätte Elisabeth sich vorstellen können, dass sie nicht wieder ganz gesund werden würde. Dagmar straffte jetzt ihren Oberkörper und atmete hörbar aus.

„Wie geht es Johannes?", fragte sie in einem trockenen Ton, der Elisabeth signalisierte, dass herzlich wenig Interesse an der Antwort bestand. Dagmar hatte den Ehemann ihrer Schwester noch nie gemocht. Warum genau, hatte sie nie gesagt...er war ihr wohl zu eingebildet, so fern ihrer Lebenswirklichkeit. Aber was konnte er dafür, dass sie nie herausgekommen war aus ihrer kleinen Welt! Elisabeth spürte erneut Wut in sich aufsteigen, aber sie zwang sich, ruhig zu atmen. Sie antwortete mit einem knappen „Gut" und beließ es dabei. Und so saßen die beiden Frauen eine ganze Weile schweigend nebeneinander, bis die Schritte der Krankenschwester auf dem Gang zu hören waren. Zurückhaltend steckte Sabine den Kopf zur Tür hinein und sagte: „Das Abendessen ist fertig, Frau Gothe."

Ruckartig wendete die Angesprochene den Rollstuhl um 180 Grad und schob ihn wortlos in Richtung Tür, als wäre sie froh über die Beendigung der Schweigeszene mit ihrer Schwester. Als Dagmar an ihr vorbei rollte fiel Elisabeth auf, dass auch ihre Finger unnatürlich verkrampft waren, wie sie die Reifen des Rollstuhls bewegten. Woher kam das? Dagmar hatte doch laut der Ärztin in der Klinik nur eine Kopfverletzung erlitten. Wieso war sie jetzt körperlich so eingeschränkt und wie lange würde das noch so bleiben? Der Rollstuhl jedenfalls sah nicht so aus, als hätte er noch eine lange

17

Lebensdauer vor sich. Das Metall daran glänzte nicht mehr, sondern war stumpf geworden. Die Schiebegriffe waren abgenutzt, und auch das Gummi der Reifen war dreckig und von langer Nutzung gezeichnet. Es sah mühsam aus, wie Dagmar ihn vorwärtsbewegte.

Langsam erhob Elisabeth sich aus dem Sessel, nahm ihren Mantel und folgte ihrer Schwester auf den Gang in Richtung Küche. Wieder vorbei an den Figuren, Vasen und Bildern. An der Küche angekommen, schlüpfte sie in ihren Mantel und knöpfte ihn zu. Sabine, die in der Tür stand, schaute sie verwundert an.

„Essen Sie nicht mit?", fragte sie, aber Elisabeth schüttelte nur den Kopf. Im Vorbeigehen sah sie, dass der Tisch in der Küche für drei Personen gedeckt war. Dagmar hatte ihren Rollstuhl an eine der Tischseiten geschoben, nicht ohne mehrfach gegen die Tischbeine gefahren zu sein. Ihren Blick hielt sie vom Gang abgewandt und fixierte stur die Töpfe, die auf dem Tisch vor ihr standen. Elisabeth zögerte. Ihr Magen krampfte sich bei dem Anblick zusammen, und niemals hätte sie jetzt einen Bissen hinuntergebracht.

„Tschüs, Dagmar", rang sie sich durch zu sagen, bekam jedoch keine Antwort. Sabine zuckte nur hilflos mit den Schultern, und als Elisabeth die Klinke der Haustür hinunterdrückte flüsterte sie: „Kommen Sie wieder?"

Elisabeth schaffte nicht mehr als ein Nicken. Ohne sich von der netten Pflegerin angemessen verabschiedet zu haben, stolperte sie aus der Tür, über den kleinen, matschigen Weg davor bis zu ihrem Auto an der Straße, wo sie, sobald sie die Tür geschlossen hatte, in Tränen ausbrach. Bittere Tränen.

KAPITEL ZWEI

Ruhig lag der See inmitten der bunten Bäume, die an seinem Ufer ringsherum wuchsen. Ruhig, grau und einsam. Im Sommer kamen hier einige Leute her, um zu baden, aber im Herbst waren allenfalls ein paar Menschen mit ihren Hunden unterwegs. Jetzt jedoch war bis auf das Zwitschern einzelner Vögel und das Rauschen des Windes in den Bäumen nichts zu vernehmen. Eine ganze Weile schon stand Elisabeth regungslos am Ufer. Sie spürte die Feuchtigkeit des Grases durch den dünnen Stoff ihrer Schuhe ziehen. Nasses Laub um sie herum roch intensiv, und diese Wahrnehmung versetzte sie sanft zurück in frühere Tage. In Tage ihrer Jugend, in denen sie mit Genuss durch die Haufen bunten Laubes gelaufen war an diesem Ort.

Von allen Dingen, die sie hier in ihrer Heimat erwartet hatten, hatte sie sich am meisten nach diesem See im Wald gesehnt, mehr noch als nach der Begegnung mit Dagmar. Zumindest mit Dagmar, so wie sie jetzt war. Wo waren sie hin, die Kinder, die sie einst gewesen waren? Viele Stunden und Tage hatte Elisabeth hier damals verbracht, vor allem mit ihrer Schwester zusammen. Hier hatten sie schon geplanscht als Elisabeth vielleicht acht oder neun gewesen war. Anfangs war ihre Mutter noch immer dabei gewesen, aber als die sich sicher gewesen war, dass ihre Mädchen gut genug schwimmen konnten, hatte sie sie auch alleine hierherkommen lassen.

‚Aber passt aufeinander auf!‘, hatte sie ihnen immer hinterhergerufen, und die Mädchen hatten es versprochen. Jedes Mal. Da sie zwei Jahre älter war als Dagmar, hatte Elisabeth immer eine besondere Verantwortung

19

verspürt. Wann hatte sich das geändert? Spätestens, als sie selbst auf die Uni gegangen war, während Dagmar im Ort eine Ausbildung als Erzieherin angefangen hatte. Für Elisabeth hatte sich dieser Schritt hinaus aus dem Elternhaus wie ein neues Leben angefühlt. Nicht, dass ihr bisheriges Leben schlecht gewesen wäre, aber im Laufe der Jahre hatte sie sich immer eingeengter gefühlt. Die immer gleiche Umgebung, dieser Ort, in dem nie etwas passierte und in dem man keine neuen Menschen kennenlernen konnte.

‚Warum können wir nicht einmal in den Urlaub fahren? Nach Frankreich, oder so?‘, hatte sie wieder und wieder gebettelt. ‚Ach Lissi, wir haben es doch hier so schön“, war die ewig gleiche Antwort ihrer Eltern gewesen. Elisabeth hatte es in die große Welt hinausgezogen mit all ihren Facetten und Möglichkeiten. Auf Verständnis, auch das ihrer Schwester, hatte sie vergeblich gehofft. Ihre Eltern hatten wochenlang auf sie eingeredet, weshalb sie partout in die ferne große Stadt ziehen wolle, wo sie genauso gut in der Nähe des Elternhauses studieren konnte. Dann hätte sie auch zu Hause wohnen können, und nicht in einer Studenten-WG. Dass es genau das war, was ihre Tochter nicht wollte, konnten sie einfach nicht verstehen.

Irgendwann, nach langen Wochen des Konflikts, hatten sie dennoch nachgegeben, vielleicht weil sie gehofft hatten, ihre älteste Tochter würde nach dieser Phase, wie sie es nannten, wieder zurückkehren in den Schoß der Heimat. Ihre entsetzten Gesichter hatte Elisabeth noch heute deutlich vor Augen, nachdem sie ihnen später mitgeteilt hatte, sie wolle sich nach dem Studium in der Stadt eine eigene Wohnung kaufen. Übermütig war sie gewesen damals, und heute musste sie selbst den Kopf darüber schütteln. Aber zu dieser Zeit wäre alles andere keine Option für sie gewesen. Sie wollte ihre Hälfte des Elternhauses, die sie irgendwann erben würde, nicht behalten! Sie wollte etwas Neues und Eigenes für sich alleine! Monatelang hatte sich der Streit zwischen ihr und ihren Eltern hingezogen. Und Dagmar? Die hatte stets den elterlichen Argumenten beigepflichtet. Wie Elisabeth die Familie so im Stich lassen könne, und ob ihr an dem Haus und der Heimat denn gar nichts läge. Und dass sie undankbar sei, indem sie sich so von der Familie abwandte. Dass die Eltern irgendwann, wohl um des Familienfriedens willen, auch hier eingelenkt und Elisabeth ihr Erbe peu à peu ausgezahlt hatten, war bei Dagmar auf reine Ablehnung gestoßen. Dabei hätte sie eigentlich auch froh sein können, das Haus irgendwann alleine zu erben, dachte Elisabeth nun. Dagmar hatte ihr Leben lang nie woanders gewohnt. Sie war eben die brave Tochter, Elisabeth die trotzige. Was ihre Eltern und ihre Schwester nicht wussten war, dass Elisabeth all diese Vorwürfe und Auseinandersetzungen mehr zu Herzen gingen, als sie je zugegeben hätte. Kein Wunder, dass sie seit diesen unruhigen Zeiten immer mit Hemmungen und Gewissensbissen zu kämpfen gehabt hatte, wenn sie ihre Familie besucht hatte.

Elisabeth schreckte aus ihren Gedanken hoch, weil ein Eichhörnchen direkt an ihr vorbeihuschte, so flink, dass es ein paar der trockenen Blätter am Boden aufwirbelte. Trotz seiner Eile konnte sie erkennen, dass es eine Eichel im Maul trug. Blitzschnell hüpfte es hin und her, blieb dann am Boden sitzen, um mit den Krallen zu graben und den wertvollen Fund zu verbuddeln. Und obwohl das eine so einfache Szene war, fühlte Elisabeth sich von ihr tief gerührt, und sie genoss es, dem kleinen flauschigen Tier weiter bei seinen Wintervorbereitungen zuzusehen.

Auf einmal kam ihr ein Erlebnis in den Sinn, das schon so lange her war, dass sie sich über die Erinnerung sehr wunderte: wie jedes Jahr im Herbst hatten Dagmar und sie Kastanien, Eicheln, Haselnüsse und Bucheckern im

21

Wald gesammelt. Meist bastelten sie zu Hause dann damit Figuren oder Schmuck. Aber an diesem Tag vor so vielen Jahren hatten sie viel mehr gesammelt als sonst und hatten beide zwei große Tüten voller Waldfrüchte mit sich herumgeschleppt, bis sie irgendwann keine Lust mehr gehabt hatten. Und in einem Schub kindlicher Eingebung hatten sie die Tüten schließlich unter einem Baum ausgeleert, sodass ein riesiger Haufen entstanden war. Ohne sich weiter darum zu kümmern, hatten sie weiter in den umliegenden Bäumen gespielt und sich dann auf der weichen Moosdecke ausgeruht. Und auf einmal war ihnen aufgefallen, dass ein Eichhörnchen um sie herumsprang, zu dem Haufen eilte, sich eine Nuss oder Eichel schnappte und damit weghuschte, und das immer wieder. Aus einem wurden fünf Eichhörnchen, die sich mit Eifer über die unbeabsichtigte Gabe hergemacht hatten. Was hatten sie und ihre Schwester für eine Freude an diesem Schauspiel gehabt! Unwillkürlich suchte Elisabeth mit ihrem Blick den Boden ab, denn zu gerne hätte sie nun eine Kastanie gefunden zwischen all den Blättern. Aber mehr als ein paar verschrumpelte Eicheln entdeckte sie nicht. Sie bückte sich danach, sammelte sie auf, um sie dann einer plötzlichen Laune folgend, mit Schwung in den See zu werfen, wo sie mit leisem Platschen die Wasseroberfläche durchbrachen. Die zuvor ruhige Oberfläche zitterte noch eine ganze Weile nach und Elisabeth war fasziniert, welche Wirkung solch kleine Objekte wie Eicheln haben konnten. Gerade als sie sich erneut bücken wollte, um dieses Mal ein paar Steine zum Werfen aufzulesen, bemerkte sie, dass jemand den Weg durch den Wald entlangkam. Es war Sabine.

„Oh, hallo!", rief sie, genau wie bei ihrer ersten Begrüßung am Vortag, „das ist eine Überraschung, Sie hier zu treffen. Die letzten Tage war hier nie jemand."

Sie trat neben Elisabeth und fuhr sich durch ihre schulterlangen Haare, die vom Wind etwas durcheinander waren. Dann nahm sie einen Haargummi aus ihrer Jackentasche und band die Haare zusammen, während sie erklärend hinzufügte:

„Ich spaziere hier in meinen Pausen oft hin. Aber keine Sorge!" Sie deutete auf eine Handytasche an ihrem Hosenbund. „Ihre Schwester kann mich jederzeit erreichen, wenn sie mich braucht."

Elisabeth glaubte gerne, dass Dagmar davon Gebrauch machen würde bei Bedarf. Wie war es wohl für Sabine, ihre Pflegekraft zu sein? Natürlich wechselte sie sich mit Kolleginnen ab, mit denen sie sich die Schichten teilte. Elisabeth wusste, dass Dagmar von mehreren Personen betreut wurde. Dennoch stellte sie es sich anstrengend vor, ständig nur auf die Bedürfnisse anderer eingehen zu müssen, auch wenn sie von ihrer eigenen Arbeit Stress gewohnt war. Vielleicht waren ihr genau deshalb die ungestörten Feierabendstunden so heilig.

Um die Pause zwischen ihnen zu beenden, räusperte sie sich und sagte: „Wir waren hier oft in unserer Jugend, meine Schwester und ich."

Sabine nickte wissend und erwiderte: „Das hat Ihre Schwester auch erzählt."

Tatsächlich? Elisabeth fragte sich unweigerlich, was Dagmar noch über sie erzählt hatte. Etwas mehr über ihre Kindheit hier in der Gegend und im Elternhaus? Oder dass Elisabeth so weit weg wohnte und arbeitete? Hatte Dagmar gesagt, warum sie ihre Schwester nicht selbst längst angerufen hatte?

„Sie hat mir gesagt, dass sie noch nie woanders als in dem Haus gewohnt hat", fuhr die Krankenschwester prompt fort. „Und darüber wollten wir mit Ihnen reden." Sie sah Elisabeth so direkt an, dass es unangenehm war.

„Ihre Schwester will weiterhin dort wohnen, aber das Amt zahlt nicht für den Lebensunterhalt, wenn so ein großes Vermögen vorhanden ist. Also, ein Haus mit Garten, das zu groß ist für sie alleine. Wir haben versucht, ihr das klarzumachen, aber Ihre Schwester weigert sich, es zu verstehen."

Sie sprach nicht direkt aus, was das bedeutete, obwohl es logisch ersichtlich war: das Haus musste verkauft werden. Elisabeth spürte, wie sehr sie diese Erkenntnis schmerzte. Dieses Haus war immerhin der Ort ihrer Kindheit, an dem sie beide von ihren Eltern großgezogen worden waren. Und es war Dagmars einzige Heimat. Elisabeth selbst hatte diesem Ort schon vor langer Zeit ein Stückweit Lebewohl gesagt, als sie ausgezogen war. Nein, was sie so sehr traf, war nicht der drohende Verlust des Hauses, das wurde ihr schlagartig klar. Es war diese Endgültigkeit, die in Sabines Stimme gelegen hatte. Die Unabänderlichkeit der Wahrheit.

„Kann es nicht sein, dass sie sich noch weiter von dem Unfall erholt?", fragte sie vorsichtig. Sabine bedachte sie mit einem mitleidigen Blick, dann schüttelte sie den Kopf.

„Frau Steiner, Ihre Schwester hat massive Kopfverletzungen erlitten, und diese spastischen Lähmungen sind durch Schäden am Gehirn verursacht." Sie machte eine kleine Pause, dann berührte sie Elisabeth am Arm und fügte leise hinzu: „Es tut mir leid, aber an ihrem Zustand wird sich nicht mehr viel ändern, auch nicht mit der Physiotherapie, die sie bekommt."

Elisabeth spürte, wie ihr die Tränen in die Augen traten. Aus Traurigkeit, aber auch aus Wut. Warum hatte das passieren müssen? Sie hatte in den letzten Monaten schon so viel verloren, und jetzt sollte sie auch noch ihre Schwester verlieren! Denn ein bisschen so fühlte es sich an. Sie schluckte.

24

„Was ist denn genau passiert, seit sie in der Klinik war?" Das war eine Frage, die Elisabeth seit gestern bewegte. Eigentlich schon viel länger, aber sie war in der Fülle ihrer Arbeit und eigenen Sorgen untergegangen. Sie hatte alle Gedanken und Ängste zu ersticken versucht in ihrer Arbeitswut. Und schließlich war es Dagmar gewesen, die sie weggeschickt hatte aus der Klinik. Kein Grund zur Besorgnis, das brauche alles nur seine Zeit. Sogar die Ärztin hatte sich optimistisch gezeigt. Niemals hätte Elisabeth es für möglich gehalten, dass Dagmar nie mehr würde gehen können! „Ich habe Ihnen schon mehr erzählt als ich dürfte", hörte sie nun Sabines Stimme neben sich. Klar, als Krankenpflegerin hatte sie eine Schweigepflicht. Streng genommen hätte der Pflegedienst Elisabeth nicht einmal kontaktieren dürfen. Es hatte jedenfalls nicht so gewirkt, als hätte Dagmar dazu ihr Einverständnis gegeben.
„Ihre Schwester war in der Reha depressiv, das geht aus den Arztbriefen hervor. Und ich habe das auch schon hin und wieder bei ihr bemerkt", fuhr Sabine dennoch fort. Sie blickte Elisabeth erneut direkt an.
„Ich denke, sie braucht Hilfe. Ihre Hilfe." Ihr Blick war nun richtig eindringlich, und einen Moment lang verharrte sie so. Sie wirkte so emotional, dass Elisabeth langsam den Eindruck gewann, diese junge Frau war es gewesen, die ihre Chefin zu dem Anruf bei ihr überredet hatte. Und zum Missachten der Schweigepflicht. „Es muss auch entschieden werden, in welche Einrich-tung sie gehen kann, oder ob sie vielleicht doch dau-erhaft ambulant gepflegt werden kann", sprach Sabine nun weiter. Emotional war sie vielleicht, aber auch sehr pragmatisch. Momentan etwas zu pragmatisch für Elisabeths Geschmack. Wo sollte Dagmar denn hin? In ein Altersheim etwa? Mit 41 Jahren! Das konnte nicht ihr Ernst sein!

Elisabeth wischte sich übers Gesicht und bedeutete ihrer Gesprächspartnerin mit einem Nicken, dass sie verstanden hatte. Auf einmal machte Sabine eine Kopfbewegung in die Richtung, in welcher sich entlang des Waldweges, etwa 300 Meter entfernt, das Haus befand. „Ich muss zurück", sagte sie, „um vierzehn Uhr wird das Bett geliefert."

„Das Bett?", hakte Elisabeth nach, als die junge Frau sich schon umgewandt hatte.

„Ja", gab die zurück, „das Pflegebett wird heute geliefert." Und dann: „Kommen Sie doch mit."

Elisabeth lief ein kalter Schauer durch den Körper. Ein Pflegebett. So ein Bett, wie sie in Krankenhäusern benutzt wurden? Mit so einem scheußlichen Galgen zum Hochziehen am Kopfende. Der Gedanke, dass so ein Bett in das Haus kommen sollte, erfüllte Elisabeth irgendwie mit einem grausigen Gefühl. War das wirklich notwendig? Brauchte Dagmar das? Aber andererseits brauchte sie ja auch 24-Stunden-Pflege…

Sabine schien auf sie zu warten, also fasste Elisabeth sich ein Herz und folgte der Krankenschwester den Weg entlang. Sie sprachen nicht, sondern gingen zügig, weil es zu nieseln begonnen hatte. Und sie waren nicht zu früh dran! Ein Lieferwagen parkte gerade ein, als sie das Haus erreichten. Sobald das Auto stand, sprang ein Mann mit einem Klemmbrett heraus. Ein zweiter öffnete die Beifahrertür.

„Guten Tag, sind wir hier richtig bei Gothe?", fragte der mit dem Klemmbrett. Sabine bejahte rascher, als Elisabeth reagieren konnte und schloss die Tür auf. Elisabeth blieb in einem kleinen Abstand zurück, aber sie hörte die Krankenschwester in den Flur hineinrufen: „Frau Gothe, das Bett ist da!"

Die beiden Männer öffneten derweil die Türen des Transporters, und einer kletterte hoch auf die Ladefläche, um das Bett nach vorne zu schieben. Dagmar ließ sich nicht

26

in der Tür blicken, wobei dafür auch kein Platz gewesen wäre, denn die Lieferung hatte beträchtliche Ausmaße. Nur hochkant und mit einigem Geschick gelang es den beiden Lieferanten, sie durch die Eingangstüre zu bugsieren, und kurz musste Elisabeth an die Vase im Flur denken, die sie selbst am Vortag beinahe umgeworfen hätte. Sie war zweifelnd gespannt, ob die Männer das Bett daran vorbeibekommen würden. Sobald die Hürde der Eingangstür jedoch gemeistert war, ging es zügig weiter, und Elisabeth folgte ins Haus. Die Lieferung wurde auf Sabines Anweisung hin geradewegs über den Flur getragen, an dessen Ende jedoch nicht die Treppe hinauf zu den Schlafräumen, sondern geradeaus weiter ins Wohnzimmer. Sie schaffte es sogar an der Bodenvase vorbei, ohne Schaden anzurichten. Im Wohnzimmer wurden sämtliche Folien und sonstiges Verpackungsmaterial lautstark entfernt und dann hinaus zum Wagen gebracht. Zurück kamen die Lieferanten mit einer Matratze. Elisabeth beobachtete im Küchentürrahmen stehend, wie Sabine auf dem Gang den Lieferschein entgegennahm, damit ins Wohnzimmer ging und mit dem offenbar unterschriebenen Exemplar zurückkam. Als die beiden Männer mit der Verpackung der Matratze das Haus verlassen und die Tür hinter sich geschlossen hatten, versuchte Sabine, die Matratze vom Gang ins Wohnzimmer zu ziehen. Da das sehr mühsam aussah, legte Elisabeth rasch ihre Tasche auf dem Boden ab, schlüpfte aus ihren nassen Schuhen und packte mit an. Dagmar saß in ihrem Rollstuhl in der Nähe des Fensters und beobachtete die Szene mit einem Ausdruck, der Missbilligung in sich trug.

„Wofür brauche ich dieses Altenbett?", sprach sie endlich aus, was sie dachte. „Ich habe auf dem Sofa gut geschlafen."

27

Klar, schoss es Elisabeth durch den Kopf, in den ersten Stock zum Schlafzimmer konnte ihre Schwester ja nicht mehr gehen!

„Sie müssen auch an uns Pflegekräfte denken", erwiderte Sabine, ihrerseits jetzt etwas schroff. „Wir machen uns den Rücken kaputt, wenn wir die Pflege immer auf dem Sofa machen."

Diese direkten Worte schienen zu wirken. Dagmar erwiderte nichts, sie platzierte ihren Rollstuhl am Fenster und beobachtete schweigend, wie Elisabeth und Sabine das Bett an die freie Wand schoben. Unweigerlich fragte Elisabeth sich, welche Art von Pflege ihre Schwester brauchte, schob den unschönen Gedanken jedoch schnell beiseite. Sabine musterte das Bett kurz und schien seine Position noch einmal zu prüfen. Dann stellte sie mit einem gekonnten Tritt die Bremse an den hinteren Rädern des Bettes fest.

„Ich gehe mal grad das Bettzeug holen", sagte sie dann und verließ das Wohnzimmer. Ihre Schritte knarzten auf der Holztreppe. Elisabeth stand unschlüssig neben dem Bett und wusste nicht, wie sie sich verhalten sollte. Dagmar hatte sich gestern nicht von ihr verabschiedet. Würde sie sie heute willkommen heißen?

„Hallo Dagmar", brachte Elisabeth schließlich hervor. Ihre Schwester erwiderte den Gruß nicht, sie nickte nur leicht. Dann deutete sie auf das Bett und fragte: „Was hältst du von dem Ding?"

Elisabeth zögerte kurz mit ihrer Antwort, denn sie fand das Bett scheußlich. Ein Altenbett... damit hatte Dagmar schon Recht. Aber auch Sabine hatte bestimmt Recht wenn sie sagte, dass das Bett notwendig war. Also rang Elisabeth sich zu einer möglichst diplomatischen Antwort durch:

„Vielleicht ist es ja ganz bequem." Und um ihre Aussage zu bekräftigen, betastete sie mit den Fingern die Ma-

28

tratze und fügte hinzu: „Es fühlt sich ganz angenehm an."

Der Gesichtsausdruck ihrer Schwester spiegelte so etwas wie Ekel, bestimmt aber Abscheu wider.

„Eine Dekubitusmatratze", sagte sie schlicht, „wie im Altenheim." Ihre Worte hingen eine Zeitlang in der Luft, denn Elisabeth wusste nicht, was sie darauf erwidern sollte. Sie war richtiggehend erleichtert, als Sabine mit dem Bettzeug und frischen Laken die Treppe herunterkam und sie gemeinsam die Matratze beziehen konnten. Der frische Duft von Waschmittel erfüllte den Raum, und Elisabeth musste unweigerlich an ihre Mutter denken.

Nachdem das Bett gemacht war, schob Sabine ihre Ärmel hoch, denn offenbar war ihr von der körperlichen Arbeit warm geworden. Sie wandte sich an Dagmar und fragte: „Möchten Sie jetzt noch kochen?"

Als sie das hörte, spürte Elisabeth, dass sie richtigen Hunger hatte, denn sie hatte kaum gefrühstückt im Hotel, in dem sie übernachtet hatte. Ein Blick auf die Wanduhr sagte ihr, dass die Mittagszeit schon vorbei war. Auch Dagmar schien Hunger zu haben, denn sie bejahte die Frage und signalisierte ihr Einverständnis, sich in die Küche zu begeben, woraufhin Sabine voraus ging. Die beiden Schwestern jedoch zögerten, ihr zu folgen. Mit forschendem Blick musterte Dagmar Elisabeth, die ja schon wieder so uneingeladen aufgetaucht war. Elisabeth konnte nicht erahnen, wie sie das fand, deshalb war sie überrascht, Dagmars Frage zu hören: „Bleibst du?"

Sollte das eine Bitte sein? Oder wollte Dagmar wirklich nur wissen, was Elisabeth vorhatte, wie ihre Pläne aussahen? Elisabeth hatte keine Pläne, und das, wo sie eigentlich ein sehr strukturierter Mensch war. Aber in den letzten Monaten hatten viele Dinge an Bedeutung verloren, die ihr früher wichtig gewesen waren. Putzpläne, Einkaufslisten, Urlaubspläne... solche Dinge waren so unwichtig geworden...

„Möchtest du das denn?", fragte sie zurück und suchte Dagmars Blick. Sie suchte nach einem Zeichen, etwas das ihr zeigte, was ihre Schwester wirklich wollte und fühlte. Die blieb ihr die Antwort jedoch schuldig und schob langsam den Rollstuhl in Richtung Küche. Dort hatte Sabine bereits Einiges auf dem Küchentisch zurechtgelegt. Kartoffeln und Karotten lagen dort, ein Brett und ein paar Werkzeuge, die Elisabeth nicht kannte. Dagmar fuhr mit dem Rolli an den Tisch heran und ließ sich dann eines der Werkzeuge reichen. Es war ein Kartoffelschäler, wie Elisabeth bei näherem Hinsehen nun erkannte, aber sein Griff war ungewöhnlich dick. Zudem war daran ein Riemen mit Klettverschluss befestigt, mithilfe dessen Sabine ihn nun an Dagmars Hand befestigte. Seltsam sah das aus. Ein wenig wie ein Werkzeug für Kinder, fand Elisabeth, aber sie versuchte, sich ihre Gedanken nicht anmerken zu lassen. Ja, sie versuchte bewusst, diesen Kartoffelschäler zu ignorieren, indem sie sagte: „Ich gehe mir mal die Hände waschen."

Und ohne eine Reaktion abzuwarten, ging sie hinaus aus der Küche, den Flur entlang und die Treppe hinauf in den ersten Stock, wo sich das große Badezimmer befand. Natürlich hätte sie auch das kleine Bad im Erdgeschoss nutzen können, aber sie hatte auf einmal das Bedürfnis verspürt, nach oben zu gehen und auch die anderen Räume zu sehen, die sie so lange nicht betreten hatte. Neben dem Bad gab es noch drei weitere Zimmer. Das Schlafzimmer, in dem früher beide Eltern, später die Mutter alleine und nach deren Tod Dagmar geschlafen hatte. Bis zu ihrem Unfall. Daneben ein kleines Schreibzimmer mit Regalen und einem Sekretär darin, und gegenüber dem Treppenaufgang

30

das Kinderzimmer, das Elisabeth mit ihrer Schwester bewohnt hatte, bis sie zum Studieren ausgezogen war.

So winzig kam es ihr jetzt vor, und sie war überrascht, wie wenig sich verändert hatte. Noch immer standen dort die beiden Holzbetten an den Wänden rechts und links. Daneben Regale, auf denen Elisabeth noch Bücher aus ihrer Jugendzeit entdecken konnte. Ein großer Kleiderschrank, den sie sich immer hatten teilen müssen und in der Mitte des Raumes ein ausladender Schreibtisch. Wie oft hatten sie hier nebeneinandergesessen und ihre Schulaufgaben gemacht. Elisabeth konnte sich auf einmal so gut daran erinnern! Und daran, wie ihre kleine Schwester sie oft angestupst hatte, damit sie ihr bei den Aufgaben half. Und das mit einem schelmischen Gesichtsausdruck, der sich sofort in ein Engelsgesicht verwandelt hatte, sobald die Schritte ihrer Mutter auf der Treppe zu hören gewesen waren. Die freche kleine Dagmar... Und nun? Was war aus ihr geworden?

Elisabeth seufzte leise, wusch sich im Badezimmer die Hände und ging wieder hinunter in die Küche.

KAPITEL DREI

Sabine hatte auf dem Herd bereits Wasser aufgesetzt und holte nun ein paar Dinge aus dem Kühlschrank. Auf dem Tisch stand ein Teller vor Dagmar, auf dem eine geschälte Kartoffel lag. Eine weitere hielt sie in der Hand und bearbeitete sie mit dem Schäler. Es sah mühsam aus, und am liebsten hätte Elisabeth die Kartoffel genommen und rasch zu Ende geschält. Aber ihre Schwester schälte immer weiter ohne Pause. Langsam aber ausdauernd, sodass Elisabeth sie in keinem Fall kränken wollte. Deshalb trat sie nur näher an den Tisch und fragte: „Kann ich etwas helfen?"

Dagmar wies auf die Karotten, die ebenfalls auf dem Tisch lagen und einen herkömmlichen Schäler daneben. „Du kannst dein Lieblingsgemüse schälen", sagte sie dazu, Ironie in ihrer Stimme, und diese Ironie war passend, da Elisabeth Karotten tatsächlich immer verabscheut hatte. Fast hätte sie über Dagmars Aussage geschmunzelt, aber damit wäre sie alleine gewesen, denn ihre Schwester ließ keinen Hauch von Heiterkeit erkennen. Ihre Miene blieb verbissen, während sie Zentimeter für Zentimeter die Kartoffel in ihrer Hand bearbeitete. Elisabeth hatte den Eindruck, dass es ihr schwerfiel sowohl fest zuzugreifen, als auch die Hand mit dem Schäler fließend zu führen. Ihre Bewegungen sahen verkrampft und abgehackt aus. Elisabeth fiel auf, dass die rechte Hand heute nicht geschient war, sodass die beiden letzten Finger unnatürlich eingeknickt waren.

Schweigend saßen die beiden Schwestern nebeneinander am Tisch und schälten. Sabine indes rührte in einer Schüssel Sahne, Eier, etwas Milch und Frischkäse zu einer glatten Soße, die sie dann vor Dagmar auf den

Tisch stellte. Daneben platzierte sie ein Körbchen, in dem sich verschiedene Gewürze befanden, und während Elisabeth beobachtete, wie ihre Schwester ganz langsam Salz, Pfeffer, Muskat und Ingwer heraussuchte, wurde ihr klar, was sie hier zubereiteten. Klar! Das sollte ein Kartoffelauflauf nach dem Rezept ihrer Mutter werden! Dagmar würzte die Soße, während die Kartoffeln und Karotten kurz vorgekocht wurden. Dann wurden sie abgeschreckt, in Scheiben geschnitten und in die Auflaufform gelegt. Die Soße goss Dagmar zum Schluss mit Sabines Unterstützung über das Ganze, während der Backofen bereits vorheizte.

„Ist es so geworden, wie Sie es sich vorgestellt hatten?", fragte Sabine Dagmar mit einer Geste auf die Auflaufform. Die Angesprochene jedoch schien noch unzufrieden zu sein, obwohl nach Elisabeths Meinung nichts mehr fehlte an dem Gericht. Sie schob ihren Rollstuhl unter dem Tisch hervor und dann zum Kühlschrank, den sie umständlich öffnete. Ein kurzer, suchender Blick, dann streckte sie sich, konnte das Gewünschte aber nicht erreichen. Deshalb trat Sabine neben sie und holte die Packung Speckwürfel heraus.

„Sie brauchen unbedingt eine Greifzange", kommentierte sie, während sie die Packung aufriss und ihrer Patientin hinhielt, damit die den Inhalt auf dem Auflauf verteilen konnte. Dann schob sie die Auflaufform in den Backofen und stellte die Stoppuhr auf 30 Minuten.

Da auch nach dem Aufräumen und Tischdecken noch Zeit blieb, bis das Essen fertig gebacken sein würde, schob Dagmar ihren Rolli ins Wohnzimmer. Sabine warf Elisabeth einen Blick zu, der deutlich machte, dass sie ihrer Schwester doch folgen solle.

Von dem Wohnzimmerfenster und der Tür zur Terrasse aus konnte man den Regen herunter prasseln sehen. Es hatte sich richtig eingeregnet, und der hochgewachsene Rasen leuchtete tief grün durch die Feuchtigkeit.

33

Von hier aus war nur ein kleiner Teil des weitläufigen Gartens zu sehen, denn die Weinranken an der Pergola wucherten dicht und ausladend. Dasselbe galt für die Stauden vor der Terrasse, die zum größten Teil vertrocknet waren. In diesem Garten war lange nicht mehr gearbeitet worden, aber klar, wer hätte das auch tun sollen? Dagmar saß in der Nähe des Bücherregals, aus dem ein paar Bücher hervorgezogen waren. Elisabeth fiel auf, dass sie mehrmals ihr rechtes Bein mit den Händen hochhob und etwas versetzt wieder ablegte.

„Hast du Schmerzen?", fragte sie deshalb, nachdem sie sich auf das Sofa gesetzt hatte. Dagmar antwortete nicht sofort. Mit der Hand rieb sie über ihren Oberschenkel, während sie Elisabeth nur ansah. War es ihr unangenehm, dass ihre große Schwester sie so sah? Eigentlich wirkte es nicht so. Aber warum hatte sie Elisabeth dann weggeschickt, als sie noch in der Klinik gewesen war?

„Wenn ich querschnittsgelähmt wäre, würde ich wenigstens nichts spüren", erwiderte Dagmar schließlich. Sie hob erneut das Bein mit den Händen an und stöhnte leise.

„Es wird Zeit, dass ich meinen richtigen Rolli bekomme und dieses blöde Leihexemplar loswerde!" Das erklärte den desolaten Zustand dieses Rollstuhls.

Wahrscheinlich war der neue besser an Dagmar und ihre Bedürfnisse angepasst. Aber was waren eigentlich ihre Bedürfnisse?

„Die Schwester hat mir gesagt, dass dein Gehirn geschädigt wurde durch den Unfall", fing Elisabeth an, doch im nächsten Moment bemerkte sie, wie komisch das klang. So, als wäre Dagmar jetzt nicht mehr ganz zurechnungsfähig oder so etwas Ähnliches. Deshalb beeilte sie sich hinzuzufügen: „Ich meine, dass davon deine Lähmungen kommen."

Dagmar blickte sie unverwandt an, fast wirkte ihr Ausdruck spöttisch.

„Was hat sie dir denn noch erzählt? Dass ich verrückt bin, weil ich weiter hier wohnen will? Dass ich besser in diesem Heim aufgehoben wäre?"

Ihre Hand krampfte sich um die Armlehne des Rollstuhls, und Elisabeth hatte das Gefühl, dass das nicht nur von der Spastik kam. Was sollte sie darauf antworten? In keinem Fall wollte sie ihre Schwester anlügen, also antwortete sie nur: „Sie hat mir gesagt, dass entschieden werden muss, ob du in dieses Heim gehst oder ambulant gepflegt werden kannst."

Von der Küche her hörten sie Sabine rufen, dass das Essen fertiggebacken war. Dagmar wendete daraufhin ihren Rollstuhl und bewegte sich in Richtung Flur.

„Gehen!", schnaubte sie, als sie das Sofa passierte, auf dem Elisabeth saß. Und dann, als sie schon auf den Flur gefahren war: „Ich habe das doch längst entschieden!"

Das Essen nahmen sie in der Küche mehr oder weniger schweigend ein. Tatsächlich, es schmeckte wie der Auflauf, den ihre Mutter oft gemacht hatte. Der Geschmack versetzte Elisabeth zurück in schöne Kindertage im Kreis der Familie, aber Dagmar sah so finster drein, dass sie nicht wagte, diese Erinnerungen zu teilen. Sabine nahm sicher wahr, dass etwas zwischen den beiden Schwestern geschehen war, denn sie warf ein paar Blicke zwischen ihnen beiden hin und her. Sie sagte jedoch kein einziges Wort.

Erst als sie fertig waren mit der Mahlzeit und das Geschirr in die Spülmaschine geräumt war, ergriff sie das Wort indem sie mitteilte: „Ich gehe mal in den Garten und füttere die Hühner."

Die Hühner? Mutters Hühner? Aber im nächsten Moment war Elisabeth klar, dass das nicht sein konnte, schließlich war ihre Mutter seit fast vier Jahren tot! Offenbar hatte Dagmar diese Tradition weitergeführt und neue Tiere gekauft. Elisabeth hatte Mutters Hühner immer gerne gefüttert, und nun ergriff sie der Wunsch,

35

ebenfalls kurz in den Garten zu gehen. Dagmar schaute verwundert, als ihre Schwester sich Schuhe anzog und Sabine nach draußen folgte.

Nichts hatte sich verändert am Hühnerstall, nur dass er hier und da ausgebessert worden war. Er war dicht am Zaun gebaut, sodass er im Sommer im Schatten einer großen Buche lag. Ein weitläufiger Bereich vor dem Stall war hoch eingezäunt, auf dem einige Hühner umherliefen und am Boden herum pickten. Neun Stück zählte Elisabeth. Braune, weiße, schwarze und mehrfarbige. Sobald sie die beiden Frauen wahrnahmen, kamen sie an den Zaum gerannt und reckten neugierig ihre Hälse. Sabine hielt einen Bottich in der Hand, den sie vom Eingangsbereich des Hauses mitgenommen hatte. Als sie ihn nun öffnete, wurde das Federvieh umso aufgeregter, und Sabine musste richtig Acht geben, dass ihr keines entwischte, während sie sich durch ein Türchen hinter den Zaun begab. Sie leerte die Futterschale aus und füllte sie mit frischen Körnern. Wasser brauchte sie kein neues aufzustellen, denn in der Schale hatte sich genug vom Regenwasser gesammelt.

Elisabeth hatte die Krankenpflegerin einfach nur beobachtet, und die Handlungen waren ihr auf einmal so vertraut. So als wäre es ihre eigene Mutter, die dort die Schüssel füllte und nicht Sabine. Und wie oft hatten sie und Dagmar selbst die Hühner versorgt, als sie alt genug dafür gewesen waren! Elisabeth warf einen kurzen Blick in Richtung Terrasse, und obwohl sich das trübe Himmelslicht in der Scheibe spiegelte, konnte sie ihre Schwester am Fenster sitzen sehen. Ihr Gesicht konnte sie jedoch nicht genau erkennen.

„Wer hat sich denn darum gekümmert, als meine Schwester nicht da war?", fragte Elisabeth, während sie der Krankenpflegerin das Türchen aufhielt. Die stellte den leeren Bottich auf den Boden, um den Riegel des

Zaunes korrekt vorzuschieben. Er schien ein wenig zu klemmen.

„Zum Glück hat das eine Nachbarin erledigt", antwortete sie. Das konnte nur die alte Frau Schleifer gewesen sein. Ihr Haus lag etwa hundert Meter entfernt. Sie und Elisabeths Mutter hatten sich früher oft getroffen und über Gartentipps ausgetauscht, und Frau Schleifer hatte auch hin und wieder auf Dagmar und Elisabeth aufgepasst. Da sie ein paar Jahre älter war als die Mutter, musste sie nun auch schon auf die achtzig zugehen. Es war also ein ganz besonderer Dienst, den sie Dagmar da erwiesen hatte, und Elisabeth verspürte das Bedürfnis, sich bei der alten Dame zu bedanken. Irgendwann.

Doch jetzt spürte sie wieder Regentropfen auf ihrer Haut. Genauso wie vorhin im Wald drohte das Wetter wieder, sehr ungemütlich zu werden. Ein kalter Wind war der Vorbote, und auch Sabine zog ihren Kragen höher. Dann nahm sie den Bottich und wandte sich dem Haus zu. Mit der freien Hand strich sie im Vorbeigehen über die vertrockneten Staudenstengel in einem der Beete und seufzte: „So ein schöner Garten, aber auch er braucht Pflege."

Damit hatte sie wirklich Recht. Nicht nur die Stauden, auch die Büsche mussten für den Winter beschnitten werden, und auf dem Gras lag einiges an heruntergefallenem Laub. Wenn das Wetter nicht so scheußlich gewesen wäre, hätte Elisabeth sich vielleicht dazu durchringen können, etwas von der Gartenarbeit zu erledigen, aber da der Regen wieder stärker wurde, folgte sie Sabine eilig zurück ins Haus.

Der Essensgeruch hing noch in der Luft, was die Krankenpflegerin mit einem leicht angewiderten Gesichtsausdruck bemerkte. Elisabeth fand den Geruch gar nicht so schlimm, aber Sabine ließ es sich nicht nehmen, alle Fenster im Erdgeschoss zu kippen und die Terrassentür zu öffnen.

„Nur kurz", sagte sie zu Dagmar, die inzwischen nicht mehr am Fenster saß, sondern in der Nähe des Bücherregals. Sie quittierte diese Ansage mit einem Nicken und raunte: „Aber wirklich nur kurz, die Spastik wird von der Kälte nur schlimmer."

Und wieder fiel Elisabeth auf, dass ihre Schwester ihre Beine mit den Händen hochhob, wie um sie zu entlasten. Auch Sabine hatte es offenbar gesehen, denn sie erkundigte sich: „Frau Gothe, möchten Sie sich ein bisschen hinlegen?"

Dagmar schien erst zu zögern, denn sie antwortete nicht sofort. Elisabeth glaubte, ihre Schwester wäre ihr gegenüber beschämt und war deshalb drauf und dran sich zu verabschieden, doch dann nickte Dagmar zustimmend und meinte: „Ja, ich denke, das wird mir guttun."

Sabine ging zu dem neuen Bett, schlug die Decke zur Seite und fuhr das Ganze per Knopfdruck an der Fernbedienung herunter. Mit einer Kopfbewegung in Richtung Terrassentür sagte sie zu Elisabeth: „Können Sie die bitte wieder schließen?"

Tatsächlich hatte das kurze Lüften absolut ausgereicht, um den Essensgeruch loszuwerden. Dagmar hatte ihren Rollstuhl neben das Bett geschoben. Nachdem Sabine die Bremsen am Stuhl festgestellt hatte, ging sie leicht in die Knie, umarmte Dagmars Oberkörper und hob sie nach oben, sodass ihre Patientin auf ihren eigenen Beinen stand. Dann drehte die Pflegerin sich mit dem ganzen Körper zur Seite und setzte Dagmar auf der Bettkante ab. Zuletzt hob sie deren Beine hoch und drehte Dagmar so herum, dass sie im Bett lag. Diese Handlungen waren so schnell und routiniert abgelaufen, als wären die beiden ein eingespieltes Team. Ganz leicht hatte es ausgesehen. Sicher, Dagmar war nicht besonders groß oder kräftig gebaut, aber um die fünfundsechzig Kilo musste sie schon wiegen, vermutete Elisabeth. Sie hatten beide nun einmal die Gene ihrer Mutter geerbt, zumindest was den Körperbau anbetraf.

Sabine zog die Decke halb über Dagmar und reichte ihr die Fernbedienung für das Bett. Sie sah sich um und entdeckte ein schmales Tischchen, auf dem eine Madagaskarpalme stand. Kurzerhand stellte sie die Topfpflanze auf den Boden und trug den Tisch zum Bett.

„Sie brauchen einen Bettschrank mit Rollen", kommentierte sie, während sie den Tisch so positionierte, dass Dagmar ihn erreichen konnte. Dann stellte sie ein Glas mit Wasser darauf und das Buch, in dem Dagmar zuvor wohl noch gelesen hatte. Die bedankte sich, nahm einen Schluck Wasser und stellte das Glas dann mit wackeliger Hand zurück.

„In dem Altenheim geben sie sich bestimmt nicht solche Mühe", murmelte sie, und Elisabeth war überrascht, wie unvermittelt dieses Thema plötzlich wieder im Raum stand. Sabine jedoch schien dies schon öfter mit ihrer Patientin diskutiert zu haben, denn nun rollte sie genervt mit den Augen.

„Das ist kein Altenheim, Frau Gothe!", erwiderte sie bestimmt. „Warum sehen Sie es sich nicht wenigstens mal an?" Offenbar handelte es sich um eine ganz bestimmte Einrichtung, die Sabine hierbei im Kopf hatte.

„Ist es denn weit weg?", erkundigte sich Elisabeth und setzte sich auf das Sofa. Dagmar hatte den Kopfteil ihres Bettes hochgestellt, sodass sie ihre Schwester ansehen konnte.

„Das Wohnheim für Senioren in der Nähe vom Bahnhof! Das kennst du doch!", gab sie bissig auf die Frage zurück. Klar, das Seniorenheim kannte Elisabeth, und sie konnte Dagmars Abneigung verstehen. Doch ehe sie ihrer Missbilligung Ausdruck verleihen konnte, schaltete sich Sabine wieder ein:

„Es hat einen Seniorenbereich, das ist klar. Aber seit ein paar Jahren gibt es dort auch einen Bereich für Men-

39

schen mit Behinderung." Sie sah Dagmar schnippisch, fast herausfordernd an und schob hinterher: „Da wohnen Menschen, die sind jünger als Sie!"
Ein Behindertenwohnheim… das hörte sich irgendwie auch nicht besser an. Dagmar machte auch kein besonders begeistertes Gesicht.
„Na super, die sind dann alle gaga dort", raunte sie, sodass Elisabeth es gerade noch so verstand. Sabine schüttelte nur ihren Kopf, sagte aber nichts mehr dazu. Sie wirkte wie jemand, der diese oder ähnliche Diskussionen schon oft geführt hatte, und das, obwohl sie so jung war. Sie schien sich auszukennen.
„Kennen Sie dieses Wohnheim denn?", fragte Elisabeth daher. Vielleicht könnte diese Information auch helfen, Dagmar zu überzeugen. Sabine setzte sich ebenfalls auf das Sofa und nickte zustimmend.
„Ja, und ich kenne einige Bewohner, weil ich da Berufspraktikum gemacht habe", erklärte sie. Dann begann sie, in einigen Papieren und Zeitungen auf dem Wohnzimmertisch herumzusuchen.
„Frau Gothe, wo haben Sie denn die Broschüre…", fing sie an, stockte dann jedoch, weil sie offenbar gefunden hatte, wonach sie suchte. Ein Heft im DinA4-Format, das bunt mit einem Foto auf dem Cover gestaltet war. Das Bild zeigte einen jungen Mann im Rollstuhl, der zufrieden in die Kamera lächelte. Elisabeth nahm das Heft entgegen und blätterte darin herum. Es waren Fotos darin von freundlich eingerichteten Zimmern, Gemeinschaftsräumen und einer angrenzenden Physiotherapiepraxis. Das Haus hatte sogar ein Schwimmbad im Keller. Auf allen Bildern waren mehr oder weniger junge Menschen mit drauf, die meisten von ihnen im Rollstuhl. Insgesamt wirkte die Atmosphäre nicht so unangenehm, wie Elisabeth es erwartet hatte.
Als sie aufsah, bemerkte sie, dass Dagmar sie genau beobachtet hatte, so als wolle sie jede Gefühlsregung

40

mitbekommen. Elisabeth hatte den Eindruck, als wolle Dagmar ganz genau wissen, was ihre große Schwester von dem Heim hielt und traute sich nicht, es offen auszusprechen. So wie früher in einer Phase ihrer Kindheit, in der Dagmar fast nichts gemacht hatte, ohne vorher die Meinung ihrer Schwester einzuholen. Aber meist hatte sie sich eben bemüht, es unterschwellig zu tun. Elisabeth jedoch hatte sie immer durchschaut. Auch jetzt?

„Wir könnten doch zusammen mal hinfahren und es uns anschauen", schlug sie vor und hoffte, dass sie richtig lag mit ihrer Einschätzung. Dass dieser konkrete Vorschlag wirklich das war, was Dagmar nun brauchte. Die schaute eine Weile nur in Elisabeths Richtung und schien nachzudenken. Ihre Hände umfassten den Saum ihres Pullovers.

„Wir müssen erst einmal schauen, wann man da überhaupt hingehen kann", sagte sie schließlich. Es war ein Anfang. Sabines Gesicht spiegelte eine Spur von Erleichterung wider.

„Ich kenne die Heimleitung dort, das ist kein Problem, einen Termin zu machen", teilte sie mit. Und als wollte sie ihrer Patientin gar keine Gelegenheit geben, die gerade signalisierte Offenheit zurückzuziehen, zog sie ihr Handy aus der Hosentasche und tippte darauf herum. Zügig hatte sie die gesuchte Telefonnummer gefunden und gewählt. Elisabeths Hände hielten die Broschüre auf ihrem Schoß fest. Sie lauschte angestrengt, um mitzubekommen, mit wem Sabine sprach. Die lüftete das Geheimnis jedoch ohnehin gleich:

„Hallo Mira, hier ist Sabine, wie geht es dir?" Ein kurzes Abwarten der Antwort und dann: „Ach schön! Du, sag' mal, ist der Jürgen im Haus?... Ja bitte..." Wieder entstand eine Wartepause. Sabine warf erst Dagmar, dann Elisabeth einen freudigen Blick zu und flüsterte: „Sie fragt mal nach, ob er da ist." Es dauerte nicht lan-

41

ge, bis Sabines aufmerksamer Blick signalisierte, dass die Gesprächspartnerin zurück am Telefon war.

„Ja, ahja... nein, zur Wohngruppenbesichtigung", ließ die Krankenpflegerin vernehmen und dann: „Ja, morgen um zehn wäre super!" Sie verabschiedete sich herzlich und legte das Handy beiseite, sichtlich zufrieden mit sich selbst.

Also morgen schon. Aber vielleicht war es für alle gut, gar nicht mehr lange über diese Entscheidung nachzudenken. Ein Gefühl der Erleichterung stieg unwillkürlich in Elisabeth auf. Nicht nur, weil Dagmar diesen Schritt zugelassen hatte, sondern auch weil sie, Elisabeth, beim nächsten dabei sein durfte.

Dagmar hatte ihren Kopf zur Wand gedreht, sodass ihr Gesicht nicht zu erkennen war. Elisabeth überlegte kurz, ob sie aufstehen und zu ihr gehen sollte, entschied sich dann aber dafür, zu bleiben, wo sie war. Stattdessen spürte sie nun eine Frage aufsteigen, die sie bisher nicht gewagt hatte anzusprechen. Sie schluckte ein paarmal, und ihre Hände hinterließen feuchte Spuren an der Broschüre auf ihrem Schoß. So viel Zeit war vergangen. Diese Jahre der Trennung, sie lagen schwer zwischen den beiden Schwestern. Ein letztes Mal schluckte Elisabeth, dann straffte sie ihren Oberkörper.

„Kann ich hier wohnen, Dagmar?" Sabine blickte auf, ein überraschtes Leuchten in ihren Augen. Sie hatte wohl nicht damit gerechnet, dass diese Frage kommen würde. Wenn Dagmar ebenfalls überrascht war, so zeigte sie es zumindest nicht. Unbewegt lag sie in ihrem Bett, während die Sekunden wegtickten. Von draußen war der Wind zu hören, der um das Haus wehte, und die Bäume im Garten schwankten beachtlich. Schon war Elisabeth dabei, ihre Frage zu bereuen, als sie sah, wie ihre Schwester auf einmal die Hand hob und neben ihr Gesicht legte. Und ohne den Kopf zu wenden sagte sie schließlich: „Unser altes Zimmer ist unbenutzt."

Mehr nicht.

KAPITEL VIER

Die kühle Wand fühlte sich wie eh und je rau an. Sie kratzte auf Elisabeths Haut, während sie langsam darüberstrich. Hin und her, immer wieder. Mit einem Mal war sie wieder ein junges Mädchen in ihrem Bett, das wie jeden Abend dieses Einschlafritual vollführte. Hin und her. Obwohl es kühl war im ganzen Zimmer, durchfloss ein wohliger Schauer Elisabeths ganzen Körper. Sie hielt in ihrer Bewegung inne und tastete an der Wand nach einer kleinen, kaum wahrnehmbaren Mulde. Tatsächlich! Da war sie! Die Zaubermulde, die ihr früher immer ein Garant für gute Träume gewesen war. Oder zumindest meistens. Es hatte ihr Sicherheit gegeben, diese kleine Unebenheit in der Wand zu spüren, wie eine Eintrittspforte in eine schöne Traumwelt.

Nun musste Elisabeth unwillkürlich lächeln bei der Erinnerung daran. Sie ließ ihre Hand sinken und betrachtete die Wand, die vom Mondlicht sanft beschienen wurde. Über dem Fußende des Bettes hatte ihr Vater vor vielen Jahren ein Brett montiert, auf dem auch jetzt noch Elisabeths Plüschtiere aufgereiht saßen, wie eine kleine Parade. Da saßen Olli, der Teddy, Frieda, die kleine Schildkröte und Elo, der Elefant. Allesamt ausgeblichen und verstaubt. Aber sie saßen dort. Dagmar hatte sie gelassen, wo sie waren. Elisabeth richtete sich auf, kroch zu dem Brett und berührte mit den Fingerspitzen den Teddy. Seine braunen, borstigen Haare kitzelten. Er war für ein langes Leben geschaffen worden mit seinen stabilen Nähten und dem widerstandsfähigen Plüsch. Geschaffen, um Generationen von Kindern Freude zu bereiten...

44

Bei diesem Gedanken durchzuckte ein schmerzhaftes Stechen Elisabeths Magen und zog bis hinunter in ihren Bauch. Sie ließ sich zurück in das Bett fallen und wollte sich gerade zu Seite rollen, als sie einen seltsamen Laut vernahm. Was war das gewesen? Sie lauschte in die Stille. Dann konnte sie es erneut durch den fingerbreiten Spalt der Tür hören. Ein kurzes hohes Geräusch. Da wieder!

Behutsam richtete Elisabeth sich wieder auf, hob die Bettdecke an und schlüpfte aus dem Bett. Das Mondlicht schien so hell, dass sie die Gegenstände im Zimmer sowie die Tür gut erkennen konnte, auf die sie nun zuging. Im Flur war es nicht ganz so hell, aber dennoch fanden ihre nackten Füße den Weg zur steinernen Treppe. Wieder hörte Elisabeth das Geräusch, und dieses Mal war es noch deutlicher. Es kam von unten, wohl aus dem Wohnzimmer, wo ihre Schwester schlief.

Elisabeth wandte den Kopf und warf einen Blick zu dem ehemaligen Schlafzimmer ihrer Eltern, in dem die Pflegekräfte nun nachts schliefen. Die Tür war geschlossen, und kein Laut drang daraus hervor. Auf Zehenspitzen stieg sie die kalten Treppenstufen hinunter und trat zur Wohnzimmertür, die einen Spalt breit offenstand. Dahinter war wieder stärker das Licht des Mondes auszumachen. Ein Schniefen war zu hören. Elisabeth überlegte kurz, ob sie anklopfen sollte, doch dann öffnete sie die Tür leise und trat ein. Trotz des Mondlichts konnte sie Dagmar in dem Bett nur schwer ausmachen. Erst als sie näherkam, erkannte sie, dass ihre Schwester auf der Seite lag, die Decke bis fast über ihren Kopf gezogen. Sie zog erneut die Nase hoch, dann schien sie zu stocken und zu lauschen, denn sie hob ganz leicht den Kopf. Elisabeth trat an das Bett und hielt ihre Stimme bewusst leise, um sie nicht zu erschrecken: „Dagmar, ist alles in Ordnung?"

45

Elisabeth spürte die Kälte des Bodens an ihren Füßen und hoch zu den Beinen ziehen. Dagmar rührte sich nicht, nur noch einmal zog sie die Nase hoch. Sie schien dringend ein Taschentuch zu brauchen.

„Soll ich die Schwester holen? Hast du Schmerzen?"

Jetzt wandte Dagmar den Kopf in Elisabeths Richtung und zog die Decke vom Gesicht.

„Nein", erwiderte sie mit belegter Stimme, „ich hätte sie schon geholt, wenn ich sie bräuchte." Sie deutete auf einen Knopf, der an einem Kabel hängend neben ihrem Kopfkissen lag, und im nächsten Moment wunderte sich Elisabeth über ihre eigene Naivität. Natürlich musste Dagmar eine Nachtglocke haben. Sie konnte ja nicht aufstehen! Wie lange würde es wohl dauern, bis diese Tatsache sich in Elisabeths Bewusstsein verankert hatte?

Nun griff Dagmar nach der Fernbedienung des Bettes und stellte das Kopfteil etwas hoch. Suchend blickte sie zu dem Tischchen, das nun neben ihrem Bett stand, dann bat sie leise: „Kannst du mir Taschentücher aus der Küche holen?"

Ein bisschen musste Elisabeth in den Küchenschränken danach suchen, und als sie fündig geworden war, verspürte sie mit einem Mal großen Durst. Deshalb nahm sie gleich noch zwei Gläser Wasser mit. Im Wohnzimmer schaltete sie mit dem Fuß die Stehlampe neben der Tür ein, damit sie besser sehen konnte, wohin sie ging. Dagmar schnäuzte sich ausgiebig und trank das ganze Wasserglas in einem Zug leer. Fast ohne abzusetzen, sodass sie danach erst einmal durchschnaufen musste. Weinen machte durstig, das wusste Elisabeth nur zu gut. Sie stellte ihr ebenfalls leeres Glas auf den Tisch und zog eine Decke vom Sofa, um sich darin einzuwickeln.

„Was war denn los?", stellte sie ihre Frage in den Raum, nachdem sie einen Fußschemel von Büchern und Papieren befreit und neben das Bett gezogen hatte, um sich darauf zu setzen. Er war nicht gerade bequem, aber etwas Besseres fiel ihr nicht ein. Noch immer hielt Dagmar das Wasserglas in ihren Händen und starrte auf die letzten Tropfen am Boden. Jetzt im Schein der Lampe sah Elisabeth, dass ihre Augen verquollen waren vom Weinen. Von Zeit zu Zeit wischte sie mit dem Taschentuch über ihre Nase. Irgendwann knüllte sie es ganz zusammen und stellte ihr Glas langsam auf den Tisch zu Elisabeths.

„Das passiert mir in letzter Zeit häufiger", bemerkte sie. „Ich schätze, die Zukunft macht mir Angst."

Elisabeth wusste erst nicht, was sie erwidern sollte. Mit so einer ehrlichen Antwort hatte sie nicht gerechnet, auch wenn Dagmars Stimme etwas sarkastisch klang. So, als wolle sie ihre Emotionen daran hindern, auszubrechen. Und dabei war das schon geschehen...

Emotionen, die Elisabeth gut nachempfinden konnte, zumindest glaubte sie das. Etwas nervös biss sie auf ihre Unterlippe. Was konnte sie ihrer Schwester sagen? Sie, die doch selber gerade in den Trümmern ihres Lebens stand. Dass alles gut werden würde? Sie musste sich zwingen, ein bitteres Auflachen zu unterdrücken, deshalb setzte sie sich aufrechter hin. Irgendetwas musste sie sagen, und schließlich probierte sie es mit:

„Vielleicht ist das Heim doch gar nicht so schlecht?" Im nächsten Moment kam sie sich richtig schäbig vor, so, als würde sie Dagmars Verzweiflung ausnutzen, um ihre eigenen Ziele zu erreichen. Und deshalb war sie erstaunt darüber, dass von ihrer Schwester keine wütende Antwort kam, sondern dass sie nur nickte und mit der Hand über ihre Bettdecke strich.

Plötzlich waren vom Gang her Schritte zu hören. Sie kamen rasch näher, und dann erschien Helgas Kopf in der Tür. Sie hatte Nachtdienst und trug einen Bademantel.

„Wusste ich doch, dass ich was gehört habe!", verkündete sie und kam herein. „Ist alles okay?" Alle Blicke richteten sich auf Dagmar.

„Ich müsste mal Pipi", gab die prompt zur Antwort. Mehr nicht. Helga zögerte kurz, dann drehte sie auf dem Absatz ihrer Pantoffeln und sagte im Hinausgehen: „Ich hole den Stuhl."

Zurück kam sie mit einem Toilettenstuhl, in den eine Auffangschale eingehängt war. Natürlich, wie sollte Dagmar sonst aufs Klo gehen?

Elisabeth erhob sich und schob den Schemel zur Seite.

„Schlaf noch gut, Dagmar, wir sehen uns morgen." Dann verließ sie das Zimmer und ging eiligen Schrittes den Gang entlang, die Treppe hinauf in ihr Schlafzimmer. Brrrr... war das kalt! Sie war froh, als sie unter ihre warme Bettdecke kriechen konnte.

KAPITEL FÜNF

Vom Bahnhof her konnte man das Quietschen der Güterzüge hören, die beim Bremsen immer einen gewaltigen Lärm machten. Bis in diese Straße war es auszumachen, in der sich nun vor ihnen ein weitläufig angelegtes Haus präsentierte. Es hatte drei Stockwerke und im obersten einige Balkone, und Elisabeth reckte ihren Hals, um zu sehen, ob sich jemand darauf befand. „Hat jedes Zimmer einen Balkon?", fragte sie Sabine, die eben um das Auto herumtrat. Sie blickte ebenfalls kurz nach oben und öffnete dann den Kofferraum.

„Nein, die gehören zu den Appartements, aber es gibt auf den anderen Stockwerken Gemeinschaftsbalkone." Das wäre ja auch zu schön gewesen! Elisabeths eigene Wohnung in der Stadt hatte auch keinen Balkon, obwohl sie so gerne einen gehabt hätte!

Sabine wuchtete den zusammengeklappten Rollstuhl aus dem Auto, stellte ihn ab und nahm ihre Tasche ebenfalls aus dem Kofferraum. Elisabeth bückte sich, um den Stuhl auseinanderzuklappen, indem sie die Armstützen voneinander wegzog. Jedoch war das Ganze schwerer zu bedienen als gedacht. Während sie noch erfolglos an dem Ungetüm rüttelte, hängte Sabine ihre Tasche über die Schulter, klappte den Kofferraum zu und kommentierte: „Ah, das ist tricky."

Und dann drückte sie mit einigem Ruckeln die Sitzfläche des Stuhls nach unten, sodass die Armlehnen auseinanderglitten. Vom Rücksitz nahm sie noch das Kissen, das auf der Sitzfläche festgeklettet wurde. Indes hatte Dagmar die Beifahrertür halb geöffnet, und Elisabeth trat zu ihr, um ihr zu helfen.

„Wollen Sie Ihre Schwester umsetzen?", fragte Sabine, während sie den Rollstuhl neben der Tür platzierte. Reflexartig hob Elisabeth ihre Hände zur Abwehr, stockte dann jedoch in ihren Bewegungen. Sollte sie? Sie schaute auf Dagmar, dann zu Sabine, wieder auf Dagmar.

„Äh, ich weiß nicht…" Auch der Blick ihrer Schwester spiegelte Zweifel wider. Sabine aber lächelte und reichte Elisabeth ihre Handtasche.

„Es ist ganz einfach, schauen Sie her!" Sie bückte sich, ergriff Dagmars Beine und hob sie aus dem Fußraum des Autos, sodass ihre Patientin seitlich auf dem Sitz hockte. Dagmar umklammerte mit ihren Armen den Hals der Pflegerin, und schneller als Elisabeth gucken konnte, war ihre Schwester aufgerichtet, zur Seite gedreht und in den Rollstuhl gesetzt. Mit einem Gurt, der seitlich herunterhing, schnallte Dagmar sich an.

„Das nächste Mal machen Sie das", sagte Sabine mit einem schelmischen Grinsen und griff nach ihrer Handtasche. Elisabeth wollte vorsichtig protestieren, doch sie kam gar nicht dazu, denn ein junger Mann trat aus der Eingangstür des Hauses und kam direkt auf den Parkplatz zu.

„Hallo Sabine!", rief er. Als er bei ihnen angekommen war, reichte er Dagmar die Hand.

„Guten Tag, Frau Gothe." Dann sah er zu Elisabeth, einen fragenden Ausdruck in den Augen, während er auch ihr die Hand hinstreckte.

„Ich bin die Schwester", beeilte sie sich deshalb zu erklären, woraufhin er verstehend nickte, die Hand auf seine Brust legte und sagte: „Ich bin Serafim und leite die Wohngruppe sieben. Ich werde Ihnen alles zeigen." Der Eingangsbereich war großzügig gestaltet mit Fenstern, die selbst das trübe Herbstlicht optimal durchließen. Die Helligkeit wurde noch verstärkt durch ein paar moderne Metalllampen an der Decke. Insgesamt sah es recht frisch aus mit bunten abstrakten Bildern an

50

den Wänden und einer roten Polstersitzgruppe in einer Ecke. Am Empfangstresen saß eine junge Frau mit kurzen lila gefärbten Haaren und einem Headset auf dem Kopf. Um ein Haar wäre Elisabeth entgangen, dass sie im Rollstuhl saß, da der fast vollständig verdeckt war.

„Hi, Mira!", begrüßte Sabine sie. Offenbar war das die Person, mit der sie gestern telefoniert hatte. Mira hob eine Hand zum Gruß und sprach dann weiter in ihr Mikrofon.

Serafim bedeutete ihnen mit einem Winken, ihm zu folgen. Durch die Empfangshalle und weiter den Gang entlang. Dagmar schob den Rollstuhl langsam voran, und Elisabeth juckte es sehr in den Fingern, sie einfach zu schieben, aber Serafim passte sich sofort an das gemäßigte Tempo an und begann über das Haus zu erzählen: „Wir haben hier acht verschiedene Wohngruppen mit jeweils sieben bis neun Bewohnern. Derzeit ist eine neunte Gruppe im Aufbau. Wir hoffen, dass sie nächsten Sommer bezugsfertig sein wird. Wir haben…"

Doch er kam nicht weiter, denn unmittelbar neben ihnen rauschte ein Gefährt vorbei und bremste quietschend vor den Aufzügen, ein paar Meter weiter. Nach dem ersten Überraschungsmoment hob Serafim die Arme und verdrehte die Augen.

„Paul, das haben wir doch schon so oft gehabt!"

Paul hatte junge Gesichtszüge, die ein dunkler Stoppelbart zierte. Unter seinem Fahrradhelm lugten dunkle Haarsträhnen hervor. Er hockte in einem sportlich geschnittenen Rollstuhl, an dem vorne ein Rad mit Handpedalen montiert war. Ein lässiges Grinsen schickte er zu ihnen herüber, und mit einem „Jaja, Meister!" verschwand er im Aufzug. Serafim ließ die Arme sinken und blies genervt die Luft aus. Mit einer Geste in Richtung Fahrstuhl wandte er sich zu Sabine und leierte wie zur Verteidigung:

„Ich habe ihm x-mal gesagt, er soll das Handbike hier drin nicht verwenden!"

Dann schien er sich auf seine Gäste zurückzubesinnen, denn er schüttelte den Kopf und schaute zu Dagmar. „Bitte, entschuldigen Sie das, Frau Gothe. Es geht nicht immer so wild zu bei uns."

Dagmar jedoch schenkte ihm ein flinkes Lächeln und meinte: „Er hat jedenfalls keine schlechte Figur gemacht." Überrascht sah Elisabeth ihre Schwester an, denn Humor hatte sie ihr jetzt nicht zugetraut. Nicht jetzt und nicht hier. Serafim seufzte grinsend und führte sie ebenfalls zum Aufzug.

„Dort hinten", sagte er und deutete den Gang hinunter auf eine offenstehende Tür, „ist die Physiotherapie und rechts runter geht's zur WfB." WfB? Elisabeth wollte sich gerade danach erkundigen, was das bedeutete, als Sabine das Wort ergriff:

„Das ist die Werkstatt für Behinderte. Da könnten Sie auch arbeiten wenn Sie möchten, Frau Gothe." Dagmar warf einen seltsamen Blick zu ihr hoch, in dem Abscheu, aber auch Skepsis zu schwingen schien. Oder einfach nur Verständnislosigkeit?

Mit dem Aufzug fuhren sie in den ersten Stock. Die Wände waren hier gelb gestrichen, und ein großes Luftbild von New York hing an einer von ihnen. *WG7* war auf einem kleinen Schild zu lesen, das ziemlich unscheinbar war. Der Gang, der von diesem Schild aus weiterführte, war verziert mit Bilderrahmen voller Fotos. Sie zeigten Menschen mit und ohne Rollstuhl, augenscheinlich auf Ausflügen und in verschiedenen Lokalen. Besonders stach Elisabeth ein Bild ins Auge, auf dem einige Männer mit bunten Hüten einander mit Biergläsern zuprosteten. Auch Serafim war darauf zu sehen. Er bemerkte Elisabeths Interesse an dem Foto wohl, denn er trat neben sie.

52

„Ah, da haben wir Egons Abschied gefeiert. Der ist in seine eigene Wohnung gezogen." Ein Lächeln umspielte Serafims Mundwinkel, als er hinzufügte: „Mann, an dem Abend haben die Jungs echt gebechert."

Er schien das eher zu sich selbst zu sagen und die Erinnerung zu genießen, so versonnen, wie er das Bild betrachtete. Dann wandte er sich unvermittelt um zu einer der Zimmertüren, in welcher die Reifen eines großen Rollstuhls erschienen waren.

„Hi, Susi", sagte er, „wir haben heute Besuch." Der Rollstuhl kam langsam mit elektrischem Summen auf den Gang gefahren. Darin saß, schief nach vorne gebeugt, eine Frau mit kurzen blonden Haaren und etwas asymmetrischen Gesichtszügen. Ihr Alter zu schätzen, war nicht einfach. Über dreißig, nahm Elisabeth an. Neugierig blickte Susi in die Gesichter der Neuankömmlinge.

„Hallo", ließ sie vernehmen, doch es klang eher wie *Hao*. Dann hustete sie.

„Susi ist ein bisschen krank heute, deshalb ist sie nicht in der Arbeit", erklärte Serafim, während er wie nebenbei ein aufgefaltetes Taschentuch in Susis Hand legte. Wie auch bei Dagmar, waren ihre Finger krampfartig gekrümmt, aber Susi schaffte es, das Tuch zur Nase zu führen und diese zu putzen. Serafim wartete geduldig, bis sie damit fertig war, dann sah er sie prüfend an.

„Brauchst du noch etwas, Susi?", fragte er. Sie schüttelte umständlich den Kopf und gab zur Antwort: „I chau fern", was wohl hieß, dass sie fernsehen wollte. Serafim nickte zustimmend und trat einen Schritt zurück.

„Dann zeige ich Frau Gothe mal unsere Gruppe", beendete er das Gespräch und wandte sich wieder seinen Gästen zu. Als er sie weiterführte, blieb Susi noch kurz in der Tür stehen und beobachtete sie, doch als Elisabeth sich einen Moment später noch einmal umschaute, war sie verschwunden.

Die Wohngruppe bestand aus elf Räumen, davon waren acht Bewohnerzimmer. Es gab eine große Gemeinschaftsküche, in der auch gegessen wurde, sowie ein Pflegebadezimmer mit Wanne und Liftvorrichtungen. Beim Anblick der klinisch-weißen Fliesen, die das Neonlicht grell reflektierten, schauderte Elisabeth innerlich. Es roch nach Putz- und Desinfektionsmitteln, und die wuchtige Badewanne glänzte wie frisch poliert. Serafim demonstrierte, wie sie nach oben und unten verstellbar war.

„Die meisten unserer Bewohner duschen aber in ihren eigenen Badezimmern", ergänzte er, während die Wanne brummend wieder in ihre Ausgangsposition zurückfuhr.

Das letzte Zimmer war das Mitarbeiterbüro. Viel zu klein, wie Serafim beklagte. Darüber hinaus gab es einen Wohnraum mit Sofas und Fernseher, der mit den Nachbargruppen geteilt wurde. All diese Räumlichkeiten waren jetzt aber menschenleer, und Serafim erklärte, dass um diese Zeit alle Bewohner in der Arbeit waren. Entweder in der Werkstatt im Erdgeschoss oder extern in einer anderen Einrichtung. Es gab auch welche, die auf dem ersten Arbeitsmarkt beschäftigt waren.

Serafim führte sie nun in den Wohnraum und bot Elisabeth und Sabine einen Platz auf einem knatschgrünen Sofa an, vor dem ein Holztischchen mit Kaffeekanne und Tassen stand. Es gab noch ein weiteres Sofa in diesem Zimmer, das ebenfalls mit diesem unsäglichen grünen Stoff bezogen war. Eigentlich musste diese Farbgebung ganz nach Dagmars Geschmack sein, schließlich hatte sie immer schon eine Vorliebe für knallige Farben gehabt. Die Wände waren in einem blasseren Gelb gehalten, als auf den Gängen, und eine Leinwand mit einem aufgedruckten Hirschkopf darauf zierte sie.

Der Gruppenleiter goss Kaffee in die Tassen, dessen überraschend guter Duft bei Elisabeth den unangenehmen Eindruck vom Pflegebad wieder wegwischte. Kaffee konnte sie jetzt echt gebrauchen! Die ganze Zeit schon hatte sie ihr Gähnen unterdrückt. Sobald alle mit Kaffee, Milch und Zucker versorgt waren, stützte Serafim seine Arme auf den Knien auf und beugte sich nach vorne.

„Was kann ich Ihnen noch erzählen...?", fing er an. „Also, wir haben derzeit sieben Bewohner auf der Gruppe, einer zieht womöglich bald aus. ... Es sind relativ junge Menschen zwischen 25 und 45. Die meisten von ihnen arbeiten unten in der Werkstatt."

Er trank einen Schluck, stellte seine Tasse auf den Tisch und lehnte sich zurück. Sein Blick haftete kurz an dem Hirschbild fest, das ihm gegenüberhing, als würde er überlegen.

„Ach ja", fuhr er dann fort, „unser Tagesablauf hier ist eigentlich immer ziemlich gleich." Er erläuterte, dass wochentags ab sechs Uhr früh die Bewohner aufstanden mit der Unterstützung, die sie jeweils benötigten. Gefrühstückt wurde meist gemeinsam, bevor alle dann zur Arbeit gingen. Die dauerte bis sechzehn Uhr. Die Bewohner trudelten dann nach und nach auf der WG ein, wo das Abendessen und später die Abendpflege stattfanden. Ganz simpel. Natürlich kam es auch vor, dass Bewohner nachmittags unterwegs waren, vor allem die selbständigeren. Nach einer kleinen Pause schaute Serafim zu Dagmar.

„Wie ist denn Ihr Eindruck? Haben Sie Fragen?", erkundigte er sich. Dagmar sah sich im Zimmer um und rieb ihre Finger aneinander. Auf dem Gang schob eine Reinigungskraft geräuschvoll ihren Putzwagen vorbei.

„Hm, ich kann mir das alles nicht richtig vorstellen", presste sie schließlich hervor. Der junge Mann wartete noch einen Moment, ob sie noch etwas hinzufügen wollte, doch als sie schwieg, beugte er sich wieder nach vorne und schlug vor, sie könne eine Woche probewohnen auf der Gruppe, um alles kennenzulernen. Dagmars Blick wirkte daraufhin noch unsicherer, und ihre Hände waren ineinander verhakt. Sie verhielt sich so ganz anders, als die mürrische Frau, die sie gestern und vorgestern markiert hatte. Unsicher, fast ängstlich. Elisabeth war überrascht von ihrer zurückhaltenden Art, die auch in ihrem nächsten Satz hervortrat:

„Ich weiß nicht… ich will das nicht sofort entscheiden." Serafim nickte verständnisvoll, sagte jedoch nichts, sodass wieder eine Pause entstand. Dies hielt Elisabeth für eine günstige Gelegenheit, um die Frage zu stellen, die ihr auf der Zunge lag. Deshalb rückte sie auf dem Sofa nach vorne, um Serafims Gesicht besser sehen zu können und fragte: „Wie wird das denn bezahlt?"

Dagmar warf einen sonderbaren Blick in ihre Richtung, sodass Elisabeth die Frage gleich bereute. Dachte ihre Schwester jetzt etwa, sie wolle sich um irgendwelche Kosten drücken? Sie erwartete einen bissigen Kommentar von Dagmar, doch die blieb stumm.

Der Gruppenleiter schien von alldem nichts mitbekommen zu haben, denn er erklärte geduldig, untermalt von strukturierenden Gesten, dass alle einzelnen Posten der Versorgung die Pflegekasse und der Bezirk übernahmen. Sabine saß die ganze Zeit zurückgelehnt auf dem Sofa, und nur an ihrer Mimik war erkennbar, dass sie dem Gesagten folgte.

Jetzt jedoch beugte sie sich zu Elisabeth hinüber und sagte: „Deshalb ist das Haus ja ein Problem. Der Bezirk will, dass erst das eigene Vermögen eingebracht wird, bevor er für den Lebensunterhalt zahlt. Abgesehen…", sie hob einen Finger in die Höhe, „…von einem Schonvermögen."

Bei diesem letzten Wort lachte Serafim leise auf, und Elisabeth fand, dass es etwas bitter, oder zumindest ironisch klang.

56

„Vermögen!", brummte er verächtlich, „das ist echt ein Witz!"

5000 Euro waren es nach seiner Aussage nur, die seine Bewohner auf dem Konto haben durften, zumindest die, welche sogenannte *Hilfe zum Lebensunterhalt* vom Bezirk bekamen. Damit käme man wirklich nicht weit, wenn man sich mal irgendwas leisten wollte, meinte er.

„Urlaub mit Betreuer... oder Paul von vorhin mit seinem Handbike", gab er als Beispiel.

„Das kostete ungefähr 7000 Euro, hat er mir erzählt. Das hätte er sich ja gar nicht selber zusammensparen dürfen!"

Wie er das so erzählte, fand Elisabeth es auch unerhört. Ein Fahrrad war nun wirklich kein übermäßiger Luxus! Serafim und Sabine schüttelten fast synchron ihre Köpfe über diese Ungerechtigkeit. Dann wandte der junge Mann sich wieder an Dagmar, die das Ganze mit unbewegter Miene verfolgt hatte, und schlug vor, noch die Werkstatt im Erdgeschoss zu besichtigen.

„Und dann überlegen Sie sich das mit dem Probewohnen einfach in Ruhe zu Hause", schloss er.

Eine knappe halbe Stunde später verabschiedeten sie sich in der Eingangshalle von dem freundlichen Gruppenleiter. Als sie im Freien waren, blies Dagmar langsam die Luft aus, so als hätte dieser Besuch sie sehr erschöpft. So wirkte es zumindest auf Elisabeth, denn auch sie fühlte sich müde und übersättigt von neuen Eindrücken.

„Ich brauche jetzt bisschen frische Luft", erklärte ihre Schwester prompt, woraufhin Sabine vorschlug, in einem kleinen Park hinter dem großen Gebäude spazieren zu gehen. Der leichte Wind blies kühl durch Elisabeths Mantel, sodass sie zunächst fröstelte, aber nach ein paar Schritten erfüllte sie die Wärme der Bewegung.

„Ist dir nicht kalt?", fragte sie ihre Schwester, denn die konnte sich in ihrem Rolli ja nur bedingt bewegen, aber

Dagmar klopfte auf ihr Knie und erwiderte: „Die Spastik hält mich gut warm." Elisabeth verstand nicht so richtig, wie sie das meinte, wollte aber nicht nachfragen, denn Dagmars Blick lag in der Ferne, als wäre sie mit ihren Gedanken nicht ganz da.

Auch Sabine gab sich schweigsam. Vielleicht wollte sie den beiden Schwestern genug Raum lassen, die gewonnenen Eindrücke zu verarbeiten. Vielleicht war sie aber auch nur müde. Und so spazierten sie in Stille über den grob geteerten Weg an Rasenflächen und hochgewachsenen Bäumen entlang. Die meisten von ihnen waren Buchen, aber auch einige Kastanienbäume säumten den Weg. Am Boden lagen hier und da Kastanien, und hin und wieder bückte Elisabeth sich hinunter, um welche aufzulesen. Auch wenn sie nicht mehr frisch und teilweise verschrumpelt waren, gefiel es ihr, wie sie in der Manteltasche klapperten.

Dagmar beobachtete ihr Sammeln, ohne ein Wort zu sagen. Erst, als sie schon fast wieder am Auto waren, fragte sie ganz unvermittelt: „Und, wie viele hast du?" Beinahe hätte Elisabeth laut aufgelacht, ein Grinsen konnte sie jedoch nicht unterdrücken.

‚Wie viele hast du?' – das hatten sie einander immer gefragt, wenn sie früher mit ihren Plastiktüten auf Kastanienjagd gegangen waren. Und dann hatten sie immer ganz genau gezählt, welche von ihnen die meisten gefunden hatte. Ein süßer Wettstreit.

„Ich weiß es nicht", schmunzelte Elisabeth, „aber ich denke, so zwanzig."

Dagmar überlegte kurz, ehe sie ihren Gedanken mitteilte: „Das reicht schon für ein paar Männchen."

Kastanienmännchen. Elisabeth musste unwillkürlich leise seufzen. Es gab nur wenige Dinge, die sie so unmittelbar mit Kindheit in Verbindung brachte. Mit glücklicher Kindheit ohne Sorgen und Nöte.

Die Fahrt zurück zum Haus verlief schweigend. Jede der drei Frauen war in ihre eigenen Gedanken versunken. In ihr ganz persönliches Universum.

KAPITEL SECHS

Es war fast vierzehn Uhr, als Dagmar die Haustür aufschloss. Die kleine Türschwelle meisterte sie mit dem Rollstuhl alleine. Da sie alle inzwischen Hunger hatten, schlug Elisabeth vor, eine Runde Pizza zu bestellen, was bei den anderen beiden auf Zustimmung traf. Es dauerte auch keine halbe Stunde, bis der Pizzabote klingelte, und Elisabeth beeilte sich, die Lieferung zu bezahlen, ehe eine der beiden anderen Frauen dies tun konnte. Sie aßen dann in der Küche relativ schweigend, jede ihren Pizzakarton vor sich. Durch den Spalt der Gardinen am Fenster konnte Elisabeth die raschen Bewegungen auf- und abfliegender Vögel auf der anderen Seite der Straße sehen. Einige große Bäume standen dort, die peu à peu übergingen in den Wald, der den kleine See umarmte. Es waren viele verschiedene Vögel: Kohlmeisen, Goldammern, Spatzen, aber auch einige Amseln. Aufgeregt flogen sie zwischen den Zweigen der Bäume und dem Boden hin und her. Waren sie auf der Suche nach Futter? Oder kämpften sie um ihr Revier und die besten Plätze für den Winter? Dieses bunte Treiben rührte Elisabeth irgendwie tief, weil es so lebendig und unbeschwert aussah. Und doch war es geheimnisvoll. Ein Spiel, das geheimnisvollen Regeln der Natur folgte...

Elisabeth hatte wohl eine Weile mit Essen innegehalten, denn als sie sich wieder ihren Tischgenossinnen zuwandte, bemerkte sie, dass diese bereits zu Ende gegessen hatten. Dagmar klappte ihren Pizzakarton zu und wischte ihre Fingerspitzen umständlich an der Serviette ab. Dann schaute sie zu Sabine, die ihren Karton schon zusammengefaltet hatte.

„Ich würde mich gerne etwas hinlegen", erklärte sie. Sabine nickte nur, während sie einen Schluck Wasser aus ihrem Glas nahm.

„Machen wir gleich. Ich räume hier nur schnell auf", erwiderte sie und griff dann nach einem Zettel auf der Fensterbank.

„Ich muss danach nämlich Einkaufen fahren", fügte sie hinzu.

Elisabeth klappte ihren leeren Pizzakarton nun ebenfalls zu und schluckte das letzte Stück Pizza hinunter. Mit einer Geste auf den Tisch sagte sie knapp: „Ich räume hier auf."

Die beiden anderen Frauen bedankten sich, und Sabine folgte Dagmar hinaus auf den Gang. Elisabeth konnte vom Wohnzimmer her noch ihre leisen Stimmen hören. Sie warf einen letzten Blick hinaus zu den Bäumen, aber das Treiben der Vögel dort war verebbt. So, als wären sie weitergezogen, oder als hätten sie ihre Unstimmigkeiten geklärt. Nur vereinzelte Kohlmeisen waren auf den Zweigen zu erspähen.

Mit einem kleinen Seufzer erhob sich Elisabeth und faltete alle Pizzakartons zusammen. Für den Papiermülleimer in der Küche waren sie zu groß, deshalb brachte sie sie gleich vor die Haustür zum Mülltonnenhäuschen. Darauf stand ein Terracotta-Topf mit verwelkten Geranien darin, die schon längst hätten entsorgt werden können. Daneben lag allerlei Laub umher. Wie auch im Garten war hier länger nichts erledigt worden. Mit ihren bloßen Händen riss Elisabeth die braun vertrockneten Geranienstiele heraus und warf sie in die Biotonne. Zurück blieb der Topf voller Erde auf dem blätterbedeckten Betonhäuschen.

Wieder in der Küche räumte sie das benutzte Besteck und die Gläser in die Spülmaschine. Sie war gerade fertig damit, den Tisch sauber zu wischen, als Sabine

61

im Türrahmen erschien, einige Einkaufstaschen in der Hand.

„Ich fahre jetzt zum Supermarkt", verkündete sie und griff nach dem Einkaufszettel, der noch immer auf der Fensterbank lag.

„Ich kann auch gerne...", fing Elisabeth an, doch die Krankenschwester winkte ab.

„Bleiben Sie ruhig hier. Dann können Sie beide sich in Ruhe unterhalten."

Der leicht manipulative Ton in ihrer Aussage gefiel Elisabeth nicht, aber sie wusste nicht, wie sie sich dagegen wehren sollte ohne Sabine zu kränken. Schließlich war Dagmar auf ein gutes Verhältnis zu ihren Pflegerinnen angewiesen, und Elisabeth wollte das nicht durch unbedachte Worte gefährden. Also hängte sie nur den ausgespülten Wischlappen zum Trocknen an den Wasserhahn und verfolgte aus dem Augenwinkel, wie Sabine die Küche und dann das Haus verließ. Von draußen war zuerst das Schlagen der Autotüren zu hören, dann startete der Motor und Elisabeth hörte, wie das Auto sich langsam entfernte. Dann war es still.

Elisabeth lehnte sich gegen die Arbeitsplatte neben dem Herd und starrte vor sich hin. Das Ticken der blauen Küchenuhr schräg über ihr erfolgte stetig und unaufhaltsam, dasselbe Ticken, das seit über dreißig Jahren diesen Raum erfüllte. Unermüdlich zeigte sie die Zeit an, und sie würde es bestimmt auch dann noch tun, wenn die Zeit alles andere um sie herum lange verändert haben würde. Die Menschen und vielleicht sogar dieses Haus, denn keiner konnte sagen, was nach einem Verkauf damit geschehen würde. Es war eine wunderschöne Gegend rundherum. Womöglich würde ein neuer Eigentümer das Haus abreißen und etwas Großes und Modernes an seine Stelle bauen. Dieser Gedanke behagte Elisabeth gar nicht. Auch wenn sie als Architektin eine Schwäche für moderne Bauten hatte, so mochte sie auf der anderen Seite auch alte Häuser, und dies hier war einfach Dagmars und ihr Zuhause der Kindheit. Daran würde sich nie etwas ändern.

Elisabeth wurde von einem Geräusch aus ihren Gedanken geholt. Sie hörte Dagmar aus dem Wohnzimmer husten und dann ihren Namen rufen. Fast etwas widerstrebend ging Elisabeth deshalb hinaus aus der Küche und über den Gang. Dagmar hustete erneut und drückte auf der Fernbedienung des Bettes herum, um das Kopfteil hochzustellen. Dann deutete sie auf eine Flasche Wasser und ein Glas auf dem Wohnzimmertisch.

„Kannst du mir bitte das Wasser bringen?"

Sabine musste vergessen haben, es auf den Tisch neben dem Bett zu stellen, wo Dagmar es erreichen konnte. Elisabeth goss Wasser in das Glas und reichte es ihrer Schwester, die es sofort leerte. Als Dagmar das Glas abgesetzt hatte, lag ihr Blick eine Weile lang nur auf Elisabeth, sodass diese sich schon fragte, was in ihr vorging. Doch gerade, als sie zu einer entsprechenden Frage ansetzen wollte, hob Dagmar das Glas an und stellte es neben sich auf das Tischchen.

„Und, wie viele hast du nun?", fragte sie unvermittelt, und Elisabeth verstand zuerst nicht, wovon sie sprach, aber als ihre Schwester eine greifende Geste in Richtung Boden machte, fielen ihr schlagartig die Kastanien wieder ein.

„Ich weiß es nicht", gab sie verblüfft zurück. Die Fundstücke befanden sich noch immer in ihren Manteltaschen, also ging sie zur Garderobe auf dem Gang, um ihn zu holen. Tatsächlich waren es vierundzwanzig Kastanien, die sie nach und nach aus seinen tiefen Taschen fischte und auf die Bettdecke vor Dagmar legte. Die strich mit den Fingern über jede einzelne Rundung, die glatten und die rauen Stellen. Versonnen wirkte sie, fand Elisabeth, während sie den Mantel über die Sofalehne hängte. Dann nahm sie aus dem Augenwinkel

63

wahr, wie ihre Schwester auf eine Sache im Regal deutete. Dort stand recht weit unten eine Kiste von der Größe eines Schuhkartons.

„Hol´ die doch mal her", sagte sie dazu. Die Kiste war mittelschwer, und ihr Inhalt klapperte darin bei jeder Bewegung. Elisabeth stellte sie vor Dagmar auf die Decke neben die Kastanien und hob auf deren Nicken hin den Deckel. Sie traute ihren Augen nicht! Der Karton war gefüllt mit alten verschrumpelten Kastanienmännchen! Ungläubig griff sie hinein und hob eines nach dem anderen hoch. Männchen mit Augen aus Perlen, mit Hüten aus Filz und sogar eines mit einer kleinen Krawatte aus Stoff, die auf seinem Kastanienbauch aufgeklebt war. An diese eine Figur meinte Elisabeth sich sogar erinnern zu können, und unvermittelt stiegen in ihr Erinnerungen auf an lange Bastelnachmittage mit ihrer Mutter. Stundenlang hatten die beiden Schwestern in einem Herbst am Tisch in der Küche gesessen und ein Männchen nach dem anderen gebastelt, während die Mutter Hefezöpfe gebacken hatte und draußen der kalte Herbstregen gegen die Scheiben geklopft hatte. So vertieft in ihr Tun, dass sie fast vergessen hätten, den wunderbar duftenden Punsch zu trinken, den die Mutter für ihre Mädchen heiß gemacht hatte. Gott, was waren sie stolz gewesen auf ihre Männchenparade!

„Mutter hat sie alle aufbewahrt", durchbrach Dagmar die Erinnerungen. Sie hatte Elisabeth beobachtet und nahm nun ihrerseits eines der Kunstwerke in die Hand. „Ist das lange her...", flüsterte sie.

Etwas weiter unten in der Kiste bekam Elisabeth auf einmal etwas Kühles zu fassen, und im nächsten Moment förderte sie eine Zange zutage und einen kleinen Handbohrer. Er war stellenweise schon etwas angerostet, aber seine gewundene Spitze bohrte sich sofort durch die glatte Oberfläche der Kastanie, auf die Elisabeth sie nun ansetzte. Es reizte sie auf einmal unge-

64

mein, diese Handgriffe durchzuführen, die so lange tief vergraben gewesen waren in ihrem Gedächtnis. Ihre Hände schienen sich sofort zu erinnern, denn sie bohrten mühelos drei Löcher in die Kastanie. Dagmar beobachtete ihre Schwester mit einem Blick, der zugleich Irritation und Belustigung widerzuspiegeln schien, erst recht als Elisabeth ihr die fertig gebohrte Kastanie in die Hand legte. Eine Packung Streichhölzer befand sich in einer Schublade in der Küche. Es war schwierig für Dagmar, die dünnen Hölzchen zu fassen, aber mit Elisabeths Hilfe schaffte sie es, dem begonnenen Männchen einen Hals, zwei Arme und zwei Beine zu verpassen. Kopf und Füße bildeten drei kleine Kastanien.

„Der sieht aus wie Helmut Kohl", schmunzelte Dagmar, und hatte damit gar nicht so unrecht, wie Elisabeth fand. Das nächste Männchen bekam als Füße zwei Holzperlen, die ebenfalls in der Kiste lagen, sowie zwei Glitzersteinchen zum Aufkleben als Augen.

„Elton John!", rief Elisabeth aus und war so glücklich, als Dagmar in ihr Lachen einfiel. Sie fühlte sich auf eine seltsame Weise beschwingt, während sie ein Figürchen nach dem anderen zusammensteckten, bis schließlich nur noch unbrauchbare Kastanien übrig waren. Ein letztes Mal umfasste die ältere Schwester die Hände der jüngeren und half ihr so, die Streichhölzer in die gebohrten Löcher zu stecken. Elisabeth spürte, wie Dagmars Finger zitterten. Kraftlos schienen sie mit einem Mal zu sein, aber Dagmars Mund wurde umspielt von einem zufriedenen Lächeln.

„Meine Ergotherapeutin wäre stolz auf dich", schmunzelte sie und ließ das Produkt ihrer Mühen auf die Bettdecke rollen. Ein kugelrunder Kastanienmann, der entlang der Deckenfalten abwärts kullerte und nur durch seine anderen Kollegen gestoppt wurde. Auch Elisabeth musste unwillkürlich lächeln bei diesem Anblick.

65

Wie viel Zeit vergangen war, wusste sie nicht, aber plötzlich war das Öffnen der Haustüre zu hören. Sabine trug die raschelnden Einkaufstaschen in den Gang und rief ein kurzes „Hallo!" in Richtung Wohnzimmer. Wenige Momente später stand sie in der Tür und zog ihre Mütze vom Kopf. Ihr Blick spiegelte Erstaunen wider.

„Oha!", rief sie aus beim Anblick der alten und neuen Kastanienmännchen, die überall auf der Bettdecke verteilt lagen. „Fleißige Bastelstunde?"

Sie zog ihre Jacke aus und schob die Ärmel ihres Pullovers hoch. Die beiden Angesprochenen grinsten nur als Zustimmung. Auf einmal machte Sabine auf dem Absatz kehrt.

„Dann können Sie ja hiermit gleich weitermachen", sagte sie, ging auf den Gang und kam mit einem mittelgroßen runden Kürbis zurück. Auf seiner orangen Oberfläche waren Aufkleber in Form von Augen und einem Mund angebracht. Offensichtlich war er extra zum Schnitzen gedacht – ein Halloween-Kürbis. Die Krankenschwester platzierte ihn an das Fußende des Bettes und verließ mit einem Grinsen abermals das Zimmer, bevor eine der beiden anderen etwas erwidern konnte. Auf dem Gang und von der Küche her war dann zu hören, wie sie die restlichen Einkäufe aufräumte.

Elisabeth warf einen Blick zu ihrer Schwester, die ihn erwiderte, noch immer mit einem amüsierten Ausdruck. Dann griff sie nach dem Kürbis und befühlte seine glatte Oberfläche. Die gleichmäßigen Längsfurchen wirkten perfekt unter ihren Fingerkuppen. Kürbisschnitzen... das hatte sie als Kind auch gerne gemacht. Eigentlich hatte sie alles gemocht, was mit Basteln und Kreativität zu tun gehabt hatte. Ihre Phantasie war ein scheinbar unerschöpfliches Meer gewesen. Nicht zuletzt deshalb hatte sie sich auch für das Architekturstudium entschieden – quasi Basteln für Erwachsene. Aber, das erkannte sie jetzt, die Bastelstunden ihrer Kindheit, dieses Erfolgserlebnis, etwas zum ersten Mal selbst hergestellt zu haben, das hatte sie als Erwachsene so gut wie nie erlebt. Diese Magie der Kindheit...

‚Das Gras war grüner...', kam ihr auf einmal eine Zeile aus einem Lied von *Pink Floyd* in den Sinn. Wie hieß es noch? *High Hopes*? Und es stimmte... das Gras war grüner gewesen, als sie noch ein Kind gewesen war. Die ganze Welt: schöner, bunter, lauter... Gab es überhaupt eine Chance, das noch einmal zu erleben? Vielleicht wenn man selber Kinder hatte...

Unwillkürlich seufzte Elisabeth bei diesem Gedanken.

„Basteln macht bestimmt mehr Spaß mit Kindern. Das muss toll sein in deinem Job", entgegnete sie auf Dagmars fragenden Blick. Ihre Schwester war mit Leidenschaft als Erzieherin tätig. Tätig gewesen. Jetzt schaute Dagmar erst einen Moment verwundert drein, dann wurde ihr Ausdruck verächtlich. Jedenfalls wirkten ihre heruntergezogenen Mundwinkel so auf Elisabeth, und was sie dann sagte, unterstrich dies zudem:

„Ach komm, du hast doch mit Johannes alles, was du immer wolltest."

Klar, auf ihre Schwester musste es so wirken. Erfolg im Beruf, verheiratet mit einem erfolgreichen Architektenkollegen, eine schöne Wohnung in der Stadt... Elisabeths Leben sah von außen aus wie die Erfüllung all ihrer Träume, das wusste sie. Wenn doch der Schein nur annähernd mit der Realität zu tun gehabt hätte!

Elisabeth legte den Kürbis zurück auf die Bettdecke und rieb ihre Hände aneinander. Wie sollte sie das ihrer Schwester erklären? Sie hatten seit Elisabeths Ankunft nicht über Johannes gesprochen, bis auf die eine Frage von Dagmar. Warum hatte sie nicht mehr nach ihm gefragt? Sie konnte ihn nicht leiden, diesen erfolgreichen und vielbeschäftigten Mann, der immer eine Entschuldigung gehabt hatte, um nicht bei Familienfeiern dabei sein zu müssen, das wusste Elisabeth. Aber hatte sie sich

67

in den letzten Tagen nicht gefragt, wie es ihrer Schwester ging und ob sie glücklich war? Vielleicht wollte sie es nicht hören, nichts von einem glücklichen Eheleben. Wenn sie wüsste…

„Ich hatte auch nicht alles…", flüsterte Elisabeth. Dagmar machte eine wegwerfende Handbewegung, die durch die Spastik beinahe etwas Komisches an sich hatte, und hob ihren Kopf.

„Jetzt werd mal nicht dramatisch", fing sie an. „Mit deinem Job und so, du hast doch so viel Erfolg gehabt bei diesem Projekt in Shanghai und dann London! Du hast eine tolle Wohnung mit Johannes…"

„Johannes hat mich verlassen", fiel Elisabeth ihr ins Wort und schaute ihrer Schwester direkt ins Gesicht. Unwillkürlich straffte sie ihren Oberkörper und verschränkte ihre Arme vor der Brust. So verwundbar fühlte sie sich mit einem Mal, so ausgeliefert.

Dagmar starrte sie nur an, einige lange Augenblicke. Den Mund hatte sie halb geöffnet, ihre linke Hand in den Deckenbezug gekrallt.

„Was?", fragte sie endlich leise, und ihre Stimme hallte in Elisabeths Kopf nach wie ein schreckliches Echo der Fassungslosigkeit. Diese absolute Fassungslosigkeit, die auch sie selbst gepackt hatte an diesem Abend, an dem ihr Mann das gemeinsame Leben in Stücke gerissen hatte. Hatte sie es kommen sehen? Hatte sie es geahnt? So oft hatte sie sich das schon gefragt.

„Er will sich von mir scheiden lassen", fügte sie leise hinzu, und dieser schlichte Satz tat so weh. Nie hatte sie früher geglaubt, dass Worte so schmerzen konnten, und auch nicht, dass ihr so etwas jemals passieren würde. Diese Entfremdung von dem Menschen, den sie einmal so innig geliebt hatte. Wie sehr hatte sie Johannes geliebt!

Dagmar erwiderte nichts mehr, und der letzte Satz hing zwischen ihnen wie eine scharfe Klinge, von der eine lauernde Gefahr ausging. Eine Klinge, wie aus brennendem Stahl, bereit, um unfassbare Schmerzen zu verursachen. Bereit, um zu vernichten.

KAPITEL SIEBEN

Hallo Liebling,
nun also habe ich beschlossen, dir zu schreiben, weil du
einfach nicht kommst und weil Schreiben das Einzige ist, was
ich im Moment tun kann. Weißt du, dass es nun Nummer
25 war? Der 25. Versuch und du bist nicht gekommen. Die
25. Einladung ohne Antwort. Habe ich zu sehr gebettelt? Ich
verstehe es einfach nicht. Bin ich so fürchterlich?

Es war ein beinahe milder Tag. Kühl zwar, aber trocken. Elisabeth war schon früh wach gewesen, schon vor dem Erscheinen des Tageslichts. Und jetzt, wo es da war, da zog es sie regelrecht nach draußen. Schwester Pia hatte im Wohnzimmer alles hergerichtet, um Dagmar die Haare im Bett zu waschen. Die beiden würden also eine Weile beschäftigt sein.

Deshalb zog Elisabeth sich eine bequeme Jeans und eine alte Jacke ihrer Mutter an, sowie deren Gummistiefel. Gartengeräte fand sie im Schuppen hinter dem Müllhäuschen: einen alten Holzrechen, Schaufeln, Scheren, sogar eine Axt. Und die alten Lederhandschuhe, die ihre Mutter bei der Gartenarbeit immer getragen hatte. Es war ein seltsames Gefühl, sie jetzt überzustreifen. Der unvergleichliche Geruch, der von ihnen aufstieg, nach altem Leder und Erde, katapultierte Elisabeth zurück in vergangene Herbsttage, an denen die ganze Familie im Garten gearbeitet hatte. Auch ihr Vater. Er hatte an den Wochenenden stundenlang Büsche und Bäume beschnitten, während seine Mädchen die abgeschnittenen Zweige gesammelt und zerkleinert hatten. Der Garten war immer eine Aufgabe für die ganze Familie gewesen.

Zuerst machte Elisabeth sich daran, das Laub vor dem Haus und am Müllhäuschen zusammenzukehren. Einen vollen Laubsack nach dem anderen trug sie zum Komposthaufen in der Nähe des Hühnerstalls, um ihn dort zu leeren. Diese körperliche Arbeit tat ihr unerwartet gut, auch wenn sie sich von Zeit zu Zeit die Hilfe einer Schubkarre wünschte. Die Hühner beobachteten ihr Tun zunächst mäßig interessiert, und nach einer kurzen Weile widmeten sie sich wieder ihrer Nahrungssuche. Es wurde ein ansehnlicher Laubhaufen, und Elisabeth begann zu befürchten, dass der nächste starke Windstoß all ihre Anstrengungen wieder zunichtemachen könnte. Deshalb beschloss sie, obwohl sie sich schon ziemlich k.o. fühlte, von den hochgewachsenen Stauden ein paar zurückzuschneiden, um mit den stabilen schweren Stielen, das Laub zu beschweren. Der intensive Duft der Goldgarbe durchströmte die Luft, als Elisabeth die vertrockneten Stängel abknipste. Ein wenig erinnerte sie das Aroma an Kamille, aber sie war sich nicht sicher, ob ihre Einordnung korrekt war. Viel verstand sie nicht von Pflanzen, auch wenn sie den Garten immer geliebt hatte. Ihre Eltern hatten ihnen natürlich die gängigsten Pflanzen gezeigt und versucht, den Töchtern das ein oder andere dazu beizubringen. Aber ein Kind bestimmt eben oft selber, was es lernt und was nicht.

Elisabeth war so in ihr Tun vertieft, dass sie gar nicht bemerkte, wie die Terrassentür geöffnet wurde. Sie war gerade dabei, die braunen piksenden Stauden neben der Terrasse zu entfernen, als sie Schwester Pias Stimme hörte: „Wow! Da waren Sie aber fleißig!"

Und wirklich. Elisabeth hatte gar nicht bemerkt wie die Zeit vergangen war! Neben ihr lag bereits ein beachtlicher Haufen Biomüll. Dagmar saß in der Nähe der offenen Terrassentür, ein Handtuch dick um ihren Kopf gewickelt. Sie musste sich recken, um das Ergebnis von Elisabeths Mühen zu sehen, aber dann ließ sie

71

ein leichtes Lächeln über ihr Gesicht huschen. Doch es lag auch noch etwas anderes in ihrem Ausdruck, etwas, was Elisabeth nicht deuten konnte. Dagmars Aufmerksamkeit währte auch nicht lange, und nach ein paar Augenblicken wandte sie sich ab.

Nach einem weiteren Blick auf den Haufen neben sich beschloss Elisabeth, es für heute gut sein zu lassen. Ihre Fingerspitzen waren taub vor Kälte, trotz der Handschuhe. Die Gartenschere legte sie auf das Mäuerchen, das die Terrasse umrahmte, dann trug sie den entstandenen Biomüll zum Komposthaufen und bedeckte das Laub damit. Richtig zufrieden fühlte sie sich, als sie schließlich das Ergebnis betrachtete. Neben ihr gackerten die Hühner leise vor sich hin. Elisabeth zog die Handschuhe aus und strich sich die Haare aus dem Gesicht.

Die Terrassentür war wieder geschlossen, als Elisabeth einen Blick zum Haus warf, und auch ihre Schwester konnte sie nicht mehr sehen. Also sammelte sie alle Gartengeräte ein und brachte sie zurück zum Schuppen. Inzwischen drang sogar ein Hauch von Sonnenstrahlen durch die Wolkendecke und ließ die letzten Blätter an den Bäumen schimmern. Wie viel Uhr es war konnte Elisabeth nur raten. Um zehn Uhr herum, schätzte sie, und als sie die Haustür hinter sich geschlossen hatte, bestätigte ein Blick vom Gang aus auf die Küchenuhr ihre Vermutung.

Aus dem Wohnzimmer hörte sie das Brausen des Haarföhns. Elisabeth entledigte sich der Gummistiefel und der Jacke und trat an die Küchenspüle, um sich gründlich die Hände zu waschen. Erst jetzt bemerkte sie einzelne Kratzer an ihren Handgelenken und Unterarmen, wohl vom Tragen der Staudenstängel. Gerade als sie sich die Hände getrocknet hatte verstummte der Föhn-Lärm aus dem Wohnzimmer, deshalb trat sie aus der Küche und ging den Flur hinunter. Pia raffte gerade das

Kabel des Föhns zusammen, dann nahm sie Dagmar die Bürste aus der Hand und begann, das frisch getrocknete Haar zu kämmen.

„So schöne Haare haben Sie", murmelte sie dabei. Dann entdeckte sie Elisabeth im Türrahmen. „Hallo! Genug mit Gärtnern für heute?"

Elisabeth bejahte und rieb sich dabei die schmerzenden Handgelenke. Auch ihre Beine schmerzten und fühlten sich schwer an, und so ließ sie sich mit einem Seufzer auf das Sofa fallen. Sie musste wirklich wieder mehr Sport treiben, dachte sie kurz. Pia legte geräuschvoll die Bürste auf den Wohnzimmertisch und band die langen Haare ihrer Patientin mit einem Gummi zusammen. Auch wenn das etwas unangenehm aussah, verzog Dagmar keine Miene. Ihr Blick war auf den Garten gerichtet.

„Ich habe gerade gemeint, wir könnten zum Baumarkt fahren und ein Vogelhäuschen besorgen", ergriff sie dann ganz unvermittelt das Wort. Und als Pia fertig war mit dem Zusammenbinden und mit dem Föhn, der Bürste und dem Körbchen mit den Haargummis das Zimmer verlassen hatte, wandte sie ihren Rollstuhl dem Sofa zu, auf dem ihre große Schwester saß.

„Was meinst du dazu?", fragte sie. Elisabeths Blick fiel unvermittelt auf die am Vortag gebastelten Kastanienmännchen, die auf einem Buchstapel im Regal aufgetürmt lagen. Der Karton mit den alten Männchen stand wieder an seinem Platz unten im Regal.

„Ein Vogelhäuschen?", hakte sie nach und richtete ihren Blick dann auf ihre Schwester.

„Ja, ein Futterhäuschen. Ich mag das, den Vögeln zuzusehen im Winter", antwortete die mit einer Kopfbewegung in Richtung Fenster.

‚Nicht nur im Winter', dachte Elisabeth und musste innerlich schmunzeln, denn als Kinder waren sie oft am Fenster gesessen, um das Treiben der Vögel zu beobachten. Und einmal im Frühjahr hatten sie im Garten ein kleines Ei gefunden. Weiß mit kleinen braunen Punkten war es in der Wiese gelegen, so versteckt, dass sie fast darauf getreten wären...

„Erinnerst du dich noch an das Ei?", stellte Elisabeth unvermittelt ihren Gedanken in den Raum.

Dagmar musste ebenfalls grinsen und sah auf ihre Hände, die in ihrem Schoß lagen. Das Ei... Es musste wohl aus einem der umliegenden Nester gefallen sein, und die beiden Schwestern waren wild entschlossen gewesen, dieses Ei irgendwie auszubrüten. Ungefähr zehn musste Elisabeth gewesen sein. Aus Mangel an einer geeigneten Wärmequelle hatten sie ihren Schatz abwechselnd in ihren kleinen Fäusten warmgehalten. Etwa eine Stunde hatten sie dieses Engagement durchgehalten, bis schließlich Dagmar mit dem Ei in der Hand ganz überraschend hatte niesen müssen, und der flüssige Inhalt zwischen ihren kleinen Fingern hindurchgeronnen war. Eine kleine Katastrophe in ihrer Kinderwelt.

Dagmar rieb nun mit ihrer Hand über die andere, die wieder in dieser Schiene festgeschnallt war.

„Tut das eigentlich weh?", fragte Elisabeth und deutete darauf. Ihre Schwester jedoch schüttelte den Kopf verneinend.

„Zum Glück nicht. Die sind nur so verbogen durch die Spastik." Und wie um das zu demonstrieren hob sie die Hände und bewegte ihre Finger. Langsam und steif. Es wirkte mühsam.

„Nicht mehr zu gebrauchen", fügte sie leiser hinzu und ließ sie wieder sinken. Unwillkürlich spürte Elisabeth ein Ziehen, das durch ihre eigenen Finger ging, und ohne es zunächst bewusst wahrzunehmen, spiegelte sie die Bewegungen ihrer Schwester. Spielte Dagmar auf die Gartenarbeit an, die sie beobachtet hatte?

„Warum hast du mich nicht angerufen, als es dir schlechter ging?", sprach Elisabeth ohne Überleitung endlich ihre dringende Frage aus. Eine Frage, die sie sich so oft gestellt hatte seit sie hier war. Dagmar ließ ihre Hände in den Schoß sinken. Sie zögerte mit ihrer Antwort.

„Ich wollte nicht, dass du mich so siehst. Und ich wollte dich nicht belasten, du warst so beschäftigt…", fing sie schließlich an zu erklären. Eine vage Erklärung, das schien sie selbst zu bemerken, denn sie fuhr fort: „Ich dachte auch einfach, es wird wieder besser. Die Ärztin hatte die ganze Zeit gesagt, dass der Körper sich wieder erholen kann nach so einer Verletzung." Sie wischte mit dem krummen Handrücken über eine Falte in ihrer Hose. „Ich habe das halt geglaubt."

Du warst so beschäftigt… Ja, Elisabeth war beschäftigt gewesen mit sich selbst, ihrem Kummer und ihrer Arbeit, in die sie sich gestürzt hatte. Auch drei Monate ohne Johannes hatten ihren Schmerz bis dahin nicht mindern können. Heilte die Zeit wirklich Wunden? Sie wagte, es zu bezweifeln, denn es kam ihr so vor, als schmerzten alle ihre inneren Wunden noch wie am ersten Tag. Und nicht nur die, die Johannes´ Weggang gerissen hatte, sondern auch die vielen kleineren, die sich in den Jahren davor gesammelt hatten. Wunden enttäuschter Hoffnung. Hatte sie sich egoistisch verhalten gegenüber Dagmar? Vielleicht. Aber wenigstens hatte sie ab und zu angerufen um kurz zu hören, dass alles soweit in Ordnung war, und ihre Schwester hatte nie etwas anderes durchscheinen lassen.

„Aber dann, als klar war, dass es nicht besser wird?… Dagmar, du hättest mich anrufen müssen!"

Dagmar schaute ihre Schwester einen Moment lang an, dann sah sie auf ihre Hände, die nun kraftlos in ihrem Schoß lagen. Ein paarmal holte sie tief Luft.

„Ich konnte nicht…", begann sie dann, brach jedoch ab. Langsam drehte sie ihren Rollstuhl zur Seite und starrte aus dem Fenster. Ihre ungeschiente Hand krampfte sich um den Greifreifen des Stuhls. Und auf einmal fiel Elisabeth wieder ein, was Sabine zu ihr gesagt hatte: ,Ihre Schwester war in der Reha depressiv.' War das der Grund gewesen?

Elisabeth traute sich nicht zu fragen, weil es offensichtlich ein schweres Thema für ihre Schwester war, und so saßen sie beide nur eine Weile schweigend nebeneinander, bis die Krankenschwester in der Tür erschien. „Und, wie haben Sie sich entschieden? Kaufen wir ein Vögelhäuschen?", platzte sie unbeschwert in die Szene. Elisabeth schaute zu ihrer Schwester, aber als die nicht reagierte, nickte sie selbst zustimmend.

„Ja, ich glaube, das sollten wir machen." Dagmar schielte zu ihr herüber, machte aber noch immer keine Anstalten, eine Antwort zu geben. Dieses Verhalten kannte Pia wohl schon gut genug, um es einfach zu übergehen. „Okay", meinte sie, „dann lassen Sie uns doch jetzt etwas kochen, und nach dem Mittagessen fahren wir dann zum Baumarkt." Sie wartete gar nicht lange auf die Zustimmung ihrer Patientin, sondern ging voraus in die Küche. Elisabeth ging kurz nach oben, um sich umzuziehen, dann folgte sie den beiden. Diesmal war die Mahlzeit viel schneller zubereitet als beim letzten Mal. Für die Kürbissuppe musste nur der Hokaido-Kürbis zerkleinert, gedünstet, püriert und anschließend gewürzt werden. Dagmar saß schweigend am Küchentisch, den Blick meist aus dem Fenster gerichtet. Auch beim Essen selber wurden nur ein paar Worte gewechselt.

Vor dem Küchenfenster tummelten sich wieder die Vögel in den Bäumen. Doch, es war eine gute Idee, ein Vogelhäuschen zu besorgen, dachte Elisabeth. Sie freute sich auf den Ausflug zum Baumarkt, denn es war die Art Geschäft, in der sie gerne stöberte. Zum Basteln

76

und Werken fand man hier alles, was man brauchen konnte. Schon alleine für ihren Beruf, für den sie wenigstens hin und wieder Modelle anfertigte, brauchte sie dieses Angebot an Materialien und Werkzeugen. Doch wie oft in der jüngeren Vergangenheit waren solche Besorgungen nur noch lästige Pflicht gewesen, die zügig erledigt werden musste. Kein Stöbern mehr auf der Suche nach Inspiration. Keine rechte Freude mehr an den unerschöpflichen Möglichkeiten der Kreativität. Wann hatte sie das nur verloren?

Mit einem inneren Seufzen leerte Elisabeth ihren Teller, als plötzlich ein Scheppern die Ruhe in der Küche durchriss.

Kapitel acht

Es kam für Elisabeth so plötzlich wie der Einschlag eines Blitzes. Sie hatte noch das Klirren des heruntergefallenen Löffels im Ohr, als neben ihr Pia von ihrem Stuhl aufsprang. Dagmars Augen waren nach oben verdreht. In zuckenden Bewegungen flogen ihre Arme nach vorne, und Pia schaffte es erst zu spät, den Rollstuhl vom Tisch wegzuziehen, sodass die Kürbissuppe aus Dagmars Teller über den Tisch spritzte. Eine Hand hatte Pia auf Dagmars Schulter, während sie deren Kopf an der Stirn leicht festhielt. Speichel und Kürbissuppe liefen aus Dagmars Mund auf ihren Pullover. Elisabeth brauchte ein paar Sekunden, um sich ebenfalls zu erheben. Ihre Hände klammerten sich unwillkürlich an die Tischplatte, während sie beobachtete, wie Pia Dagmars Kopf so gut wie möglich stütze. Kein leichtes Unterfangen, denn ihre Patientin zuckte weiterhin unkontrolliert am ganzen Oberkörper. Es dauerte noch einige Sekunden, und ebenso plötzlich wie sie sich verkrampft hatten, erschlafften nun Dagmars Glieder, sodass sie kraftlos im Rollstuhl hing.

Pia deutete auf den Schrank unter der Spüle, während sie Dagmar die verschwitzten Haare aus dem Gesicht strich.

„Können Sie mir bitte den Eimer von dort herholen?" Tatsächlich stand unter dem Abflussrohr ein kleiner Putzeimer, den Pia entgegennahm.

Dagmar wirkte noch benommen, aber ihre Augen blickten wieder nach vorne. Sie atmete schwer. Immer wieder strich ihr die Krankenschwester über die Haare, begleitet von beruhigenden Worten. Irgendwann beugte Dagmar sich nach vorne, und die Krankenschwester hielt den Eimer gekonnt, um das Erbrochene rechtzeitig aufzufangen.

Elisabeth fühlte sich wie erstarrt und unfähig sich zu rühren. Erst als Pia den Eimer auf den Boden stellte und ihrer Patientin den Mund abwischte, wagte sie zu sprechen.

„Ist alles in Ordnung?", fragte sie unbeholfen und bemerkte, wie ihre Stimme zitterte. Pia warf die Serviette in den Mülleimer und wusch sich die Hände.

„Ihre Schwester hatte einen epileptischen Anfall", erklärte sie. „Das kann hin und wieder passieren."

Was sagte sie da? Dagmar eine Epileptikerin? Elisabeth konnte nicht anders, als ihre Schwester anzustarren. Noch nie hatte sie etwas Vergleichbares erlebt.

„Aber, ist sie jetzt okay?" Sie wagte nicht, ihre Schwester direkt anzusprechen, die mit geschlossenen Augen in dem Rollstuhl mehr hing als saß. Pia nahm einen feuchten Lappen und wischte damit über Dagmars Pullover, aber die Flecken ließen sich nur mäßig entfernen.

„Ja, die Anfälle dauern bei ihr meistens nicht lange", erwiderte sie auf die Frage. „Aber sie ist jetzt sehr erschöpft."

Dagmar öffnete daraufhin leicht die Augen und flüsterte: „Ich muss mich hinlegen."

Heiser klang ihre Stimme. Pia beugte sich zu ihr hinunter und ließ sie einen Schluck aus ihrem Wasserglas vom Tisch nehmen.

„Ich weiß, Frau Gothe, das machen wir jetzt", sagte sie dann liebevoll. Ein letztes Mal wischte sie über den Pullover, warf den Lappen auf den Boden neben die Tür, zog Dagmar dann den Pullover über den Kopf und warf ihn dazu. Klar, die Sachen gehörten in die Waschmaschine.

„Ich bringe Ihre Schwester zum Bett", erklärte sie Elisabeth, während sie den Rollstuhl umdrehte und zum Flur schob. Die konnte nur nicken, und auch nachdem die

79

beiden die Küche verlassen hatten, brauchte sie einen kurzen Moment, bis sie sich aufraffen und aufräumen konnte. Der Schreck saß noch tief in ihren Gliedern. Als Pia zurückkam, hatte sie es gerade einmal geschafft, die Teller in die Spülmaschine zu räumen und den Tisch abzuwischen. Nur wenig hatte Dagmar von ihrer Suppe gegessen und davon war das meiste wieder rausgekommen. Pia half, die Küche in ihren Ausgangszustand zurückzuversetzen. Aus dem Augenwinkel beobachtete Elisabeth sie. So routiniert waren ihre Handlungen vorhin gewesen, als hätte sie so etwas schon viele Male erlebt. Hatte sie?

„Wie oft passiert das denn?", sprach Elisabeth schließlich aus, was in ihrem Kopf herumgeisterte. Pia spülte den gerade gereinigten Kochtopf nach und stellte ihn auf das Abtropfgitter. Dann trocknete sie sich die Hände mit dem Handtuch.

„So circa fünf- bis sechsmal im Monat bei Ihrer Schwester, schätze ich", antwortete sie dann überlegend. „Aber sie ist auch noch nicht perfekt mit den Medikamenten eingestellt. Deshalb hat sie ja erst einmal eine 24-Stunden Pflege bewilligt bekommen."

Sie strich sich eine Haarsträhne aus dem Gesicht und wechselte unvermittelt das Thema: „Ich würde jetzt gerne Pause machen. Könnten Sie sich zu Ihrer Schwester ins Wohnzimmer setzen bis ich zurück bin? Sie schläft jetzt."

Elisabeth willigte sofort ein, denn sie konnte absolut verstehen, dass Pia nun eine Pause brauchte, so gekonnt wie sie die Situation im Griff gehabt hatte. Zudem würde sie das Handy für Notfälle mitnehmen, was Elisabeth alle verbleibende Unsicherheit nahm.

Dagmar lag auf der Seite, das Gesicht zur Wand gedreht. Sie schnarchte leise, und um sie nicht zu wecken ging Elisabeth ganz leise zum Sofa und setzte sich. Vor dem Fenster schimmerte die tiefstehende Sonne durch die Äste der fast kahlen Bäume. In zwei Tagen würde schon November sein, und der Herbst würde endgültig einziehen. Wann es dieses Jahr wohl das erste Mal schneite?

Elisabeth hatte ihren Chef im Unklaren gelassen darüber, wie lange sie wegzubleiben gedachte. Schon oft im letzten halben Jahr hatte sie angekündigt, unbezahlten Urlaub nehmen zu wollen, und nun nach Abschluss ihres letzten Projekts hatte sie ihr Vorhaben endlich in die Tat umgesetzt. Sie war überzeugt davon, dass die Kollegen nicht allzu überrascht gewesen waren. In der Architektenszene kannte man sich, und es war kein großes Geheimnis, dass Johannes und sie nicht mehr zusammenwohnten. Hatte Johannes eine neue Freundin? Elisabeth schluckte hart, um diese Frage rasch aus ihren Gedanken zu verdrängen. Diese unerträgliche Vorstellung, er könnte eine andere Frau lieben... ihr Jojo, ihr Schnuff...

Mit der Hand wischte Elisabeth sich übers Gesicht und seufzte unwillkürlich. Natürlich, ja, sie hatten sich auseinandergelebt, beide so eingespannt in ihre Jobs. Aber war es das gewesen? Oder vielmehr diese unerfüllten Wünsche zwischen ihnen, und die Worte, die ihnen gefehlt hatten, um darüber zu sprechen.

Elisabeth wurde aus ihren Gedanken geholt, weil Dagmar hustete, doch sie schien nicht aufgewacht zu sein. Oder zumindest nur so leicht, dass sie nach einer kurzen Kopfbewegung wieder einschlief. Die kleine Dagmar... hatte sie jemals einen Mann so richtig geliebt? Also so, dass sie ihn hätte heiraten wollen? Elisabeth schämte sich mit einem Mal, weil sie es nicht wusste. Natürlich hatte sie mitbekommen, wenn ihre Schwester in jungen Jahren verliebt gewesen war oder für einen Jungen geschwärmt hatte. Sie hatte schließlich immer das Zimmer mit ihr geteilt. Auch wusste sie von mindestens zwei festen Freunden, die Dagmar gehabt hatte. Aber

81

nach ihrem eigenen Auszug hatte sie von solchen Dingen nicht mehr viel mitbekommen. Überhaupt hatte sie eine ganze Zeitlang nur oberflächlich Kontakt zur Familie gehabt, auch weil sie beruflich viel auf Reisen gewesen war. Die große weite Welt war ihr wichtiger gewesen als die kleine daheim.

Nun fiel ihr Blick auf das Fach im Bücherregal, in dem einige Fotoalben standen, und leise erhob sie sich und ging dorthin. Drei der Alben waren gefüllt mit Fotos aus ihrer Kindheit, vier weitere mit solchen aus späteren Zeiten. Die zwei mit den jüngsten Bildern nahm Elisabeth mit zum Sofa. Ihr Inhalt war im Wesentlichen eine Abfolge von Festen. Geburtstage, Ostern, Weihnachten, Feiertage… die Rubinhochzeit ihrer Eltern. So glücklich sahen sie alle auf den Bildern dieser Feier aus, vor allem ihre Eltern. Mit vergnügtem Lächeln und in einer liebevollen Umarmung vereint. Vierzig glückliche Jahre Ehe. Hätten sie gewusst, dass der Vater kein Dreivierteljahr später an einem Herzinfarkt sterben sollte, vielleicht hätten sie diesen Tag dann noch größer gefeiert. Niemand hatte das vorhersehen können, ebenso wenig wie die Erkrankung ihrer Mutter, die bald darauf folgte. Dass beide Elternteile sie so früh verlassen würden, wer hätte das ahnen können? Wie oft hatte Elisabeth sich in den letzten Jahren gewünscht, sie hätte es irgendwie gespürt, denn bestimmt wäre sie dann öfter zu Besuch gekommen. Und vielleicht hätte sie dann verstanden, wie kostbar die verbleibende Zeit mit ihrer Mutter gewesen war. Aber sie hatte es nicht geahnt und nicht einmal dann wahrhaben wollen, als es langsam dem Ende zuging. Nun ertappte sie sich immer wieder dabei, dass sie ihre Schwester um die intensive Zeit mit der Mutter beneidete, denn sie war es gewesen, die die Kranke in diesem Haus umsorgt und gepflegt hatte bis zuletzt.

Dagmar bewegte sich auf einmal im Bett, und deshalb wandte Elisabeth den Kopf zu ihr. Jetzt war ihre Schwester selber ein Pflegefall, schoss es ihr unwillkürlich durch den Kopf. Ironischer konnte das Schicksal kaum sein. Elisabeth wischte sich die Tränen von den Wangen und hielt einen Moment inne, um zu lauschen. Dagmar war erst ruhig, doch dann bewegte sie sich erneut und drehte sich langsam weg von der Wand, sodass Elisabeth ihr Gesicht sehen konnte. Leicht gerötet war ihre Haut, und die Haare hingen ihr ins Gesicht, weshalb sie mit der Hand ein paarmal darüberstrich.

„Hey", sprach Elisabeth sie leise an, um sie nicht zu erschrecken. Ihre Schwester erwiderte ihren Blick.

„Pia macht gerade Pause", erklärte Elisabeth. „Sie meinte, du würdest eine Weile schlafen."

Dagmar ließ ihre Hand kraftlos sinken und atmete ein paarmal tief durch.

„Ich bin auch k.o.", erwiderte sie dann, „aber ich wache trotzdem ständig auf."

Sie griff nach der Bettenfernbedienung und stellte den Kopfteil höher, sodass sie Elisabeth besser sehen konnte.

„Was machst du da?", fragte sie dann und reckte ihren Hals, um zu sehen, was Elisabeth auf den Knien liegen hatte. Als diese das Fotoalbum anhob, schien sie es sofort zu erkennen, denn sie ließ ihren Kopf wieder sinken und nickte verstehend.

„Ach, die alten Bilder", seufzte sie. Es klang wirklich erschöpft. Dann tastete sie nach dem Glas, das auf ihrem Betttisch stand, und trank einen Schluck.

„Mutters Fotoalben", sagte sie dann, nachdem sie das Glas abgesetzt hatte. „Da habe ich schon lange nicht mehr reingeschaut."

Elisabeth blätterte in dem jüngsten Album bis nach hinten, während Dagmar ihr dabei zusah. Die letzten Bilder darin waren am 68. Geburtstag ihrer Mutter gemacht worden, dem letzten Geburtstag vor ihrer plötzlichen Krankheit. Sie selbst saß auf den Fotos zentral an dem Kaffeetisch, einen großen Blumenstrauß im Arm. Ihre Töchter standen hinter ihrem Stuhl und hatten jeweils eine Hand auf den Schultern der Mutter abgelegt. Ansonsten waren noch ein paar Bekannte zu sehen. Mit den Fingerspitzen strich Elisabeth über das Gesicht ihrer Mutter auf einem der Bilder.

„Sie sieht noch so jung aus", murmelte sie mehr zu sich selbst und war überrascht, dass Dagmar sie verstanden hatte, denn die erwiderte:

„Der Krebs macht leider vor keinem Alter Halt. Und er hat sie so hilflos gemacht wie eine Neunzigjährige." Unwillkürlich stieg in Elisabeth das Bild von ihrer Mutter hoch, wie sie bei ihrem letzten Besuch ausgesehen hatte. Blass, dürr und vom Krebs ausgezehrt hatte sie wirklich wie eine Neunzigjährige ausgesehen, aber ihr Lächeln hatte Elisabeth Zuversicht gegeben. Zuversicht darauf, dass sie sich am übernächsten Tag wiedersehen würden. Vergebliche Zuversicht. In der Nacht war sie dann überraschend für immer eingeschlafen, sodass auch Dagmar es erst am nächsten Morgen bemerkt hatte.

„Aber du hast dich um sie gekümmert", sagte Elisabeth nun leise, und es schwang Bedauern in ihren Worten, ohne dass sie es wollte. Ihre Schwester hatte die Mutter gepflegt bis zuletzt, und sie, Elisabeth, war nicht da gewesen. Das war die bittere Realität, und nichts auf der Welt konnte sie ungeschehen machen.

Dagmar ließ diese Aussage ohne Reaktion stehen, ihr Blick verschwand im Nirgendwo.

„Irgendwann ist jeder hilflos", sagte sie schließlich leise, und etwas in ihrer Stimme schnürte Elisabeth die Kehle zusammen. Ihre Schwester, das begriff sie nun, hatte diese Lektion des Lebens lernen müssen, die sie selbst nicht wahrhaben wollte. Und sie hatte sie am eigenen Leib erfahren, denn so hilflos wie vorhin Dagmar hatte Elisabeth noch nie einen Menschen erlebt. So hilflos und so abhängig von anderen Menschen. Und nicht nur das: es war auch eine Abhängigkeit von der ganzen Gesellschaft und ihrem Sozialsystem, dessen Bedingungen man akzeptieren musste, ob man wollte oder nicht.

„Hast du dich entschieden wegen des Probewohnens?", fragte Elisabeth unvermittelt und wartete eine Weile auf eine Reaktion. Dagmar schaute kurz zu ihr herüber, wandte dann das Gesicht zur Zimmerdecke und starrte ausdruckslos nach oben. Eine Antwort blieb sie ihrer Schwester schuldig.

Kapitel neun

Anders als bei ihrem letzten Besuch war die *WG 7* dieses Mal voller Leben. Die Uhr zeigte kurz vor fünf und wie Serafim ihnen mitteilte, waren die meisten Bewohner bereits von der Arbeit in der Werkstatt zurück. Dieses Mal waren die beiden Schwestern nur zu zweit gekommen. Aus mehreren Zimmern drang verschiedene Musik, die sich zu einem kuriosen Mix auf dem Gang vereinte. Vom Wohnraum her schallte zusätzlich der Fernseher herüber, was die chaotische Geräuschkulisse perfekt machte. Serafim stellte den Besuchern seine Mitarbeiterin Mareike vor, eine kräftige junge Frau mit schwarzem Kurzhaarschnitt. In der Nase trug sie ein Piercing, ein kleines Tattoo zierte ihr Handgelenk. Kaum waren sie einander vorgestellt worden, piepte und blinkte das Telefon in ihrer Gürteltasche.

„Ah, das ist Patrick. Der wollte zur Toilette", erklärte sie kurz und verschwand in einem der Zimmer, über dem ein rotes Licht aufleuchtete.

„Ja ja, so läuft das bei uns. Wenn ein Bewohner in seinem Zimmer Hilfe braucht, geht sein Klingeln an unserem Diensttelefon ein. Manche rufen aber auch an und sagen uns direkt, was sie brauchen", ergänzte Serafim dazu. Dann führte er sie in das kleine Büro, bot Elisabeth einen Stuhl an und setzte sich selbst auf den Drehstuhl vor dem Schreibtisch.

„Und, haben Sie es sich überlegt mit dem Probewohnen?", fragte er an Dagmar gewandt. Die nickte zögerlich: „Für zwei oder drei Tage würde ich es mal ausprobieren."

86

Der Gruppenleiter schien erfreut, das zu hören, denn ein offenes Lächeln erschien auf seinem Gesicht. Er beugte sich nach vorne, die Arme auf seine Knie gestützt und erwiderte:

„Ich würde Ihnen empfehlen, eine ganze Woche zu bleiben. Dann erleben Sie alle Abläufe mal. Und Sie könnten sicher auch den Therapiebereich und das Schwimmbad mal testen."

Dagmar ließ das auf sich wirken. Noch schien sie unschlüssig zu sein, denn sie rührte sich nicht, bis Serafim sich aufrichtete und von seinem Stuhl erhob. Seine Hand griff nach dem Schlüsselbund, der neben ihm auf dem Schreibtisch lag.

„Wissen Sie was? Ich zeige Ihnen einfach mal das Zimmer."

Zusammen verließen sie das Mitarbeiterbüro wieder, und Serafim führte sie den Gang entlang. Aus der großen Küche waren mehrere Stimmen zu hören, die immer wieder in Gelächter ausbrachen. Die Tür stand offen, also stoppte Serafim um zu sehen, was dort vor sich ging. Fünf Personen waren anwesend, davon vier in Rollstühlen. Elisabeth erkannte unter ihnen Paul, den jungen Burschen, den sie beim ersten Besuch mit dem Handbike gesehen hatten. Sonst war noch eine junge Frau im Raum. Wie Mareike hatte sie ein Telefon am Hosenbund hängen, woraus Elisabeth schloss, dass auch sie eine Mitarbeiterin war. Es schien, als hätte Paul gerade etwas Lustiges erzählt, jedenfalls lachten die anderen, die Blicke auf ihn gerichtet. Dann griff die junge Frau auf einmal nach seinem Rollstuhl und drehte ihn wild im Kreis. Das alleine sah schon reichlich halsbrecherisch aus, aber sie setzte noch eins drauf, indem sie den jungen Mann mit seinem Rolli nach hinten kippte und auf dem Boden ablegte, sodass er quasi auf dem Rücken lag, und seine Beine in der Luft hingen. Elisabeth zuckte innerlich entsetzt zusammen bei dem Anblick.

Das konnte man doch nicht machen mit jemandem, der so hilflos war!

Auch Dagmar schien etwas in der Art durch den Kopf gegangen zu sein, denn sie schielte zu Serafim hoch und meinte: „Ist das nicht etwas unfair?"

Der Gruppenleiter jedoch lachte, während er die Arme verschränkte und erwiderte: „Ach, der Paul kann das!"

Und tatsächlich: der junge Mann ließ sich nach laut gespielter Empörung und einigen Flüchen seitwärts aus dem Stuhl rollen, setzte sich auf und brachte den Stuhl wieder in seine Standposition, wo er die Bremsen fixierte. Anschließend zog er sich mit ein paar kräftigen Armbewegungen wieder auf die Sitzfläche hoch.

Elisabeth war ehrlich beeindruckt! Solch eine Wendigkeit hatte sie nicht erwartet von jemandem, der nicht laufen konnte. Pauls Mitbewohner grölten, eine Frau klatschte. Auch Serafim lachte und rief: „Sehr gut, Paul! Lass dir nix gefallen!"

Der Akrobat genoss die Aufmerksamkeit sichtlich, denn er drehte sich mit seinem Rollstuhl ein paarmal im Kreis, was die Vorstellung noch vollendete.

Als Serafim der Küche schon den Rücken zugewandt hatte, um weiter den Gang hinunterzugehen, brachte Dagmar ebenfalls ihre Bewunderung zum Ausdruck, indem sie sagte: „Der ist ja ganz schön fit!"

Ihr Blick war noch immer in Richtung Küche gewandt, während ihre Hände schon langsam den Rollstuhl hinter Serafim herschoben. Der nickte bestätigend und meinte:

„Sie sollten ihn mal beim Basketball sehen! Er ist der Beste in seiner Mannschaft."

Während sie zu dem Gruppenleiter hochschaute, spiegelte Dagmars Blick die gleiche Verwunderung wider, die auch Elisabeth empfand.

„Basketball?", hakte sie nach. „Aber wie kann er ...?"

Serafim machte mit seinen Armen eine schiebende Bewegung und erwiderte knapp:

„Rollstuhlbasketball. Die Spieler sind unglaublich flink."

Er blieb vor einer Zimmertür stehen, holte seinen Schlüsselbund aus der Hosentasche und schloss auf.

„Vielleicht können Sie sich ja mal ein Spiel ansehen", fügte er hinzu, während er die Tür öffnete. Das Zimmer wirkte auf den ersten Blick kahl. Ein Pflegebett befand sich darin, ein Nachtkasten und in der Ecke ein kleiner Tisch mit Stuhl. Ein Kleiderschrank war in die Wand eingebaut.

„Jedes Zimmer hat bei uns ein eigenes Bad", erklärte Serafim und deutete auf eine Tür gegenüber dem Schrank. Insgesamt war es nicht groß, aber mit ein paar persönlichen Gegenständen ließe es sich wohl gemütlich gestalten. Für das große Haus, in dem Dagmar ihr ganzes Leben gewohnt hatte, war es freilich nur ein kläglicher Ersatz. Elisabeth überlegte, was sie Positives sagen konnte, um diesen Eindruck zu überspielen, als sie Dagmars Gesichtsausdruck wahrnahm. Ihre Schwester hatte den Mund zusammengekniffen, ihre Augen wanderten ziellos in dem Raum umher mit einem zweifelnden Ausdruck, der durch die Falten auf ihrer Stirn noch verstärkt wurde. Sie sagte nichts, schluckte nur ein paarmal. Serafim musste die gedrückte Stimmung wohl spüren, denn seine Hände spielten nervös mit dem Schlüsselbund. Dann trat er zu dem Fenster gegenüber der Zimmertür und zog die Gardinen zur Seite.

„Von hier hat man einen schönen Blick auf den Park", meinte er, aber seine Stimme klang gedämpft. Langsam schob Dagmar ihren Rollstuhl durch das kleine Zimmer neben ihn, um ebenfalls einen Blick aus dem Fenster zu werfen. Serafim schielte zu ihr herüber.

„Ich weiß, dass Sie mehr Platz gewöhnt sind…", begann er, aber der Blick seiner Besucherin ließ ihn wohl verstummen. So jung er auch war, er schien ein Gespür dafür zu haben, wann es besser war nichts zu sagen. Und so stand er einfach nur neben Dagmar, den Blick mit ihr gemeinsam auf den Park gerichtet. Elisabeth blieb unschlüssig neben der Badezimmertür stehen, und plötzlich musste sie sich daran erinnern, wie sie zu Beginn ihres Studiums versucht hatte, ein Studentenzimmer in der Stadt zu bekommen. Was waren ihr da nicht alles für Löcher angeboten worden! Finster, dreckig und muffig! So schlimm, dass sie schon überlegt hatte, ob sie zur Uni pendeln sollte. Aber das wäre jeden Tag eine vierstündige Fahrt gewesen hin und zurück. Wie froh war sie gewesen, dann endlich ein schönes Zimmerchen zur Untermiete bei einer netten Dame bekommen zu haben! Noch kleiner als dieses hier, aber sie hatte sich dort immer wohlgefühlt. Konnte Dagmar lernen, sich hier wohlzufühlen?

„Wann soll ich zum Probewohnen kommen?", fragte die schließlich so tonlos, dass es Elisabeth wehtat. Das war nicht fair! Wie sollte Dagmar in dieser kleinen Zelle denn nicht depressiv werden? Sie war das große Haus gewohnt!

Nur dumpf hörte sie Serafim erklären, dass in eineinhalb Wochen ein guter Zeitpunkt wäre, da die vierte Teamkollegin dann aus dem Urlaub zurück sein würde, und Dagmar so alle kennenlernen könne. Die gab mit einem schlichten Nicken ihr Okay dazu, sie verließen das Zimmerchen und Serafim schloss es wieder sorgfältig ab.

„Dann erledige ich den nötigen Papierkram und rufe Sie dann an."

Am Büro verabschiedeten sie sich. Die beiden Schwestern sprachen nicht, während sie auf das Kommen des Aufzugs warteten. Als er endlich ankam, waren von innen Stimmen zu hören, genauer gesagt eine Stimme. Das Öffnen der Türen gab den Blick auf zwei Rollstuhl-

fahrer frei und eine junge rundliche Frau, die sich, wie es aussah, noch neben sie gedrängt hatte. Sie schien die Missbilligung der anderen auf sich zu ziehen, zumindest zischte der eine recht unsanft zu ihr: „Wieso musst du dich unbedingt noch reinquetschen? Ich wäre froh, wenn ich Treppen steigen könnte!"
Die junge Frau wirkte auf Elisabeth, als hätte sie irgendeine Art von geistiger Behinderung, jedenfalls reagierte sie nicht auf die rauen Worte. Sie hielt den Kopf gesenkt und wackelte mit einem leichten Hinken raus aus dem Aufzug, den Gang entlang. Die beiden Rollstuhlfahrer folgten ihr, der eine nicht ohne einen grimmigen Blick auf Elisabeth abzufeuern.
Er hatte ja Recht! Natürlich könnte auch sie die Treppe gehen. Sie konnte seinen Ärger schon nachvollziehen und gleichzeitig kam er ihr sehr unbarmherzig vor.
Die beiden Frauen fuhren schweigend mit dem Lift nach unten, wo die Eingangshalle sich inzwischen geleert hatte. Auch der Empfangstresen war nicht mehr besetzt. Offenbar machte man auch hier um sechzehn Uhr Feierabend. Das Auto hatten sie wieder günstig an der Straße parken können, und es überraschte Elisabeth, wie einfach das Umsetzen ihrer Schwester auf den Beifahrersitz nun gelang. Vor ihrer Abfahrt vorhin hatte sie das mit Sabine noch ein paarmal geübt und festgestellt, dass es mit der richtigen Hebetechnik viel leichter ging, als sie es sich vorgestellt hatte. Auch ihre Schwester schien positiv überrascht zu sein, denn sie kommentierte den Erfolg mit einem lässigen „Nicht schlecht!"
Die Novembersonne hatte die Landschaft für heute verlassen, und die Straßenlaternen übernahmen die Beleuchtung. Als sie gerade losfahren wollten, rauschte ein Elektrorollstuhl vor ihnen über die Straße, in dem eine gut in Jacke, Mütze und Schal eingepackte Person saß. Es war nicht auszumachen, ob es sich um Mann

91

oder Frau handelte, aber die Person musste hier wohnen, denn sie verschwand zielsicher durch die elektrischen Schiebetüren ins Innere des Wohnheims.

„Der hat ja Nerven!", entfuhr es Dagmar, und Elisabeth schaute sich dann noch einmal besonders gründlich um, bevor sie aus der Parklücke rollte. Während sie im Schritttempo die Straße entlangfuhren, blieb Dagmars Blick an dem Haus haften, so lange bis sie den Kopf nicht mehr weiter nach hinten drehen konnte.

„Noch legst du dich ja nicht fest", meinte Elisabeth, der das nicht entgangen war. Ihre Schwester blickte nun starr geradeaus und vergrub ihre Hände unter dem Saum ihres Anoraks. War ihr kalt? Ohne zu fragen schaltete Elisabeth die Heizung ein, aber Dagmar schien es kaum zur Kenntnis zu nehmen. Unter der Jacke rieb sie ihre Finger aneinander.

„Man gewöhnt sich an alles, heißt es doch", gab sie schließlich zurück, es klang jedoch nicht sehr hoffnungsvoll. Elisabeth musste sich richtig bemühen, einen Seufzer zu unterdrücken. Wenigstens waren bis jetzt alle sehr nett gewesen dort in dem Heim. Und es lag relativ nahe an ihrem Elternhaus. Keine zehn Minuten dauerte die Fahrt.

Sabine war mittlerweile wieder zurück und empfing die beiden Frauen an der Tür. Ihr Telefon hielt sie in der Hand.

„Raten Sie mal, wer gerade angerufen hat!" Sie wartete keine Antwort ab, sondern fuhr gleich fort: „Das Sanitätshaus! Ihr Rollstuhl wird morgen geliefert!"

Die Begeisterung wirkte ansteckend, und Dagmars Gesicht schien sich tatsächlich zu erhellen, während sie über die Türschwelle manövrierte.

„Sehr gut! Diese Klapperkiste bringt mich noch um!"

Sabine half ihr die Jacke auszuziehen, und auch Elisabeth zog Schuhe und Mantel aus. Die Krankenschwester plapperte munter weiter, erzählte von ihrem Spaziergang zum See und ihren Besorgungen. Dann ging sie voraus ins Wohnzimmer, wo sie die Gardinen aufzog.

„Und, wie war es?", fragte sie plötzlich unvermittelt, mitten in ihren Bewegungen. Dagmar schien die Frage erwartet zu haben, denn sie erwiderte knapp: „Übernächste Woche soll ich kommen."

Von dem kleinen Zimmer erwähnte sie kein Wort, aber wozu auch? Sabine kannte das Haus ja. Mit einem langsamen Nicken nahm diese die Information zur Kenntnis, vielleicht abwartend, ob noch etwas von ihrer Patientin kommen würde. Als dies nicht geschah, öffnete sie die Terrassentür und zeigte auf etwas, das in etwa zwei Metern Entfernung auf der Terrasse stand.

„Schauen Sie mal, was ich mitgebracht habe!"

Elisabeth trat zu der offenen Tür, durch die kalte Luft hereinströmte. Undeutlich konnte sie so etwas wie einen metallenen Korb erkennen, in dem Holzscheite lagen. Ein Feuerkorb?

„Mein Bruder wollte ihn loswerden, und da dachte ich, das wäre vielleicht etwas für Sie", erklärte Sabine, den Blick auf Dagmar gerichtet. Die war ebenfalls an die Tür gekommen und spähte hinaus. Im Dunkeln war der Korb wirklich nicht leicht zu identifizieren, aber als sie ihn erkannte, grinste sie.

„Das ist eine gute Idee!", rief sie aus, und ihre Stimme klang wirklich fröhlich als sie hinzufügte: „Haben wir auch Marshmallows?"

Marshmallows... geröstet über dem offenen Feuer, das war eine Grillspezialität ihres Vaters gewesen, auch wenn er das natürlich nicht erfunden hatte. Unwillkürlich hatte Elisabeth nun den Geruch dieser Süßigkeit in der Nase, leicht verbrannt und süßlich. Hin und wieder hatte auch eines Feuer gefangen, wenn es am Stock aufgespießt zu nahe über die Flamme gehalten worden war. Eine süße Erinnerung... auch über ihr Gesicht huschte ein Grinsen.

93

„Das nicht", antwortete Sabine jedoch, „aber Maroni habe ich besorgt." Und sie holte eine Tüte der leckeren Esskastanien aus der Küche. Das war natürlich auch eine gute Idee, fast noch besser, fanden die Frauen, denn sie hatten Hunger. Also packten sie sich alle in Decken, und als Sabine das Holz in dem Korb erfolgreich entzündet hatte, setzten sie sich darum auf die Terrasse. Hell und knackend prasselte das Feuer und verbreitete bald eine angenehme Wärme. Bis sie die Maroni grillen konnten, mussten sie natürlich auf die Glut warten, aber unterdessen stillten sie ihren ärgsten Hunger mit Brot und Käsestücken. Sabine versuchte, eine Scheibe Brot über den Flammen zu rösten, jedoch wurde die schnell schwarz und ungenießbar.

„Und, wie ist Ihr Bruder so?", fragte Dagmar kauend. Sabine grinste, während sie das verkohlte Brot mit spitzen Fingern von dem Stock krümelte und endgültig dem Feuer überließ.

„Ein wilder Bursche ist er", antwortete sie schelmisch und warf den Brotstock ebenfalls ins Feuer. Dann wurde sie ernster.

„Nein, er ist ein ganz lieber Bursche. KFZ-Mechaniker ist er jetzt. Er war nur vor ein paar Jahren recht wild und ungehorsam." Was genau sie damit meinte, führte sie nicht aus, und Elisabeth wollte nicht unhöflich sein indem sie nachfragte. Jede Familie hatte ihre eigenen Geheimnisse.

Das Feuer war heruntergebrannt, und die heiße Glut leuchtete zwischen den Stäben des Korbes hindurch. Nun war es Zeit, die Kastanien aufzuschneiden und auf einem Rost liegend auf seinen Rand zu hängen. Ein wenig bespritzte Elisabeth sie mit Wasser, und es zischte dort, wo einzelne Tropfen die Glut berührten. Nicht lange dauerte es, bis der typische Duft gebackener Kastanien aufstieg und die braunen Schalen der Früchte sich an den Schnittkanten kräuselten. Die erste, die Elisabeth probierte, war ihrer Empfindung nach die beste. Schmeckte das lecker! Die Kastanie zerging heiß auf ihrer Zunge. Sabine schloss kurz die Augen und schien den Geschmack ebenfalls zu genießen, nachdem sie auch eine Kastanie für Dagmar geschält hatte.

„Was hat Ihr Vater eigentlich beruflich gemacht?", fing sie dann kauend ein neues Thema an. Eine überraschende Frage.

„Er war Ingenieur", antwortete schließlich Dagmar. „Er hat sein Leben lang in der gleichen Firma gearbeitet."

Und er hatte seine Arbeit geliebt, überhaupt alles, was mit Technik zu tun hatte. Insgeheim hatte Elisabeth manchmal geglaubt, dass er gerne einen Sohn gehabt hätte, dem er alles zeigen konnte. Zwar hatte er auch mit seinen Töchtern Dinge gebaut, aber an den Einzelteilen ihres Radios waren sie bestimmt nicht so interessiert gewesen, wie es vielleicht ein Junge gewesen wäre. Aber das war schwer zu sagen, denn ihr Vater hatte auch mit Dagmar und ihr viel unternommen. Ausflüge zu Museen und Jahrmärkten, Wanderungen, oder auch kleinere Dinge wie das Anlegen eines Gemüsebeetes im Garten oder das Bauen von Flugdrachen im Herbst. Schöne Erinnerungen...

Sie wusste nicht, ob er gerne einen Sohn gehabt hätte, aber was Elisabeth mit Sicherheit sagen konnte war, dass er seine beiden Töchter sowie seine Frau heiß und innig geliebt hatte. Und diese Gewissheit erfüllte sie mit Glück, während sie hier auf der Terrasse ihren Blick in der Glut des Feuerkorbes versinken ließ.

KAPITEL ZEHN

*Hallo Liebling,
ich bin so traurig, so voller Verzweiflung! Was mache
ich falsch? Warum willst du mich nicht? Warum willst du
nicht bei mir wohnen? Keine Antworten auf meine Fragen. Ich
weine rote Tränen. Es ist so kalt ohne dich...*

Elisabeth empfand es als seltsam, seine Stimme zu hören. Fremd und wie aus einer anderen Welt, dabei arbeiteten sie schon bald zehn Jahre zusammen. Er war
ein guter Chef, Markus, ohne Zweifel. Fast immer fair,
ließ seinen Mitarbeitern Freiheit und förderte ihre Ta-
lente. Aber auch er konnte nichts daran ändern, dass
sich viel verändert hatte. Wo sie früher noch mit Leidenschaft Modelle gebaut hatten, war nun meist aus-
schließlich das Design am Computer gefragt. Elisabeth
fühlte nichts, als sie ihren Chef jetzt sagen hörte:
„Hey, das Projekt ist ein voller Erfolg! Der Kunde ist
sehr zufrieden!"
Es überraschte sie selbst, wie wenig sie das interessierte.
Monatelang hatte sie dafür geschuftet, aber als Markus
fortfuhr: „Du musst unbedingt kommen, damit wir feiern können!", da konnte sie sich einfach nicht freuen.
Vor ein paar Jahren noch wäre sie maximal euphorisch
gewesen nach so einer Nachricht. Und jetzt? Es bedeutete nichts.
„Ich kann nicht", antwortete sie langsam, „ich bleibe
noch länger."
„Okay...", erwiderte er zögerlich. „Ist alles in Ordnung?"
Ob alles in Ordnung war? Hatte er vergessen, weshalb
sie Urlaub genommen hatte? Vor ihrer Abreise hatte sie

ihm genau erzählt, was passiert war, und sie hatte keine Lust, das zu wiederholen. Sie hörte ihn am anderen Ende schnaufen, dann jedoch schien er sich zu besinnen, denn er fragte: „Wie geht es deiner Schwester?"

Es wirkte so gestelzt, und auf einmal verspürte Elisabeth keine Lust mehr, überhaupt noch mit ihm zu sprechen, geschweige denn irgendetwas über Dagmar zu erzählen. Es kam ihr sinnlos vor, denn er würde ja doch nicht verstehen können, was sie durchmachte.

„Du, ich muss los…", erwiderte sie deshalb knapp, ohne auf seine Frage einzugehen, und sie war schon dabei aufzulegen, als sie seine Stimme noch einmal vernahm: „Hey, warte mal. Wann kommst du wieder?"

Wieso konnte er sie nicht einfach in Ruhe lassen? Hatte sie nicht unmissverständlich deutlich gemacht, dass sie nicht mit ihm sprechen wollte? Andererseits war er ihr Chef und hatte ein Recht auf eine Antwort. Aber welche?

„Ich weiß es nicht", antwortete sie zögerlich. Was sollte sie ihm sagen? In ihrem Innersten krampfte sich alles zusammen, sodass ihr ganz übel wurde. Wie sollte sie das jetzt entscheiden?

„Ich weiß es wirklich nicht. Es tut mir leid", würgte sie nur hervor und hatte im nächsten Moment die Verbindung beendet. In den drei Wochen, die sie nun mittlerweile weg war, hatte ihr die Arbeit nicht gefehlt. Ihre Wohnung, ja, ein paar der Kollegen vielleicht auch. Aber die Arbeit selber…?

Elisabeth schüttelte seufzend den Kopf, warf das Handy aufs Bett und verließ ihr Schlafzimmer, um hinunter ins Wohnzimmer zu gehen. Sie fand ihre Schwester nahe am Fenster sitzend vor. Mit ihrem neuen Rollstuhl machte sie eine flüssige Bewegung in Elisabeths Richtung, was überraschend dynamisch aussah. Seine Handhabung schien sichtlich angenehmer und leichter für Dagmar zu sein als die des Leihrollstuhls, den sie zuvor

97

hatte erdulden müssen. Passend zu dieser Feststellung erkannte Elisabeth sogar ein Lächeln auf Dagmars Gesicht, das sie nun in Richtung Garten wandte.

„Echt eisig geworden", stellte die fest, den Blick nach draußen gerichtet, wo ihre Pflegerin lange Schnüre entwirrte. Durch den Spalt der halboffenen Terrassentür zog wirklich ein kalter Luftzug herein, weshalb Elisabeth sie anlehnte und festhielt, damit sie nicht wieder aufschwingen konnte.

„Was macht Pia denn da", fragte sie eher beiläufig, um ein Gespräch zu beginnen.

„Sie bringt die Isolierungen an den Hühnerstall an."

Natürlich! Auch die Vögel brauchten Schutz vor der zunehmenden Winterkälte! Die Isolierungswände aus Kork und Stroh hatte ihr Vater angefertigt, und sie waren relativ einfach an den Außenwänden des Stalls zu befestigen. Dennoch schien Pia mit den Schnüren zum Festbinden kämpfen zu müssen, und Elisabeth erwog einen Moment lang, der Krankenschwester zur Hilfe zu eilen. Aber ehe sie sich zum Handeln durchringen konnte, war die Arbeit doch erledigt, und Pia kam eiligen Schrittes zur Terrassentür zurück.

„Wollen Sie die Hühner nicht mal verkaufen, Frau Gothe?", stöhnte sie beim Eintreten und rieb sich die geröteten Finger. Dagmar schüttelte auf diese Frage hin den Kopf wendete ihren Rollstuhl und schob ihn in Richtung Gang.

„Frische Eier sind nicht zu verachten", erwiderte sie nur. Und dann wandte sie ihren Blick über die Schulter zu ihrer Schwester und meinte: „Wir haben noch etwas nachzuholen."

Auf Elisabeths fragenden Blick hin fügte sie hinzu: „Das Vogelhäuschen. Wir wollten doch eines kaufen beim Baumarkt."

Sie hatte Recht. Das hatte Elisabeth vollkommen vergessen, aber wie sie nun wieder aus dem Fenster in den

Garten blickte fand sie, dass das wirklich eine schöne Idee war. Und eine gute Gelegenheit, um vor die Tür zu kommen, die sie sehr willkommen hieß, weil sie das ungute Gespräch mit Markus gerne vergessen wollte.

Anders als beim letzten Mal warteten sie mit ihrem Aufbruch nicht bis nach dem Mittagessen, sondern beschlossen, unterwegs auf dem Rückweg spontan etwas einzukaufen oder essen zu gehen. Pia verabschiedete sich in eine längere Pause, nachdem Dagmar versichert hatte, dass das in Ordnung war.

Der Baumarkt befand sich noch immer in derselben Straße, wo er vor ungefähr dreißig Jahren schon gestanden hatte. Ein richtiges Urgestein konnte man ihn nennen, und noch immer wurde er familiengeführt, wenn auch mittlerweile der Junior die Geschäftsführung übernommen hatte. Der Eingang und die Außenfassade wirkten frisch renoviert, und auch im Inneren verliehen moderne Regale und Beleuchtung dem Geschäft eine ungewohnte Atmosphäre. Wie lange war Elisabeth nicht mehr hier gewesen? Fünfzehn Jahre vielleicht oder länger? Zuletzt wohl, als sie in den Semesterferien heimgefahren war, kurz vor ihrem Studienabschluss. Logisch, dass sich in so einer Zeitspanne viel veränderte! Was sich jedoch gar nicht verändert hatte, war der Geruch des frisch zugeschnittenen Holzes, der von der Holzabteilung herüberzog. Dort konnte man Bretter und Latten auf ein Wunschmaß zurechtsägen lassen, wovon die Kunden reichlich Gebrauch zu machen schienen, denn das Kreischen und Singen der Säge schallte pausenlos zu ihnen herüber. Geräusche wie Musik. Ihre ersten Modelle hatte Elisabeth aus Materialien gebaut, die sie hier besorgt hatte. Und auch früher waren die beiden Frauen ab und zu hier gewesen, meist mit ihrem Vater zusammen. Auf einmal erinnerte Elisabeth sich an den Nistkasten, den sie alle drei zusammen gebaut hatten aus Brettern, die hier zurechtgesägt worden waren. Und auch an die selbstgemachte Schaukel, die viele Jahre an einem stabilen Ast der Buche im Garten gehangen hatte. Etwas aus Holz herzustellen, hatte Elisabeth schon immer Spaß gemacht, und als sie nun vor einem Stapel sauber gesägter Kiefernbretter stehenblieb, fasste sie einen spontanen Entschluss.

„Weißt du was, ich werde selber ein Häuschen bauen", verkündete sie ihrer Schwester und hielt eines der schönen Bretter in die Höhe. Das helle Holz duftete wie frisch geschnitten, und doch war seine Oberfläche nicht rau sondern relativ glatt und schön zum Anfassen. Dagmars Blick spiegelte Überraschung aber auch eine amüsante Skepsis wider, sodass Elisabeth unwillkürlich auflachen musste.

„Du wirst sehen: das wird schön!", versuchte sie, ihre aufkeimende Begeisterung zu teilen. „Und ich verspreche dir, bis Weihnachten ist es fertig!"

Sie hielt das Brett in die Höhe und dachte kurz nach. Eigentlich hatte sie schon ziemlich genau im Kopf, wie das Vogelhäuschen aussehen sollte. Sie musste nur eine kleine Skizze zeichnen, um die Abmaße für die einzelnen Wände, den Boden und das Dach auszurechnen. Zum Glück hatte sie immer einen kleinen Notizblock dabei, mit dem sie sich gleich an die Arbeit machte. Kaum dass sie den kleinen Bleistift in ihrer Hand spürte, war sie vollends abgetaucht in ihre Phantasie, sodass sie um sich herum nicht mehr viel wahrnahm. Ein großes Vogelhäuschen sollte es werden mit mehreren Stockwerken, einer offenen Seite und drei Außenwänden mit Fenstern, durch welche die Vögel rein und raus fliegen konnten. Natürlich musste es ein Dach haben, das alle Ebenen trocken hielt, und es musste außen wasserfest lackiert sein. Als Ständer benötigte sie drei stabile Rundholzstangen. Je mehr sie darüber nachdachte, desto begeisterter wurde sie, und sie konnte es kaum

100

erwarten, mit dem Bauen anzufangen, während sie im Kopf alles plante!

Dagmar war unterdessen in den Gängen des großen Geschäftes auf und ab gefahren. Als sie nun neben Elisabeth zum Stehen kam, krampften ihre Finger sich um die Greifreifen des Rollis.

„Du, ich muss mal", presste sie mit einem gequälten Gesichtsausdruck hervor und beendete abrupt Elisabeths Überlegungen. Oh je, damit hatte sie gar nicht gerechnet! Was sollten sie jetzt tun?

„Schaffst du es nicht vielleicht noch bis nach Hause? Ich bin gleich hier fertig", versuchte sie die Situation zu retten, aber Dagmar schüttelte nur wortlos den Kopf, woraufhin Elisabeths Gehirn begann, fieberhaft zu arbeiten. Ihr erster Gedanke war, Pia anzurufen, aber das war jetzt natürlich keine hilfreiche Option. Als nächstes schoss ihr durch den Kopf, ob Dagmar nicht in irgendein Gefäß Pipi machen könne, aber wie das genau gehen sollte, konnte sie sich auch nicht ausmalen. Ehe sie weitere Ideen entwickeln konnte, kam ihr ihre Schwester zur Hilfe:

„Die haben eine Behindertentoilette hier, aber ich kann das nicht alleine." Sie wandte ihren Blick ab in die Richtung, in der sich die Lagerhallen des Geschäfts befanden. „Du musst mir helfen."

Bei diesem Satz überkam Elisabeth eine leichte Panik. Wie sollte sie das machen? Sie hatte davon doch keine Ahnung! Aber dann kam ihr in den Sinn, dass sie Dagmar ja auch schon ins Auto gehoben hatte und wieder hinaus. Vielleicht war das beim Toilettengang ähnlich? Sie atmete tief durch und legte den Stift aus ihrer Hand auf das Brett, das sie gerade vermessen hatte.

„Okay", sagte sie und bemühte sich um eine ruhige Stimme, „dann lass uns doch da mal hingehen."

Tatsächlich gab es versteckt neben den Lagerhallen eine Behindertentoilette, doch als sie die Tür öffneten, fiel ihnen eine Unmenge von Gerümpel förmlich entgegen. Ein paar Regale auf Rädern, Kisten mit Krempel darin und sogar eine fahrbare Kleiderstange, über die verschiedene Vorhangstoffe geworfen waren. Das war doch nicht zu fassen!

Elisabeth schüttelte entrüstet den Kopf und schob die Ärmel ihres Pullovers hoch, bevor sie sich daran machte, den Bereich um den Toilettensitz freizuräumen. Einige Dinge, wie den Kleiderständer und einige Kisten stellte sie kurzerhand vor der Toilettentür kreuz und quer auf den Gang, und es war ihr vollkommen egal, welche Unordnung sie damit veranstaltete.

Als endlich genug Platz war, winkte sie Dagmar zu sich neben den Toilettensitz. Wenigstens war noch genug Klopapier vorhanden, immerhin etwas.

„Also, wie beim Auto, oder?", versicherte sie sich, und als Dagmar bejahte, beugte sie ihre Knie ein wenig, umarmte Dagmar und hob sie aus dem Rollstuhl in den Stand. Sie drehte sich um neunzig Grad, sodass sie beide vor dem Toilettensitz standen und wollte Dagmar gerade draufsetzen, als diese laut „Halt!" rief und Elisabeth augenblicklich in ihren Bewegungen stocken ließ.

„Du musst mir die Hose runterziehen, sonst wird das nichts", erklärte ihre Schwester in trockenem Tonfall. Da hatte sie natürlich Recht aber, verdammt, wie sollte das gehen?

„Und wie soll ich das machen?", entgegnete Elisabeth, und der hilflose Unterton war nun deutlich hörbar. Die große Schwester, die immer wusste, was zu tun war... die war sie schon lange nicht mehr, bemerkte sie schmerzlich.

„Ich halte mich an deinem Hals fest und du ziehst sie runter", dirigierte Dagmar sie jetzt.

Das sollte klappen? Sie konnte Dagmar doch jetzt nicht loslassen! Deren Arme jedoch klammerten sich richtig fest um Elisabeths Hals, und als sie schließlich wag-

102

te, ihre Umarmung von Dagmars Oberkörper zu lösen, stellte sie überrascht fest, dass ihre Schwester unerwartet stabil auf ihren eigenen Beinen stehen konnte. Also griff sie nach vorne zu Dagmars Hosenbund, öffnete ihn und schob langsam die Hosen hinunter.

„Puh!", stöhnte Dagmar, als sie endlich auf dem Toilettensitz hockte, „das war echt Rettung in letzter Sekunde."

Es fühlte sich seltsam an für Elisabeth, ihre Schwester so zu sehen, da auf der Toilette sitzend, und auch Dagmar schien sich zu schämen, denn sie bat Elisabeth, kurz vor die Tür zu gehen, bis sie fertig war. Ihre Hände klammerten sich an der Haltestange fest, die neben dem Klo befestigt war. Sie brauchte nicht lange, bis sie ihre Schwester wieder hereinrief, und rasch hatten sie das Umsetzen zurück in den Rollstuhl gemeistert. Elisabeth atmete ein paarmal tief durch und schob erneut ihre Ärmel nach oben. Ihr war heiß, aber sie konnte nicht anders, als Stolz zu empfinden, so, als hätte sie etwas Großes geschafft. Eigentlich war es nur eine kleine Sache gewesen, aber dennoch eine sehr bedeutsame. Für sie beide.

Den ganzen Krempel, der zuvor in dem Raum gestanden hatte, ließen sie draußen auf dem Gang stehen, schon alleine aus Protest. Die Leute hier sollten ruhig merken, dass es absolut daneben war, die Behindertentoilette als Abstellkammer zu missbrauchen!

Zurück in der Holzabteilung überprüfte Elisabeth noch einmal kurz ihre Berechnungen und ging dann mit drei Holzbrettern zu der Säge, mit der ein freundlicher Mitarbeiter alles nach ihrem Wunsch zurechtschnitt. Außer Holz wollte sie erst einmal nichts besorgen, denn sie war sich sicher, dass sich im Keller noch eine Unmenge an Schrauben, Leim, Lack und Werkzeug ihres Vaters befand, Material, das sie zuerst einmal sichten wollte.

Als die beiden Schwestern den Baumarkt verlassen hatten und wieder im Auto saßen, waren fast zwei Stunden vergangen, und es war bereits kurz nach vierzehn Uhr.

„Also, was nun?", fragte Elisabeth und legte beide Hände auf das Lenkrad. „Sollen wir zu *Berni's* fahren?" Sie war richtig guter Dinge und hatte Appetit auf eine schöne Portion Bratwürste mit Knödel und Sauerkraut, einer Spezialität dieses urigen Lokals. Dagmar schien diesen Vorschlag kurz abzuwägen, denn sie blickte angestrengt auf das Armaturenbrett vor sich.

„Ja, warum nicht?", erwiderte sie dann. „Ich habe auch Hunger."

Zum Glück hatte *Berni's* durchgehend warme Küche, sodass sie auch zu dieser beginnenden Nachmittagszeit noch etwas Warmes bekommen würden. Ohne in die Karte zu sehen, bestellte Elisabeth sich gleich das Gericht ihrer Begierde. Dagmar warf einen kurzen Blick auf das vegetarische Angebot und entschied sich für einen Gemüseauflauf.

„Ich esse nicht viel Fleisch", kommentierte sie ihre Wahl, bevor sie mit ihren Apfelschorlen anstießen. Wann hatten sie das zuletzt gemacht, fragte sich Elisabeth. Einfach so zusammen irgendwo etwas essen zu gehen, sie beide als Schwestern? Ohne Familie und ohne einen besonderen Anlass. Es musste ewig her sein! Wahrscheinlich zuletzt in ihrer Jugend, kurz vor Elisabeths Auszug. Es war schön, einfach mal unbeschwert zusammenzusitzen, oder zumindest so unbeschwert, wie es ihnen eben möglich war. Elisabeth setzte sich aufrecht hin und ließ ihren Fragen freien Lauf: „Warst du eigentlich mal so richtig verliebt?"

Dagmar quittierte diesen Vorstoß mit einem verwunderten Blick, dann mit unbeholfenem Achselzucken.

„Mit Oliver war ich fast fünf Jahre zusammen", antwortete sie dann. „Leider wollte er mich nicht heiraten." Sie trank einen weiteren Schluck aus ihrem Glas.

104

Oliver... an Oliver erinnerte Elisabeth sich, denn er war mal auf einer Geburtstagsfeier von Dagmar dabei gewesen, wie es ihr jetzt dämmerte. Oder besser: wahrscheinlich war er bei jeder ihrer Feiern gewesen in der Zeit ihrer Beziehung, aber sie selbst hatte es so gut wie nie geschafft. Ein blonder hübscher Kerl, er hatte gut zu ihrer Schwester gepasst.

„Oder vielleicht hätte er es gemacht, wenn ich nicht noch bei Mutter gewohnt hätte", fuhr die nun fort. „Er hatte immer gewollt, dass ich ausziehe."

Sie ließ das Glas auf dem Tisch los, lehnte sich in ihrem Stuhl zurück und legte die Hände in den Schoß.

„Aber da ging es Mutter schon nicht mehr so gut. Ich konnte sie nicht alleine lassen", schloss sie ihre Erzählung. Was sagte sie da? Wegen Mutters Pflege hatte sie ihren Oliver verloren? Diese Eröffnung schockierte Elisabeth, aber sie traute sich nicht, weiter danach zu fragen, nicht zuletzt, weil sich bei ihr das schlechte Gewissen meldete. Sie selbst war nicht da gewesen, als ihre Mutter sie vielleicht gebraucht hätte, auch wenn die das bei ihren raren Telefonaten immer verneint hatte. Elisabeth hatte sich so darauf verlassen, dass ihre Schwester sich gerne um alles kümmerte, was mit ihrer Mutter tun hatte, dass sie sich nie gefragt hatte, was Dagmar dafür vielleicht aufgab.

„Hättest du ihn denn gerne geheiratet?", fragte Elisabeth nun, und ihre Hände spielten unruhig mit ihrer Halskette herum. Dagmar schaute nicht auf, als sie antwortete:

„Ja, ich denke schon." Ihr Blick blieb auf ihr Glas geheftet. „Aber wer weiß, ob das gut gegangen wäre, er hatte schon seine Eigenheiten."

Sie seufzte tief und hob endlich ihren Kopf, um Elisabeth anzusehen:

„Ich hatte nicht so ein Glück wie du mit Johannes", resümierte sie, als ob der keine Eigenheiten gehabt hät-

105

te. Doch dann schien sie sich auf das zu besinnen, was Elisabeth erzählt hatte. Dass Johannes die Scheidung wollte. Jedenfalls seufzte sie, ließ ihren Blick im Raum umherschweifen und meinte mit beinahe abwesend klingender Stimme:

„Ist echt schwierig so etwas zu finden, was unsere Eltern miteinander hatten."

Da konnte Elisabeth nur ebenfalls seufzen und ihr im Stillen zustimmen. Vierzig Jahre glücklich verheiratet mit zwei Kindern. Was konnte man im Leben mehr erreichen?

Das Essen wurde gebracht, und Elisabeth schnitt ihrer Schwester den Auflauf in kleine Stücke, die sie gut mit einem Löffel essen konnte. Der Heißhunger auf die Würstchen war nicht mehr ganz so stark wie eben noch, deshalb fiel es ihr nicht schwer, sich Dagmars Esstempo anzupassen.

„Hast du Johannes denn so richtig geliebt?", griff die nach ein paar Happen unvermittelt das Thema wieder auf. Wohl auch, um beim Essen eine Pause machen zu können, denn die Bewegungen ihrer Hände und Arme sahen wieder sehr mühsam aus. Elisabeth wusste, dass ihr Exmann bei ihrer Schwester nie auf große Anerkennung gestoßen war. Aber ja, sie hatte ihn geliebt, wie sie noch nie einen Mann geliebt hatte. Daher nickte sie langsam und legte ihre Gabel beiseite.

„Ja, Dagmar", sagte sie leise, „und ich liebe ihn immer noch."

Diese Worte bohrten sich in ihr Innerstes wie glühendes Glas, und rasch trank sie einen Schluck ihrer Apfelschorle, um den aufsteigenden Schmerz hinunterzuspülen. Wieso musste sie diesen Emotionen noch immer so hilflos ausgeliefert sein?

Dagmar erwiderte nichts mehr. Eine ganze Weile saßen sie beide schweigend beieinander und aßen, und als sie damit fertig waren beobachteten sie, wie die Kellnerin irgendwann das leere Geschirr abräumte. Die fragte, ob sie noch etwas bringen könne, aber die beiden Schwestern verneinten und baten um die Rechnung.

„Ich lade dich ein", erklärte Elisabeth, als ihre Schwester anfing, an ihrer Umhängetasche herumzunesteln. Dagmar nickte nur dazu und griff dann nach ihrem Glas, um es zu leeren.

„Du wärst gar nicht so schlecht als Pflegekraft", sagte sie plötzlich ganz unvermittelt, und Elisabeth wollte gerade fragen, wie sie das meinte, als Dagmar hinzufügte: „Hat doch gut geklappt auf der Toilette vorhin."

Unwillkürlich musste Elisabeth bei der Erinnerung daran grinsen, und ihre Schwester tat es ihr gleich. Vielleicht war das ihre Art, ‚Danke' zu sagen.

KAPITEL ELF

Die Zeit bis zum Beginn von Dagmars Probewohnen auf der Wohngruppe verging rasch. Ehe sie es sich versahen, waren die eineinhalb Wochen vergangen und der November bereits in seiner Mitte angekommen. Immer wieder gab es jetzt richtig kalte Tage, auch wenn diese sich noch mit milderen abwechselten. Morgens bedeckte jetzt oft eine zarte Schicht Raureif den Garten, die wie samtiger Puderzucker anmutete. So auch an diesem Montagmorgen, an dem Dagmar fertig angezogen vor der Tür stand, bereit zur Abfahrt. Ihre Tasche war gepackt mit allem, was sie in der Woche auf der Wohngruppe benötigen würde. Sie hatten ausgemacht, dass Elisabeth sie fuhr, damit Helga am späten Vormittag Schluss machen konnte, sobald die Morgenpflege und das Aufräumen erledigt waren. Einen halben freien Tag hatte sie mehr als verdient, bevor sie am nächsten Tag für eine Kollegin einspringen musste, die einen älteren Herrn zu Hause versorgte. Einmal mehr stellte Elisabeth fest, dass Krankenpflege definitiv kein Beruf für sie wäre, aber trotz der geringen Aussicht auf Freizeit war Helga richtig gut gelaunt an diesem Morgen. „Ich wünsche Ihnen viel Spaß", verabschiedete sie ihre Patientin, nachdem sie sie in Elisabeths Auto umgesetzt hatte. Die hob spöttisch ihre Mundwinkel an, sagte jedoch nichts dazu. Sie sprach auch nicht, als Elisabeth zu ihr ins Auto stieg und sich durch das Fenster von der Krankenpflegerin verabschiedete. Erst als sie schon ein paar Minuten unterwegs waren, hob sie den Kopf und sah zu ihrer Schwester. „Bleibst du im Haus, während ich weg bin?"

Elisabeth konnte nicht anders, als sie verwundert anzusehen. Klar, sie hatten noch nicht darüber gesprochen, aber sie war davon ausgegangen, dass das ohnehin selbstverständlich war. Schließlich mussten ja auch die Hühner versorgt werden.

„Natürlich, Dagmar", antwortete sie jetzt, „ich bleibe so lange hier wie du es möchtest."

Ihre Schwester nahm diese Information mit einem Nicken zur Kenntnis und streckte ihren Oberkörper, um aufrechter zu sitzen. „Gut", ließ sie dann leise vernehmen.

Irgendwie kam Elisabeth die Fassade des Wohnheims heute einladender vor als beim letzten Besuch. Vielleicht lag es an den vielen Menschen, die sich davor tummelten, einige davon in Rollstühlen, andere an Gehhilfen oder zu Fuß. Es herrschte reges Stimmengewirr, das selbst durch die Fensterscheibe wahrnehmbar war. Sie konnte unter ihnen Paul erkennen, der sich mit zwei anderen Männern unterhielt. Auf dem kleinen Parkplatz nahe dem Eingang war sogar noch ein Platz frei, also hielt Elisabeth dort, stieg aus und holte den Rollstuhl aus dem Auto. Kaum hatte sie Dagmar umgesetzt, kam auch schon Serafim aus der Menge vor dem Eingang auf sie zu, die sich langsam wieder ins Haus bewegte.

„Hallo", begrüßte er die beiden Schwestern locker mit einer winkenden Handbewegung und nahm Elisabeth dann gleich die Reisetasche ab, die sie gerade vom Rücksitz geholt hatte. Doch anstatt voran zum Haus zu gehen, blieb er abwartend stehen.

„Am besten warten wir kurz, bis sich das Gedränge aufgelöst hat", meinte er und fügte mit einem Blick auf die Uhr hinzu: „Die sind eh alle recht spät dran. Die Frühstückspause ist eigentlich seit fünf Minuten vorbei."

Tatsächlich löste sich das Getummel peu à peu auf, und die drei setzten sich ebenfalls in Bewegung. In der Ein-

109

gangshalle befanden sich zwar noch ein paar Personen, aber die meisten waren bereits weiter hinten im Gang zu sehen und bewegten sich auf die Räume der Werkstatt zu. Vor den Aufzügen war alles frei, und Serafim drückte den Knopf, um den Lift zu holen.

„Du musst nicht mit raufkommen", meinte Dagmar unvermittelt und blickte zu ihrer Schwester hoch. „Ich bin ja hier gut versorgt."

Da hatte sie eigentlich Recht! Schließlich war sie kein Kind, das Elisabeth im Kindergarten ablieferte. Also umarmte sie Dagmar kurz und wünschte ihr eine gute Zeit.

„Wir telefonieren ja sowieso", fügte sie noch hinzu, und ihr war nicht ganz klar, ob das Dagmar oder doch eher ihr selbst als Sicherheit dienen sollte.

Dem jungen Gruppenleiter schüttelte sie zum Abschied die Hand und wandte sich dann zum Gehen. Hinter sich hörte sie das Ankommen des Aufzuges, das quietschende Öffnen seiner Türen und dann doch noch einmal Serafims Stimme. Als wäre ihm gerade etwas Wichtiges eingefallen, drehte er sich plötzlich noch einmal um und sagte:

„Ach, wir gehen heute Abend Burger essen in dem neuen Bowlingcenter. Kommen Sie doch auch mit!"

Dagmar blickte überrascht zu ihm auf, aber er nickte bestärkend. Mit einem Fuß blockierte er die Tür des Aufzuges, während er auf Elisabeths Reaktion wartete.

„Das wird bestimmt ein toller Abend. Die Burger sollen dort erstklassig sein", schob er noch grinsend hinterher und brachte sie dazu, ebenfalls zu lächeln und dann zu nicken.

Warum eigentlich nicht? So ein bisschen Spaß konnte sie auch mal wieder gebrauchen, und sie hatte den Eindruck, dass es mit dieser Gruppe wirklich angenehm werden konnte. Zumindest dem nach zu urteilen, was sie bisher von ihr erlebt hatte. Serafim zeigte ihr das

Daumen-Hoch-Zeichen und rief noch: „Wir brechen um halb fünf hier auf!" Dann schlossen sich die Türen des Aufzugs hinter ihm und Dagmar.

Während Elisabeth zurück zum Auto ging, gefiel ihr dieser Plan zunehmend besser. Bis dahin konnte sie ein paar Einkäufe erledigen und mit ihrer Nachbarin Lotte telefonieren, die sich während ihrer Abwesenheit um ihre Wohnung kümmerte. Elisabeth wollte sich versichern, dass alles in Ordnung war und Lotte sich wirklich noch eine Weile um ihre Pflanzen kümmern konnte. Die gute Seele hatte ihr zwar zugesichert, dass das keinen großen Aufwand für sie darstellte, aber Elisabeth wollte sich zumindest einmal bei ihr gemeldet haben und Lotte daran erinnern, dass sie gerne alles in der Wohnung nutzen durfte wenn sie wollte, besonders Elisabeths neues Rudergerät, über das sie sich schon mehrfach unterhalten hatten.

Pünktlich um halb fünf stand Elisabeth dann wieder vor dem Gang der Wohngruppe und wollte gerade weiter zum Mitarbeiterbüro gehen, als ihr die muntere Truppe auch schon entgegenkam. Es war das erste Mal, dass sie die ganze *WG 7* auf einem Haufen sah. Eine Frau und drei junge Männer in Rollstühlen waren dabei, darunter Paul, den sie schon kannte. Ein auch schon bekanntes Gesicht war das von Susi, die in ihrem Elektrorollstuhl fuhr, und ein weiterer mittelalter Mann ging mit Krücken, wenn auch etwas wackelig. Ihre Schwester entdeckte Elisabeth ganz hinten, und dazwischen wuselten Serafim und Mareike umher. Sie waren so beschäftigt damit, allen beim Anziehen der Jacken, Mützen und Schals zu helfen, dass sie ihren Besuch zunächst gar nicht registrierten. Erst nachdem sie laut „Hallo" gesagt hatte, blickten alle zu Elisabeth hinüber. Serafim hob die Hand zum Gruß.

„Schön, dass Sie da sind! Wir haben sonst immer zu wenig Leute, die einen Rollstuhl schieben können." Er

111

blickte sich prüfend um und murmelte dann: „Aber so müsste es gehen."

„Flo, du kannst auch selber schieben, oder?", rief Mareike einem der jungen Männer zu und als der bestätigte, nickte sie zufrieden.

„Ja, dann passts", meinte sie dann zum Gruppenleiter, der die junge Frau im Rollstuhl bereits nach vorne zum Aufzug schob. „Es ist auch echt nicht weit", sagte er darauf und dann: „Also los!"

Elisabeth ließ den größten Teil der Gruppe an sich vorbeiziehen, um am Ende ihrer Schwester beim Schieben des Rollstuhls helfen zu können. Direkt vor ihnen schob Mareike den jungen Mann, der sich als Benjamin vorstellte.

„Wir duzen uns hier alle", sagte der zu Elisabeth, während sie zu viert darauf warteten, dass der Aufzug wieder zurückkam. „Bei uns geht's ganz locker zu."

Das war Elisabeth sehr recht, und gerne verriet sie dem jungen Mann ihren Vornamen.

Draußen dämmerte es schon wieder, und ein kalter Wind blies ihnen um die Ohren, sodass Elisabeth ihre Mütze aus der Handtasche kramte und aufsetzte.

„Brrr, ist das kalt!", sagte sie dazu, eigentlich hauptsächlich, um irgendwie ins Gespräch zu kommen. Dagmar hatte bis auf eine kurze Begrüßung bis jetzt nur geschwiegen.

„Wenigstens schneit es nicht!", entgegnete Benjamin daraufhin gleich. „Das ist echt beschissen mit ´nem Rollstuhl! Ich spreche aus Erfahrung."

Das glaubte Elisabeth ihm sofort.

Tatsächlich waren sie nur knapp zwanzig Minuten unterwegs und das, obwohl sie wirklich langsam vorankamen. Alleine hätte Elisabeth für diese Strecke keine zehn Minuten gebraucht. Das Bowlingcenter sah sehr modern und sauber aus, so als wäre es erst vor Kurzem gebaut worden. Drinnen herrschte reger Betrieb und von weiter hinten im Erdgeschoss konnte man das typische Lärmen rollender Bowlingkugeln und fallender Figuren hören. Die Gruppe bewegte sich zielgerade zu einem großen Aufzug hin, neben dem ein Schild auf das Burger-Lokal im ersten Stock hinwies. Dort tummelten sich sogar noch mehr Menschen als unten und es dauerte einen Moment, bis Serafim einen der Kellner abfangen und nach ihrem reservierten Tisch fragen konnte. Der junge Mann in Uniform wirkte etwas überfordert angesichts der großen Gruppe und verschwand hinter der Theke, um bei seinem Chef wegen des Tisches nachzufragen. Sie mussten also warten, was für die meisten von ihnen kein Problem darstellte. Nur Andi, der Mann, der mit Krücken unterwegs war, trat immer wieder von einem Bein auf das andere.

Plötzlich stand eine Frau, die an einem Tisch unmittelbar am Eingang saß und bereits immer wieder zu ihnen herübergesehen hatte, von ihrem Stuhl auf, um ihn Andi anzubieten. Sie sei ohnehin fertig mit Essen erklärte sie dazu. Elisabeth hätte nun erwartet, dass er sich bedanken und auf den Stuhl setzen würde, aber genau das Gegenteil geschah! Demonstrativ drehte er sich in die andere Richtung und warf der netten Frau einen verächtlichen Blick über seine Schulter zu.

„Wieso, hier ist doch keiner behindert!", raunzte er in solch einem patzigen Ton, dass der Frau die Kinnlade runterfiel, und auch die anderen Leute, die die Szene mitbekommen hatten, gafften in seine Richtung. Elisabeth wunderte sich, warum Serafim dazu nichts sagte, aber der quittierte ihren fragenden Blick mit einem Achselzucken und wandte sich dann dem Kellner zu, der soeben zurückkam. Erst als sie sich schließlich gesetzt hatten, raunte er ihr zu:

„Andi hat mit Hilfe schlechte Erfahrungen gemacht. Was vordergründig nett gemeint ist, kann manchmal ganz schön grausam sein."

Er hob die Schultern und ließ sie wieder fallen, während er hinzufügte:

„Und wer sagt denn, dass Menschen mit Behinderung immer lieb und dankbar zu sein haben?"

Da hatte er natürlich Recht, aber dennoch fand Elisabeth Andis Verhalten nicht korrekt. Die Dame war doch nur aufgestanden, um freundlich zu sein! Andererseits... wer verhielt sich schon immer korrekt? Elisabeth fragte sich unwillkürlich, was dem Mann mit den Krücken wohl widerfahren war, dass er so reagierte. Was hatte der Gruppenleiter gemeint?

Ihr war außerdem mal wieder aufgefallen, dass Serafim immer von ‚Menschen mit Behinderung' sprach, nie von ‚Behinderten'. Das kam ihr sehr umständlich vor, und sie verstand nicht, warum er sich diese Mühe machte. Sie kam jedoch nicht dazu zu fragen, denn eine Kellnerin brachte jetzt einen Stapel Speisekarten an den Tisch, und Serafim half Susi eine durchzublättern und sich etwas auszusuchen. Die Stimmung am Tisch war gut, geradezu ausgelassen. Die WG-Bewohner riefen sich gegenseitig zu, welche Burger sie gedachten zu essen und freuten sich, dass die Bedienung ihre Bestellung so schnell entgegennahm.

„Boah, ich habe so einen Hunger!", hörte Elisabeth Paul vom anderen Ende des Tisches ausrufen, bevor er einen Schluck aus seinem Bierglas nahm, und die anderen stimmten ihm zu. Warum sie sich ausgerechnet für Burger entschieden hatten, leuchtete Elisabeth nicht ganz ein, da diese Mahlzeit wirklich nicht einfach zu essen war und die meisten aus der Gruppe Schwierigkeiten mit ihrer Händekoordination hatten. Aber außer ihr schien das niemanden zu stören, im Gegenteil: sie freuten sich riesig, als ein großer Burger mit Pommes nach dem anderen serviert wurde und fingen ohne Zögern an, mit den Fingern zu essen. Wo es nicht anders ging, schnitten die Mitarbeiter das Essen so klein, dass

114

es mit der Gabel gegessen werden konnte. Auch Dagmar hatte sich der Mehrheit angeschlossen und einen vegetarischen Burger bestellt. Umständlich griff sie nun danach und es dauerte eine Weile, bis ihre Finger ihn ordentlich umfassten, aber dann biss sie beherzt hinein. Und es schien zu schmecken. Elisabeth war umgeben von fröhlichen Gesichtern voller Genuss, sodass sie neidisch wurde.

„Das sieht echt lecker aus", meinte sie zu Lisa, die ihr gegenübersaß und sich genüsslich die Soße von den Fingern ableckte.

„Bestell dir doch auch einen", erwiderte die mit einem abschätzigen Blick auf Elisabeths Salatschüssel. „Davon wirst du doch nicht satt."

In der Tat fand Elisabeth an den kalten Salatblättern heute so gar keinen Gefallen, und deshalb folgte sie kurzerhand dem Rat ihrer Tischnachbarin, die das lächelnd zur Kenntnis nahm. Neben ihr saß Benjamin und so, wie die beiden sich gegenseitig mit Pommes Frites fütterten, war nicht schwer zu erahnen, dass sie ein Paar waren. Immer wieder steckten sie die Köpfe zusammen und küssten sich, erst recht, sobald sie mit dem Essen fertig waren.

„Man hat den Eindruck, die sind frisch verliebt", schmunzelte Serafim, „und dabei sind sie schon vier Jahre zusammen."

Und dann, als die beiden mit ihren Küssen immer wilder wurden, rief er zu ihnen hinüber: „Hey, Leute! Ich esse noch!"

Auch Susi verdrehte die Augen und nuschelte: „Die könne ni enug kiegen!"

Die meisten der Teller leerten sich rasch, nur Susi und Dagmar ließen sich Zeit. Als Elisabeths Bestellung kam, waren die beiden gerade mal zur Hälfte fertig, und sie holte rasch auf, denn der Burger schmeckte wirklich verdammt lecker.

Ein paar Meter von ihnen entfernt stand ein weiterer langer Tisch, an dem ungefähr fünfzehn Männer und Frauen saßen. Sie blickten alle in eine Richtung, denn eine der Frauen war aufgestanden und hielt augenscheinlich eine kleine Rede. Die ganze Szene wirkte förmlicher als ein Essen unter Freunden oder Bekannten, deshalb vermutete Elisabeth, dass es sich um eine Betriebsweihnachtsfeier handelte, erst recht als die Rednerin aus einer großen Papiertüte kleine Päckchen an ihre Tischgenossen verteilte. In welcher Firma die wohl arbeiteten? Unwillkürlich musste sie an ihre eigenen Arbeitskollegen denken, die bestimmt auch bald eine ähnliche Feier haben würden. Elisabeth wusste gar nicht genau wann, denn das war in diesem Jahr total an ihr vorbeigegangen. Überhaupt hatte sie außer von Markus nichts von ihren Kollegen gehört, obwohl einige von ihnen mitbekommen haben mussten, dass es ihr nicht gut gegangen war in den letzten Monaten. Auch wenn ihr die Arbeit selber nicht fehlte, stimmte sie diese Erkenntnis zusammen mit der Szene am Nachbartisch nachdenklich. Es war ein seltsames Gefühl zu erkennen, dass man nicht mehr Teil von etwas war, nicht mehr dazugehörte.

Und Dagmar? Woran dachte sie bei diesem Anblick? Soweit Elisabeth wusste, hatte ihrer Schwester die Arbeit als Erzieherin Freude gemacht. Bis zu ihrem Unfall hatte sie dort halbtags gearbeitet und ihre Stunden nach Mutters Tod auch nicht wieder erhöht.

„Hast du von deinen Kollegen aus der Kita mal was gehört?", richtete Elisabeth ohne Überleitung ihre Frage an Dagmar, die zunächst mit einem verwunderten Blick reagierte. Dann hob sie unbeholfen ihre Schultern und ließ sie wieder fallen.

„Die haben mir eine Karte in die Klinik geschickt, und Kess hat mich am Anfang ab und zu besucht. Aber seit klar ist, dass ich dort nicht mehr arbeiten werde, habe ich nichts mehr gehört."

„Hm, das ist schade, oder?", erwiderte Elisabeth zögerlich und musterte ihre Schwester von der Seite, aber auf deren Gesicht erschienen keinerlei Anzeichen, die gezeigt hätten, was Dagmar dazu empfand. Mit ihren steifen Fingern schob sie das letzte Stück ihres Burgers in den Mund und griff langsam nach der Serviette, um sich die Hände zu säubern. Aber dann, als sie fertig gekaut und geschluckt hatte, erwiderte sie Elisabeths Blick und seufzte leise:

„Vorbei ist vorbei, schätze ich."

Dazu konnte die große Schwester nur nicken. Es war Paul, der sogleich ihre negativen Gedanken beiseitefegte noch ehe sie richtig begonnen hatten, indem er laut schmatzend seine Finger ableckte und seinen Teller von sich wegschob.

„Das war ja viel zu wenig! Ich bestelle mir noch einen!", rief er und winkte sogleich nach der Kellnerin.

„Schöne Frau, ich hätte gerne das Gleiche nochmal", sagte er zu ihr und besiegelte seine Bestellung mit einem Augenzwinkern, das ihr ein Lachen entlockte.

„Bist du sicher, Paul?", hakte Serafim noch nach, aber der erwiderte ohne Zögern: „Ja, ich brauche Energie für übermorgen!"

Der Gruppenleiter reagierte darauf mit einem Lachen und hielt seinen Daumen in die Luft. Dann wandte er sich an Elisabeth und Dagmar, die ihn fragend anschauten.

„Übermorgen findet abends ein Basketballspiel von Pauls Mannschaft statt", erklärte er, während er seine Hände mit der Serviette reinigte und den Teller vor sich beiseiteschob.

„Habt ihr Lust zu kommen? Ein paar aus der Gruppe werden auch dabei sein."

117

Elisabeth musste gestehen, dass sie das schon interessierte, denn sie konnte sich nicht vorstellen wie man als Rollstuhlfahrer Basketball spielen konnte. Andererseits wollte sie auch gerne Zeit für sich haben in den nächsten Tagen, um ihre Pläne für das Vogelhaus in die Tat umzusetzen. Und um sich über ein paar Dinge klarzuwerden. Sie sehnte sich nach Ruhe.

„Wir lassen es uns noch durch den Kopf gehen", hörte sie plötzlich Dagmar neben sich sagen, als hätte die Elisabeths Zweifel erraten.

Als sie das Bowlingcenter wieder verließen, zeigte die Uhr bereits acht an. Serafim und Mareike trieben die Gruppe zur Eile an, denn sie mussten rechtzeitig vor dem Schichtwechsel um zehn Uhr alle Bewohner bettfertig haben, wie sie Elisabeth erklärten. Sie schafften den Weg sogar ein wenig schneller als beim ersten Mal: viertel nach acht war es, als Elisabeth sich von der Truppe und ihrer Schwester vor dem Eingang des Wohnheims verabschiedete. Das war wirklich ein schöner Abend gewesen, und sie fühlte sich noch richtig beschwingt davon. Sie hatte noch keine Lust, sich ins Auto zu setzen und zurück nach Hause zu fahren, deshalb beschloss sie spontan, noch ein paar Schritte im Park hinter dem Heim spazieren zu gehen. Ihre Mütze zog sie soweit es ging über die Ohren und den Wollschal bis über den Mund. Es war eisig kalt und trotz der hell erleuchteten Fenster des Gebäudes funkelten Sterne am Himmel über ihr. Elisabeth wollte nicht lange bleiben, denn dafür hatte sie wirklich zu dünne Stiefel an. Nur einen Moment noch, um diese schöne Nacht zu genießen.

Auf einmal spürte sie ihr Handy in der Handtasche vibrieren. Weil es die ganze Zeit lautlos gestellt war, hatte sie ihm die letzten Stunden über keine Beachtung geschenkt. Als sie es nun hervorzog sah sie, dass fünf Anrufe in Abwesenheit und eine Nachricht auf ihrer

Mailbox eingegangen waren. Alle von Johannes. Alleine seinen Namen zu lesen, ließ Elisabeth im Gehen stocken. Einige Wochen lang hatten sie beide keinen Kontakt gehabt, warum also meldete er sich jetzt und gleich so hartnäckig? Und die Nachricht auf der Mailbox...? Kurz erwog Elisabeth, sie ungehört zu löschen, brachte es jedoch nicht übers Herz. So sehr sie sich auch fürchtete vor ihrem Inhalt, so sehr drängte es sie zu erfahren, was ihr Mann aufgesprochen hatte. Deshalb drückte sie nach weiterem Zögern auf *Abspielen* und lauschte:

Hallo Liz, wie geht es dir? (kurze Pause) In der Firma fragen sie schon alle nach dir... und ich wollte fragen, wie es dir geht und wann du zurückkommst. Markus hat mir gesagt, dass du bei deiner Schwester bist. (kurze Pause) Ruf mich doch mal zurück. Ich würde gerne mit dir sprechen.

Ein Knacken folgte, dann war die Nachricht beendet. Elisabeth starrte auf das Handy und musste erst einmal tief durchatmen. Ihre Hände fühlten sich feucht an. Alleine seine Stimme zu hören, versetzte ihr ein ziehendes Gefühl im Magen. Warum meldete er sich ausgerechnet jetzt, nachdem sie wochenlang keinen Kontakt mehr gehabt hatten? Hatte Markus ihn schließlich gebeten, mit ihr zu sprechen nach dem unerquicklichen Telefonat mit ihr? Zugegeben, Elisabeth war seitdem nicht mehr ans Telefon gegangen wenn sie die Nummer ihres Chefs gesehen hatte und hatte auch sämtliche seiner Nachrichten ignoriert, weil sie einfach nicht anders konnte. Sie hatte keine Nerven übrig für seine Fragen oder überhaupt für Gedanken an die Arbeit. Sie verspürte nur noch Gleichgültigkeit wenn sie an diesen Teil ihres Lebens dachte.
Elisabeth hatte keine Lust Johannes zurückzurufen, weil sie die gute Laune nicht verlieren wollte, die der

119

lustige Abend hinterlassen hatte. Also drückte sie die Nachricht an ihrem Handy weg und steckte es entschlossen zurück in ihre Handtasche, um dann ihren Spaziergang fortzusetzen.

KAPITEL ZWÖLF

Der Wind blies eisig über die Felder und zog durch Elisabeths Kleider hindurch. Obwohl sie sich dick eingepackt hatte fühlte sie sich, als würde die Kälte bis auf ihre Knochen durchdringen. Schwer fühlten sich ihre Glieder an, und sie musste sich richtig zwingen, weiterzulaufen und nicht in einen langsameren Gang zu verfallen. Zumindest würde ihr bald wärmer werden, wenn sie ihr zügiges Tempo beibehielt. Unter der Mütze begannen ihre Haare zu jucken, sodass sie immer wieder nach oben griff um zu kratzen. Von Zeit zu Zeit stöhnte sie leise beim Atmen, aber langsam merkte sie, wie ihr Körper wärmer und ihre Bewegungen geschmeidiger wurden. Die Muskeln in ihren Beinen wehrten sich nicht mehr so sehr gegen die Arbeit, die sie verrichten sollten, und es war gute Arbeit! Immer größere Schritte machte Elisabeth und wurde zunehmend schneller dabei. Sie nahm den Boden unter ihren Schuhsohlen wahr, solide und doch stellenweise weich, wo er von Gras und Laub bedeckt war.

Aber Elisabeth nahm noch etwas anderes wahr, ein Gefühl tief in ihrer Mitte, das sie beim Laufen noch nie empfunden hatte. Ein Hauch von Glück, trotz der Anstrengung, aber noch mehr als das. Es fühlte sich an, wie an einer dieser großen Feiern, bei denen unzählige Gäste eingeladen waren und sich die Geschenke in einer Ecke stapelten. Ihre Hochzeit mit Johannes war eine solche Feier gewesen und auch ein oder zwei ihrer runden Geburtstage. Die großen und außergewöhnlichen Geschenke hatten sich dabei immer in den Vordergrund gedrängt und waren von allen bestaunt und bewundert worden. Die kleinen und unscheinbaren Päckchen blieben unbeachtet, wurden am Ende der Party meist mit eingepackt und nach Hause geschafft. Es war dieser besondere Moment am Tag darauf, wenn man noch berauscht von der Nacht eines der kleinen Päckchen in die Hände nahm und es öffnete, um darin ein wunderschönes Schmuckstück zu finden. Und wenn einem dann bewusst wurde, dass dies das wunderbarste Geschenk war, das man erhalten, aber zuvor nicht zur Kenntnis genommen hatte. Dieses Gefühl, das Elisabeth in solchen Momenten des Öfteren übermannt hatte, war es, was sie auch jetzt beim Laufen spürte: tiefe Dankbarkeit. Ihre leistungsfähigen Beine, so schwer sie sich gerade auch anfühlen mochten, waren ein wunderbares Geschenk. Das nahm Elisabeth nun ganz deutlich wahr, denn sie hatte in den letzten Wochen einige Menschen kennengelernt, die dieses Geschenk nie erhalten hatten. Oder denen es wieder genommen worden war, so wie ihrer Schwester.

Elisabeth atmete tief durch, um diese intensive Empfindung durch ihren ganzen Körper fließen zu lassen. Und da sie ohnehin alleine auf dem Feldweg unterwegs war, erlaubte sie es sich, ein paarmal jauchzend zu rufen und zu springen. Nur einige Krähen schienen von ihrem Verhalten irritiert zu sein, denn sie flatterten krächzend auf dem Feld neben ihr auf und ab. Dann bemerkte Elisabeth aus dem Augenwinkel auf einmal noch eine weitere Bewegung auf dem Feld, ganz nahe am Boden. Nur eine kleine Regung war es gewesen, und als sie ihren Lauf verlangsamte und genauer auf die Stelle sah, konnte sie zunächst nur einen schwarzen Fleck erkennen. Ein schwarzer Fleck, etwa zehn Meter entfernt, der sich nur schwach vom Braun der Erde absetzte. Einen Augenblick lang starrte sie auf die Stelle, ohne dass etwas passierte. Ihr rascher Atem stieg in kleinen Dampfwölkchen vor ihr auf. Dann regte sich das Schwarze erneut, nur ein wenig und kaum wahrnehmbar.

Elisabeth stemmte unschlüssig die Hände in die Hüften und verharrte so eine Weile. Schließlich siegte ihre Neugier, und mit vorsichtigen Schritten tastete sie sich in die erdige Oberfläche des Feldes hinein. Schritt für Schritt durch die feuchte Erde, die auf ihren hellen Sportschuhen deutliche Spuren hinterließ. Je näher sie dem Etwas kam, desto besser konnte sie erkennen, dass es Fell hatte. Schwarzes Fell und lange Ohren. Da sie nicht eben sachte über das Feld kam, erwartete sie, dass das Tier jeden Moment aufspringen und weglaufen würde. Doch sie hatte sich getäuscht. Das kleine Fellknäuel blieb, wo es war, und nun konnte sie auch erkennen, was es war: ein schwarzes Kaninchen, das zusammengekauert und zitternd zu ihren Füßen hockte. Elisabeth ging langsam in die Hocke, aber noch immer rührte sich das kleine Kerlchen nicht. Nur seine Ohren zuckten aufgeregt. Es musste krank oder verletzt sein, dessen war sich Elisabeth sicher, denn ansonsten hätte es längst die Flucht ergreifen müssen. Und da sie ohnehin nur ihre alten Handschuhe trug, langte sie vorsichtig nach vorne und berührte das Kaninchen am Rücken. Sie konnte das Zittern des kleinen Körpers spüren. Kein Wunder, wenn es bei dieser Kälte so schutzlos auf dem Feld saß! Unschlüssig blickte Elisabeth umher, aber es war nirgends ein Mensch zu sehen. Was sollte sie tun? Sie konnte das arme frierende Tier unmöglich hier sitzen lassen, das brachte sie nicht übers Herz. Zum Tierarzt musste sie es bringen oder ins Tierheim. Nach einem weiteren Moment des Zögerns umfasste sie das zitternde Häufchen Elend und hob es vorsichtig hoch. Was war das? An dem Kaninchen hing unten etwas Blutiges heraus! Elisabeth grauste davor, es sich genauer anzusehen, da sie eine größere Verletzung vermutete, aber dann blieben ihre Augen ganz unwillkürlich daran hängen. Es hatte Füße. Kleine Kaninchenfüße! Da kam gerade ein Junges zur Welt!

Elisabeth stockte der Atem, und sie wusste nicht, ob sie sich freuen oder entsetzt sein sollte. Dieses arme Kaninchen saß mutterseelenalleine in der Kälte und gebar seine Jungen. Inzwischen war sie überzeugt, dass dieses Tier ausgesetzt worden war, denn es sah aus wie ein typisches Kaninchen aus der Zoohandlung. Wer konnte so etwas machen! Elisabeth begriff es nicht. Langsam setzte sie die werdende Mutter zurück auf die Erde, um ihren Schal abzunehmen und das arme Ding behutsam darin einzuwickeln. Dann nahm sie es erneut auf den Arm, erhob sich und ging schnellen Schrittes den Weg zurück, den sie gekommen war. So schnell wie möglich wollte sie dieses Wesen an einen warmen Ort und dann zum Tierarzt bringen. Deshalb hielt sie sich, dort angekommen, nicht lange am Haus auf, sondern setzte das Kaninchen rasch in einen Pappkarton und nahm ihren Autoschlüssel. Sie wusste, wo die nächste Tierarztpraxis war und hoffte inständig, dass diese noch existierte und auch geöffnet hatte. Sonst würde sie schnell etwas anderes heraussuchen müssen. Den Karton stellte sie neben sich auf den Beifahrersitz. Kein Laut war daraus zu vernehmen.

Tatsächlich sah die Praxis von außen nicht sehr einladend aus mit ihren vorgezogenen Vorhängen und der massiven Tür, aber als Elisabeth sie öffnete und mit ihrer Kiste eintrat, wurde sie von einer jungen Frau freundlich begrüßt. Sie wirkte, als wäre sie keine zwanzig und ihren Mund zierte eine Zahnspange, die sie mit einem Lächeln präsentierte, während sie einen Blick in den Karton warf.

„Hallo du Süßer", begrüßte sie ihren Patienten und streichelte ihm den Kopf.

„Es ist ein Weibchen, ich habe sie eben auf dem Feld gefunden", erklärte Elisabeth rasch. „Ich glaube, sie bekommt gerade Junge."

Mit diesen Worten deutete sie auf den Unterleib des Tieres, unter dem winzig die kleinen Babyfüßchen hervorlugten. Das Lächeln des Mädchens wich sofort einem Ausdruck tiefer Besorgnis.

„Oh je!", rief sie aus, wandte sich eiligen Schrittes zu der Behandlungszimmertür und trat ohne zu klopfen ein. Ein paar Worte wurden drinnen gewechselt, und im nächsten Moment kam die Arzthelferin zusammen mit ihrer Chefin zurück. Durch die halboffene Tür konnte Elisabeth einen großen Hund auf einem Behandlungstisch liegen sehen. Die Tierärztin grüßte nur knapp und beugte sich dann umgehend über den Karton. Von ihrer Assistentin ließ sie sich Handschuhe reichen, die sie überzog, um dann das Kaninchen hochzuheben.

„Eins ist schon da", murmelte sie. Und tatsächlich! Auf dem Boden des Kartons in einer kleinen Blutlache lag ein nacktes Bündel, das sich unbeholfen bewegte. Die Ärztin strich ihm mit dem Finger über das Köpfchen, um die Reste der Fruchtblase zu entfernen. Dann tastete sie mit gekonnten Griffen den Bauch des Muttertieres ab und meinte: „Da ist noch eins drin."

Die Arzthelferin brachte ein feuchtes Tuch, mit dem sie das Kaninchenjunge sauberwusch, während die Ärztin die Gummihandschuhe auszog und in den Mülleimer warf.

„Ich muss gerade den Hund drüben fertig behandeln." Sie deutete auf die Tür hinter sich. „Danach schaue ich mir diese Dame hier genauer an."

Elisabeth nickte und bedankte sich. Das Kaninchen in der Kiste beschnupperte das Neugeborene, das sich in die Richtung des wärmenden Mutterkörpers bewegte. Beide schienen keine Schmerzen zu haben, aber Elisabeth musste zugeben, dass sie von diesen Tieren auch nicht genug Ahnung hatte, um das beurteilen zu können. Also wartete sie, während das Mädchen um sie he-

125

rumwuselte, Sachen aufräumte und telefonierte. Immer wieder lächelte sie Elisabeth freundlich an.

Ungefähr eine Viertelstunde dauerte es, bis die Ärztin wiederkam und sie zusammen mit der flauschigen Patientin ins Behandlungszimmer bat. Dort untersuchte sie Mutter und Baby kurz und teilte dann mit, dass sich beide bester Gesundheit erfreuten.

„Sie können sie problemlos wieder mitnehmen", fügte sie hinzu. Elisabeth hob einwendend die Hände. Dass sie das Kaninchen nur gefunden hatte, hatte die Arzthelferin ihrer Chefin wohl nicht mitgeteilt. Die hob angesichts dieser Information ratlos die Schultern.

„Dann müssen Sie es ins Tierheim bringen. Andererseits…" Sie drehte den Karton auf dem Tisch so zu Elisabeth hin, dass das Kaninchen sie mit großen Augen direkt anschaute.

„Andererseits ist es wirklich ein süßes Mädchen."

Da hatte sie absolut Recht! Dieses flauschige Fell und das süße Näschen hatten es Elisabeth schon angetan. Aber es behalten? Was sollte sie mit einem Kaninchen und noch dazu mit einem trächtigen?

„Wann wird das zweite Junge denn geboren werden?", fragte sie, nicht zuletzt um Zeit zu gewinnen. Die Ärztin zuckte mit den Schultern.

„Das kann noch einige Stunden dauern, vielleicht kommt es auch erst morgen."

Dazu nickte Elisabeth nur und seufzte dann leise, während das süße Fellknäuel an ihrem ausgestreckten Finger schnupperte. Scheu war es nicht, es ließ sich sogar hinter den Ohren kraulen.

„Wollen Sie es nicht behalten?", fragte nun die Arzthelferin von hinten und ließ dabei ihre Zahnspange hervorblitzen. Elisabeth gab sich einen Ruck: jetzt würde sie es erst einmal mit nach Hause nehmen. Zum Tierheim konnte sie es morgen ja immer noch bringen. Das musste sie nicht sofort entscheiden, sagte sie sich, obwohl

126

sie bereits ahnte, dass die Entscheidung längst gefallen war. Dieses kleine hilflose Wesen berührte sie auf eine seltsame Weise. Die Ärztin gab ihr noch ein paar Tipps, was sie machen konnte, falls das Muttertier die Jungen nicht angemessen säugen würde.

„Und falls es Probleme gibt, dann rufen Sie einfach an", schloss sie und reichte ihrer Kundin zusammen mit der Rechnung eine Visitenkarte.

Wieder im Auto strich Elisabeth ihrem Findelkind sachte über den flauschigen Rücken.

„Dann müssen wir jetzt wohl nochmal zum Baumarkt fahren", informierte sie es. Sie brauchte Futter, einen Käfig und vielleicht ein Buch über Kaninchenhaltung. In der Zooabteilung würde sie das alles bestimmt bekommen. Den Karton ließ sie im Auto stehen und beeilte sich mit ihrem Einkauf. Schließlich hatte das arme Kaninchen schon genug mitgemacht, da sollte es jetzt nicht schon wieder frieren!

Und auch Elisabeth selber seufzte wohlig, als sie wieder im Haus angekommen war. Noch immer trug sie ihre Jogging-Kleider und ging deshalb als erstes nach oben, um sich geschwind umzuziehen. Dann trug sie den neuen Käfig und die anderen gekauften Dinge in das Wohnzimmer. Sie wollte ihn dort haben, wo sie sich die meiste Zeit aufhielt, damit sie jederzeit mitbekam, wenn etwas nicht stimmte. Sie bedeckte den Boden des Käfigs mit reichlich Heu, platzierte das kleine Holzhäuschen zum Verkriechen in einer Ecke und stellte schließlich die mit Wasser und Futter gefüllten Näpfe dazu. Zuletzt hob sie das Kaninchen vorsichtig hinein. Da sie das Neugeborene nicht berühren wollte, schnitt sie die Stelle, auf der es im Karton lag, behutsam aus und legte es dann mitsamt der Pappunterlage neben seine Mutter. Zum Schluss schob sie den Käfig dicht an die warme Heizung heran.

127

Zufrieden betrachtete sie ihr Werk und das Kaninchen, das zuerst alles neugierig beschnupperte und dann zu fressen begann. Ihm schien sein neues Zuhause zu gefallen, zumindest war es warm und gemütlich, fand Elisabeth, wie sie so vor dem Käfig am Boden hockte.

„Du siehst aus wie eine Susi", befand sie und beugte sich nach vorne. Die großen Kulleraugen ihres Gastes blickten sie von unten an, während die Zähne auf einem Stück Trockenfutter herumkauten. In diesem Moment klingelte Elisabeths Handy und riss sie aus ihren Gedanken.

„Wolltest du mich nicht anrufen heute wegen des Spiels?", fragte Dagmar ohne lange Begrüßung. Tatsächlich hatten sie das gestern noch vereinbart, und ein Blick auf die Uhr verriet Elisabeth, dass der Tag schon weit fortgeschritten war. Fast fünf Uhr abends war es und beinahe dunkel draußen.

„Ich wurde aufgehalten", gab sie zu ihrer Verteidigung an, erhob sich vom Boden und setzte sich auf das Sofa. Susi fraß unbeirrt weiter.

„Du glaubst nicht, wer jetzt bei uns wohnt", fuhr Elisabeth fort, und da ihre Schwester keine Anstalten machte die Antwort zu erraten, berichtete sie ihr kurz, was geschehen war. Dagmar hatte zuerst tatsächlich Mühe die Geschichte zu glauben, aber nachdem ihre Schwester geschworen hatte, dass es die Wahrheit sei, da gab sie sich hörbar empört.

„Wer kann denn so etwas machen! Ein armes Tier bei dieser Kälte auszusetzen, das ist wirklich unmenschlich!" Und nach einem wütenden Schnauben fügte sie hinzu: „Ich wüsste zu gerne, ob ich die Leute kenne!" Natürlich war das möglich, schließlich hatte Susi nicht weit von ihrem Haus auf dem Feld gesessen. Andererseits hatte es wahrscheinlich keinen Sinn, die Besitzer ausfindig machen zu wollen, und Dagmar sah das gleich ein.

„Naja, gut, dass du es aufgenommen hast", schloss sie das Thema ab. „Dann lerne ich es ja bald kennen."

Das stimmte, denn die ersten beiden Tage des Probewohnens waren wirklich flugartig vergangen. Auch die restliche Zeit würde bestimmt schneller vergehen als erwartet, das hatte Elisabeth im Gefühl. Aber ein paar Tage hatte sie noch, in denen sie ihre Pläne für das Vogelhäuschen in Ruhe umsetzen konnte und Dagmar den Wohngruppenalltag weiter kennenlernen würde. Und ihre temporären Mitbewohner, zum Beispiel bei dem Basketballspiel, das morgen stattfinden sollte. Kurz überlegte Elisabeth, dann teilte sie ihre Gedanken mit: „Du, dann komme ich morgen um sechzehn Uhr und fahre mit euch zusammen da hin. Das ist, glaube ich, das Beste."

„Ja, ich glaube auch", stimmte Dagmar ihr zu, „denn ich habe auch nicht ganz kapiert, wo das stattfindet."

Die beiden Schwestern verabschiedeten sich voneinander, und Elisabeth stellte überrascht fest, dass sie sich richtig auf das Wiedersehen am nächsten Tag freute. Sie freute sich auf ihre Schwester und war zudem gespannt darauf, Menschen in Rollstühlen Basketball spielen zu sehen. In dieser Nacht schlief sie auf dem Sofa, direkt neben Susis Käfig.

KAPITEL DREIZEHN

Hallo Liebling, langsam beginne ich dich zu hassen...

Staub bedeckte alles ringsherum schon auf der Treppe, die in den Keller hinab führte. Wie lange hier niemand mehr unten gewesen war, konnte Elisabeth nur ahnen. Sogar das Treppengeländer wies eine dünne Staubschicht auf. Die neuen Bretter aus dem Baumarkt standen oben am Treppenbeginn, da Elisabeth zuerst einmal den Keller erkunden wollte, bevor sie alles hinuntertrug. Und tatsächlich musste sie zuerst ein paar gefüllte Umzugskartons beiseiteschieben, ehe sie den kleinen Raum betreten konnte, den ihr Vater einst als Werkkeller genutzt hatte. Ein typischer Geruch von alten Sägespänen, Leim und Terpentin schlug ihr entgegen sobald sie ihn betrat, und sie ging sogleich zu dem kleinen Fenster und öffnete es, um die eisige frische Luft hereinzulassen. Hier stapelten sich in Metallregalen einige Kisten mit unterschiedlichem Werkmaterial darin. Schrauben, Nägel, Dübel, verschiedene Sägen, Hämmer, Feilen, Schraubenzieher und Maulschlüssel. Dazwischen lagen kreuz und quer Holzlatten und Reste von zersägten Brettern. Der Koffer mit der Bohrmaschine befand sich ganz hinten an der Wand. Auch die Werkbank zierte eine dicke Schicht Staub, weshalb Elisabeth beschloss, dass sie zuerst einmal hier sauber machen wollte, bevor sie zu arbeiten anfing. Wenigstens ein bisschen. Also ging sie hoch ins Erdgeschoss und holte aus der Küche einen Eimer mit warmem Wasser und einen Putzlappen. Die Bretter brachte sie erst nach unten, nachdem die Werkbank, die umstehenden Regale und der Hocker weitgehend von altem Schmutz befreit waren. Mit Bleistift zeichnete sie zunächst eine Skizze des Häuschens, wie sie es sich vorstellte, und dann auf die einzelnen Bretter die Linien der auszusägenden Fenster und Kanten. Zum Glück musste sie nach frischen Sägeblättern für die Laubsäge nicht lange suchen und hatte auch zügig eines davon eingespannt. Aber als sie die Säge an das Holz anlegte und mit langsamen Bewegungen zu arbeiten begann, da merkte sie schnell, wie sehr sie aus der Übung war. Immer wieder stockten die Bewegungen des Werkzeugs und es dauerte nicht lange, bis Elisabeth die Finger müde wurden und sie die erste von vielen Pausen brauchte. Oh Mann! Sie hatte das Werken wirklich einfacher in Erinnerung gehabt! Auch erschienen ihr die gesägten Kanten sehr ungleichmäßig, sodass sie an einigen Stellen mit der groben Feile nachbessern musste. Mehr als einmal ließ sie das Werkzeug mit einem Seufzen sinken und strich mit den Fingerkuppen über das unebene Holz. In der dritten Pause, die sie machte, ging sie nach oben, um aus der Küche den CD-Player und aus dem Wohnzimmer eine CD zu holen. *Genesis*... diese Musik hatte bei ihr bis jetzt noch immer für gute Laune gesorgt. Aber auch das half ihr nur bedingt bei der Arbeit, deshalb war sie froh, als es endlich Nachmittag wurde.

Enttäuscht ließ sie alle Einzelteile ihres Projekts im Werkkeller liegen und stieg nach einem kurzen Blick in den Kaninchenkäfig die Treppe hinauf in den ersten Stock, um zu duschen. Sie war zu früh dran, um schon zum Wohnheim zu fahren, also setzte sie sich einfach in ihren Wagen und fuhr drauflos. Egal wohin, sie musste einfach raus hier! Elisabeth fuhr immer weiter die Straße am Wald entlang, bis sie schließlich zur Bundesstraße kam, auf die sie abbog. Die zweispurige Straße musste heute einigen Verkehr ertragen, offenbar wollten viele Menschen jetzt in die nahegelegene Stadt. Die

131

Wiesen und Felder ringsherum bedeckte eine dünne Schneeschicht, und immer wieder fielen zarte Flocken auf Elisabeths Windschutzscheibe. Nasskalte Atmosphäre herrschte draußen, und sie kuschelte sich dankbar in ihren geheizten Sitz.

Auf einmal entdeckte sie auf einem der Felder einen großen Raubvogel, der mit einem Raben zu kämpfen schien. Elisabeth konnte nicht erkennen, um welche Art von Raubvogel es sich handelte, aber augenscheinlich kämpften die beiden um ein Stück Beute, vielleicht eine Feldmaus. So etwas hatte sie lange nicht mehr gesehen.

Gerade als sie sich wieder mit einem amüsierten Lächeln in ihrem warmen Sitz zurücklehnte, raste links neben ihr ein überholendes Auto auf ihre Höhe. Sie nahm es hauptsächlich aus dem Augenwinkel und wegen seines lauten Dröhnens wahr. Was sie aber deutlich sah, war der andere Wagen, der dem Überholer auf derselben Spur entgegen kam!

Ohne nachzudenken trat Elisabeth auf die Bremse und riss an ihrem Lenkrad, um nach rechts auszuweichen. Der Überholer rauschte an ihr vorbei und wechselte gerade noch rechtzeitig auf die rechte Spur, um nicht mit dem Gegenverkehr zu kollidieren. Der hupte wie verrückt, aber der Kamikazefahrer reagierte nicht. Scheinbar unbeeindruckt brauste er davon, und Elisabeth fing erst an zu hupen, als er schon weit vor ihr fuhr. Ihre Hände zitterten, obwohl sie das Lenkrad hielten. Sie musste ein paarmal tief durchatmen, um sich wieder zu fangen. Zum Glück hielt der Wagen hinter ihr genug Abstand, denn sie konnte im Moment nur langsam fahren. Bei der ersten Gelegenheit verließ sie die Straße und parkte in einer Haltebucht.

Oh Gott! Was war das denn eben gewesen! Was für ein Arschloch! War dem sein Leben denn gar nichts wert? Und das der anderen Fahrer? Er hatte Elisabeth genötigt auszuweichen, fast wäre sie im Straßengraben gelandet! Sie bemerkte, wie sich zu dem Schreck nun eine gehörige Portion Wut gesellte. Einen leisen Ausruf konnte sie nicht unterdrücken: „Du Arsch!"

So passierten bestimmt die meisten Unfälle, wegen solcher Vollidioten! Schlagartig musste sie plötzlich an ihre Schwester und deren Unfall denken. Hier hatte kein Idiot sein Unwesen getrieben. Eigentlich war der Unfall sogar Dagmars eigene Schuld gewesen, wenn man dabei überhaupt von Schuld sprechen konnte. Elisabeth erinnerte sich daran, was die Polizei ihr im Krankenhaus darüber berichtet hatte: in der Nacht war Dagmar auf genau dieser Bundesstraße einem Reh ausgewichen, das auf die Fahrbahn gesprungen war. Sie selbst hatte schon eine hohe Geschwindigkeit gehabt, mit der sie dann einen Baum am Straßenrand gestreift hatte, und für den Wagen hinter ihr war Bremsen unmöglich gewesen, sodass er Dagmars Auto hinten touchiert und gedreht hatte. Zum Glück hatte der Fahrer keine Verletzungen davongetragen und sofort Hilfe holen können. Aber Dagmar...

Elisabeth musste schwer schlucken, um die aufsteigenden Tränen zu verdrängen. Wie musste ihre Schwester sich gefühlt haben! Hatte sie den Aufprall kommen sehen? Hatte sie ihn gespürt? Schmerzlich wurde Elisabeth sich dessen bewusst, dass sie gar nicht mal wusste, woran sich Dagmar vom Unfalltag noch erinnerte.

Eine ganze Weile dauerte es, bis sie sich soweit wieder gefasst hatte, dass sie den Wagen starten konnte. Sie fror, denn ohne die laufende Heizung kühlte der Innenraum des Autos rapide aus. Sie steuerte wieder auf die Straße zurück, vorsichtiger als zuvor, änderte beim nächsten Kreisverkehr ihre Fahrtrichtung und machte sich auf den Weg zum Wohnheim.

Dagmar, Flo und Andi warteten bereits in der Eingangshalle auf sie.

„Alles okay bei dir?", begrüßte Dagmar sie, und Elisabeth bejahte knapp. Von der Szene auf der Straße erzählte sie ihrer Schwester natürlich nichts.

„Kommt von den Mitarbeitern keiner mit?", fragte sie stattdessen.

Flo schüttelte den Kopf. „Die sind heute unterbesetzt, weil Mareike krank ist." Er machte eine Geste in Richtung Ausgang und fügte hinzu: „Aber ich weiß, wo wir hinmüssen."

Er setzte sich in Bewegung und führte die Gruppe hinaus aus dem Gebäude, den nassen Gehweg entlang bis zu einer Bushaltestelle. Gerade fing es wieder zu nieseln an, und Elisabeth zog ihre Kapuze tiefer ins Gesicht. Gut, dass Dagmar eine dicke Mütze trug! Auch Flo rieb sich die Hände, die in dünnen Handschuhen steckten.

„Beten wir, dass er uns beide mitnimmt. Meistens darf nur ein Rolli pro Bus mitfahren."

Heute schienen sie einen netten Fahrer erwischt zu haben, denn ohne Protest klappte der die Rampe am Einstieg herunter und ließ beide Rollstuhlfahrer und ihre Begleiter in sein Fahrzeug hinein.

„Wohin?", fragte er nur und nickte, als Flo ihm die Haltestelle nannte.

Tatsächlich fuhren sie nur knappe zehn Minuten zum Ziel. Von dort aus mussten sie noch fünf Minuten Fußweg zurücklegen, bis sie an der Sporthalle ankamen, deren Parkplatz kein einziges freies Fleckchen mehr übrig hatte. Was für ein Glück, dass Elisabeth nicht mit dem Auto direkt hierher gefahren war! Auf den Gängen konnten sie bereits die Geräuschkulisse wahrnehmen, die von der Halle herkam. Bälle wurden geworfen und gedribbelt, Metall schlug auf Metall, und viele Stimmen tönten durcheinander.

Ein Aufzug fuhr in den ersten Stock zu dem Zuschauerbereich, von wo aus man einen exzellenten Blick auf das Geschehen in der Halle hatte. Elisabeth half ihrer

Schwester, die Jacke auszuziehen, und hängte sie zu ihrem eigenen Mantel über die Lehne eines der Stühle. An einem provisorischen Stand aus zwei Klapptischen verkauften drei Frauen Hotdogs und Kuchen. Elisabeth bemerkte auf einmal, wie großen Hunger sie hatte. Kein Wunder, denn das Mittagessen hatte sie ausfallen lassen. „Möchtest du auch etwas essen?", fragte sie Dagmar, und die warf einen Blick zu dem Stand hinüber. „Ja, bring mir doch so einen Muffin mit", bat sie dann. Flo und Andi holten sich ebenfalls etwas Süßes. Elisabeth gönnte sich einen Hotdog. Kaum hatten sie ihre Plätze wieder eingenommen, ertönte auch schon eine Stimme übers Mikro, die alle willkommen hieß und die beiden Mannschaften vorstellte. Musik lief im Hintergrund und sorgte für gute Stimmung. Erst als alle Spieler auf dem Spielfeld ihre Positionen eingenommen hatten, verstummte sie. Elisabeth fielen die ausladenden Rollstühle mit schräg stehenden Rädern und Metallstangen vor den Fußbrettern auf, in denen sie saßen, und sie erkannte Paul unter den Spielern. Ein Pfiff, und der Schiedsrichter warf den Ball in die Luft, den sogleich einer der Spieler fing und einem Teamkollegen zuwarf. Der raste damit übers Feld, dribbelte und gab wieder ab. Der Ball flog durch die Luft, und Elisabeth war ehrlich überrascht, wie zügig das Spiel seinen Lauf nahm. Paul bewegte sich sehr flink: er fing den Ball geschickt und schob seinen Rollstuhl mit einer erstaunlichen Wendigkeit. Serafim hatte nicht übertrieben: der junge Mann schien wirklich der Star seiner Mannschaft zu sein. Jedenfalls jubelten die Leute auf den Zuschauerplätzen immer wieder, wenn er am Zug war. Und er brauchte auch nicht lange, bis er einen Korb nach dem anderen warf. Elisabeth vergaß sogar, ihren Hotdog zu essen, so gebannt verfolgte sie das Geschehen. Besonders, als Paul mit einem der Gegner so zusammen-

135

stieß, dass sein Rolli nach vorne umkippte, woraufhin er sich gekonnt mit den Armen hochstemmte und mit Schwung wieder in den Stand zurückkam.

Wahrlich, Paul war kein ‚Behinderter'! Er war ein junger Mann im Rollstuhl, ein Mensch, der mit einer Behinderung lebte. Aber darüber hinaus war er ein smarter Kerl und ein verdammt guter Sportler! So langsam wurde Elisabeth klar, welchen Unterschied die Ausdrucksweise machte. Die körperliche Einschränkung stellte nur eine von vielen Eigenschaften dar. So war es bei Dagmar schließlich auch! Das Wort ‚Behinderter', das begriff sie nun, reduzierte den Menschen jedoch auf eine Eigenschaft, die längst nicht seine einzige war!

Auch Dagmar schien beeindruckt zu sein, denn sie klatschte mit den anderen mit und wandte sich dann ihrer Schwester zu: „Paul ist schon ein fescher Kerl."

Ihr Gesichtsausdruck dabei sah so schelmisch aus, dass Elisabeth lachen musste.

„Du wirst dich doch nicht verlieben?", scherzte sie zurück.

Ehe sie sich versahen, war Halbzeit, und die Zuschauer strömten zu dem Snack- und Getränkestand. Auch die beiden Schwestern genossen Limonade und Kuchen, bis die zweite Spielhälfte begann, die nicht weniger spannend war. Am Schluss siegte Pauls Mannschaft mit einem guten Vorsprung.

Während der Großteil der Zuschauer zum Ausgang zog, verabschiedeten Flo und Andi sich von den beiden Schwestern.

„Wir gehen mit der Mannschaft noch was trinken. Ihr findet ja alleine zurück, oder?"

Natürlich war das kein Problem. Zu der Bushaltestelle fanden sie leicht zurück. Inzwischen schneite es ordentlich, sodass sich der Schnee rasch vor den Rädern des Rollstuhls ansammelte und daran festklebte, was das Schieben anstrengend machte. Elisabeth atmete auf, als sie endlich im Bus saßen. Von der körperlichen Betätigung aufgewärmt zog sie ihre Kapuze vom Kopf und die Handschuhe aus.

„Paul ist echt flink. Serafim hat nicht übertrieben", begann sie dann das Gespräch und dachte zurück an die wilden und gekonnten Spielaktionen des jungen Mannes.

Dagmar nickte nachdenklich und zupfte ebenfalls an ihren Handschuhen herum.

"Der könnte locker ambulant betreut wohnen, hat mir Susi erzählt, wenn er nicht so schlecht auf sich achten würde", meinte sie dann und löste bei ihrer Schwester einen fragenden Blick aus, weshalb sie fortfuhr:

„Der wäscht sich kaum, oft stinkt er echt wie ein Bär, und die Betreuer müssen ihn dann ermahnen. Seine Wäsche kriegt er auch nicht hin." Sie atmete mit einem Seufzen aus und legte die Hände in ihren Schoß.

„Ab und zu scheint er wohl auch an Panikattacken oder sowas zu leiden, aber genau habe ich das nicht verstanden."

Sie warf einen Blick hinaus in die Dunkelheit und murmelte: „So hat wohl jeder seine Dämonen in sich."

Das alles verwunderte Elisabeth, aber klar: zum Leben gehörte mehr, als ein guter Sportler zu sein…

Der Bus hielt, ließ sie über die Rampe aussteigen, und sie bewältigten das letzte Stück durch den fallenden Schnee bis zum Wohnheim zügig. Elisabeth fühlte sich erneut aufgeheizt von der Anstrengung, aber irgendwie mochte sie das.

„Soll ich mit hochkommen?", fragte sie ihre Schwester, während sie auf dem großen Abstreifer in der Eingangshalle die Reifen des Rollstuhls von Schnee befreite.

„Musst du nicht. Serafim wollte mir eh gleich ins Bett helfen, wenn ich zurück bin", erwiderte Dagmar. Seltsam, von einem Mann gepflegt zu werden, schoss es

Elisabeth durch den Kopf, aber wenn es Dagmar etwas ausmachte, dann ließ sie es sich nicht anmerken.

Also umarmten die Schwestern sich in der Eingangshalle, und Elisabeth marschierte beschwingt zu ihrem Auto. Ihre Schritte fühlten sich trotz der Kälte seltsam leicht an, und... sie war irgendwie... glücklich. Und das war ein Gefühl, das sie so schon länger nicht mehr verspürt hatte. Der schöne Abend mit Dagmar und den vielen fröhlichen Menschen um sie herum hatte die Schwere, die Elisabeth in den letzten Monaten fast ununterbrochen begleitet hatte, weichen lassen. Einfach so.

Elisabeth fuhr ohne Umwege zum Haus zurück, denn eine angenehme Müdigkeit erfüllte sie, und sie freute sich auf das warme Wohnzimmer.

Im Haus angekommen, zog sie sich gleich bequeme Kleidung an, um es sich dann auf dem Sofa mit einer heißen Tasse Tee gemütlich zu machen. Als sie am Kaninchenkäfig vorbeiging, um die Vorhänge zu schließen, vernahm sie leise Schmatzgeräusche. Die Kaninchendame war nicht zu sehen, also musste sie sich in ihrem Häuschen verkrochen haben, vermutete Elisabeth und wollte das Tier zuerst in Ruhe lassen. Aber als erneut diese Töne an ihre Ohren drangen, siegte schließlich ihre Neugier. Sie wollte zumindest nachsehen, ob alles in Ordnung war. Mit einer Taschenlampe leuchtete sie also vorsichtig in das Häuschen hinein. Da hockte Susi ins Heu gekuschelt und blickte sie mit großen Augen an und neben ihr, dicht angekuschelt, zwei kleine Kaninchenbabys, die an ihren Zitzen tranken. Elisabeth stieß einen leisen Ruf der Freude aus. Ihr Findelkind war zum zweiten Mal Mutter geworden!

138

KAPITEL VIERZEHN

Trotz der kalten Temperaturen roch es im Wald angenehm. Es musste wärmer sein als am Vortag, denn der Boden war bedeckt von nassem Laub und Matsch, so als hätte es gerade getaut. Wie gut, dass Elisabeth Mutters alte Gummistiefel angezogen hatte für ihren Spaziergang! Das Bedürfnis nach frischer Luft hatte sie schließlich aus dem Keller gelockt, und außerdem wollte sie schauen, ob auf dem Waldboden geeignete Stöcke oder Reisig zu finden waren, mit denen sie das Dach des Vogelhäuschens verzieren könnte. Mit so einer Abdeckung würde es zudem besseren Halt für die Vögel zum Landen bieten, dachte sie sich. Immer wieder bückte sie sich nun, hob hier und da einen Stock auf oder auch den ein oder anderen unversehrten Fichtenzapfen.

Etwas abseits des Weges schlendernd und den Blick nur auf den Boden gerichtet, bemerkte Elisabeth die ältere Dame zunächst nicht, die auf dem Weg in ihre Richtung kam. Dem Rascheln der Blätter, das sie vernahm, maß sie keine Bedeutung zu, erst als sie eine Stimme hörte, hob sie verwundert ihren Kopf.

„Elisabeth, bist das du?"

Die Angesprochene blinzelte einen Moment, dann erkannte sie die Frau.

„Hallo, Frau Schleifer!", rief sie überrascht aus.

„Dich habe ich ja ewig nicht gesehen", erwiderte die alte Frau und kam noch ein Stück näher. Elisabeth kannte sie seit ihrer Kindheit, und es war völlig in Ordnung für sie, wie eh und je geduzt zu werden.

„Ich bin bei meiner Schwester zu Besuch", gab sie Auskunft und streckte ihren Rücken, der vom Bücken

139

schmerzte. Einige Stöcke hielt sie bereits im Arm, die Zapfen hatte sie in ihrer Manteltasche verstaut.

„Schlimm, was mit Dagmar passiert ist." Frau Schleifers Gesicht nahm einen mitleidigen Ausdruck an. „Wie geht es ihr denn jetzt?"

Elisabeth zögerte kurz. Ihre Schwester hatte die meiste Zeit ihres Beisammenseins sehr gefasst gewirkt, bis auf das eine Mal, als sie nachts weinend im Bett gelegen hatte. Das war auch das einzige Mal bis jetzt gewesen, dass Dagmar hatte erahnen lassen, wie es in ihrem Inneren aussah. Eine Momentaufnahme nur. Wie es ihrer Schwester wirklich ging, konnte Elisabeth sich tatsächlich nur vorstellen.

„Sie beißt sich durch", antwortete sie daher lediglich, und Frau Schleifer fragte nicht weiter nach. Sie gehörte nicht zu der Sorte Frauen, die gerne Klatsch und Tratsch austauschten, und Elisabeth war froh darüber. Stattdessen legte die gütige Dame Elisabeth eine Hand auf den Arm und sagte: „Wenn ich euch mit etwas helfen kann, dann sagt mir Bescheid, ja?"

Die Gute! Und dabei war sie selbst schon alt und hatte sicher mit ihrer eigenen Gesundheit zu kämpfen. Elisabeth kannte kaum jemanden sonst, der eine solche Warmherzigkeit besaß.

„Ach…", fiel ihr auf einmal ein, „vielen Dank, dass Sie sich um die Hühner gekümmert haben…"

Sie brauchte gar nicht weiterzusprechen, denn Frau Schleifer winkte sogleich ab.

„Das ist doch selbstverständlich."

Elisabeth fand es absolut nicht selbstverständlich, wochenlang die Tiere seiner Nachbarn zu versorgen ohne ein Entgelt, aber sie wusste, dass es der alten Dame nur unangenehm gewesen wäre, weiter darüber zu sprechen, deshalb wechselte sie das Thema und fragte:

„Wie geht es Ihnen denn?"

Frau Schleifer seufzte leise.

„Ach, weißt du, ich werde auch nicht jünger. Und seit mein Hermann gestorben ist, ist es manchmal doch recht einsam im Haus." Aber gleich hob sie den Kopf und fügte hinzu:

„Ich gehe jetzt oft ins Seniorenzentrum, dort trifft man ganz nette Leute."

Die Schleifers hatten keine Kinder, das wusste Elisabeth. Vielleicht hatte Frau Schleifer deshalb immer mal wieder auf die beiden Schwestern aufgepasst, als diese noch jung gewesen waren. Nicht häufig, denn ihre Mutter war nicht berufstätig gewesen und hatte somit immer viel Zeit für ihre Mädchen gehabt. Aber an manchen Abenden hatte sie die Babysitter-Dienste der Nachbarin schon gerne angenommen, um mit ihrem Mann mal ins Kino oder zu Freunden gehen zu können. Und Frau Schleifer war immer eine ausgesprochen nette Babysitterin gewesen für die beiden Schwestern und hatte ihnen stundenlang vorgelesen und mit ihnen gespielt.

Dass sie jetzt unter Einsamkeit litt, war traurig, und Elisabeth hätte die Nachbarin gerne spontan für die nächsten Tage eingeladen, aber sie wusste ohnehin nicht, ob sie rechtzeitig mit ihrem Bauprojekt fertig werden würde. Sie brauchte einfach noch Zeit für sich und wusste auch gar nicht, ob Dagmar die alte Dame überhaupt im Haus haben wollte. Dennoch wollte sie nicht einfach ignorieren, wie es der lieben Frau ging.

„Vielleicht können wir uns ja irgendwann einmal treffen?", schlug sie deshalb unverbindlich vor, woraufhin Frau Schleifer lächelte.

„Ja, das wäre schön", antwortete sie, und so verabredeten sie locker, demnächst einmal miteinander zu telefonieren und etwas auszumachen.

Zurück im Haus trug Elisabeth ihre Sammelstücke aus dem Wald in den Keller und machte sich daran, weiter an dem Häuschen zu arbeiten. Das Dach mit den Stöcken und Zapfen darauf sah wirklich hübsch aus, und zum ersten Mal war sie richtig zufrieden mit ihrer Arbeit an dem Werkstück. Aber der Rücken schmerzte ihr bald schon wieder vom Stehen, weshalb sie eine Pause machte und sich eine Tasse Kaffee aus der Küche holte. Sie sollte wirklich wieder mehr Sport treiben, dachte Elisabeth und musste unwillkürlich an das Basketballspiel zurückdenken. Da sie keine Lust hatte, sofort mit dem Werken weiterzumachen, stöberte sie im Keller in den alten Umzugskartons herum, die sich dort zuhauf stapelten. Ihre Mutter hatte sich immer schwer damit getan, alte Dinge wegzuwerfen, und offenbar ging es Dagmar ähnlich. In den Kartons fand Elisabeth ein altes Teeservice von ihren Großeltern, die Briefmarkensammlung ihres Vaters, sowie einige alte Schallplatten. Und dann stieß sie auf fünf oder sechs Kisten, auf denen *Kinder* geschrieben stand und die ihre besondere Aufmerksamkeit weckten. Was hatte ihre Mutter da alles aufgehoben! Altes Puppengeschirr, Puppenkleider und natürlich die vielen Puppen, die sie als Kinder besessen hatten. Faschingskostüme und Tiermasken aus Karton, diverse Brettspiele sowie die Zubehörteile des Kaufladens, den sie jedes Weihnachten zusammen aufgebaut hatten. Das Gestell des Kaufladens stand sicher auch noch irgendwo herum.

Elisabeth seufzte leise, teils vor Freude die Dinge wiederzusehen, teils vor Bedauern. Bestimmt hatte ihre Mutter all diese Dinge für ihre Enkel aufbewahrt, leider umsonst.

Zwei Kartons voller Bücher standen ebenfalls dort, und obwohl alles recht schmutzig war, hockte Elisabeth sich davor auf den Boden und begann zu stöbern. Viele bekannte Bilderbücher zog sie hervor, über wilde Tiere, Feen, Elfen und Kobolde. Dann kamen die dickeren Bücher, die sie selber gelesen hatten, wie Dagmars Pferdebücher, Jules Verne- Romane und natürlich alle

Bücher von Astrid Lindgren. Elisabeth griff nun nach einem dicken Band mit hellblauem Cover, das ihr besonders in Erinnerung war: Astrid Lindgrens *Madita*. Sie konnte nicht sagen, wie oft sie und Dagmar dieses Buch zusammen gelesen hatten, aber diese Geschichten über die beiden Schwestern und ihre Abenteuer, sie hatten so gut zu Elisabeth und Dagmar gepasst! Nicht selten hatten sie Szenen daraus nachgespielt und sich vorgestellt, sie würden dort in Schweden leben in Maditas Haus. Sie hatten, wie Madita, ihre eigene Zeitung gebastelt, erinnerte sich Elisabeth jetzt sogar. Doch am besten hatten ihnen beiden immer die Weihnachtsgeschichten gefallen, mit den wundervollen Erlebnissen in der Schneelandschaft, dem schönen Weihnachtsbaum und dem Weihnachtsmann, der im Schlitten angefahren kam an Heiligabend. Oh, und wie hatten sie beide als Mädchen davon geträumt, in so einem Schlitten durch die Nacht zu fahren wie Maditas Schwester Lisabeth, nachdem sie verlorengegangen war! Elisabeth fasste sich an die Brust, so gerührt war sie im Angesicht dieser Bilder von damals, die in ihr aufstiegen.

Sie war so versunken in das alte Buch und ihre Erinnerungen, dass sie das Läuten der Türklingel zuerst nur unterbewusst wahrnahm und ein paar Sekunden brauchte, um darauf zu reagieren. Dann legte sie das Buch rasch zur Seite und hastete die Treppe hoch zur Haustür. Ohne eine Vorstellung, wer geklingelt haben konnte, öffnete sie und wich unwillkürlich zurück bei dem Anblick, der sich ihr bot. Auf der Fußmatte, keinen Meter von ihr entfernt, stand Johannes! Ihr Mann! Elisabeth war so überrumpelt, dass sie für einen Moment das Atmen vergaß und dann regelrecht nach Luft schnappen musste. Johannes stand regungslos vor ihr, seine große Statur in eine dicke Winterjacke gehüllt. Elisabeth erkannte sie, es handelte sich um die teure Outdoor-Jacke, die er sich vor zwei Jahren zu Weihnachten geleistet hatte und mit der man bei Eis und Schneestürmen ewig im Freien bleiben konnte. Dabei hatte er doch gar keine Zeit übrig für derartige Exkursionen! Elisabeth hatte sich selbst lange für einen Workaholic gehalten. Ihr Mann war definitiv einer. Wie er jetzt so dick eingepackt vor ihr stand hätte man nicht unbedingt erraten, dass er einer der angesagtesten Architekten der Firma war, der gerne auf Designerparties ging und bis spät in die Nacht feierte. Sogar Winterstiefel hatte er heute seinen modischen Sneakers vorgezogen. Nervös klapperten seine Finger mit dem Autoschlüssel herum. Dann zog er die dicke Mütze von den leicht ergrauten braunen Haaren und ergriff zögerlich das Wort:

„Hallo Liz." Und als sie nicht reagierte, fragte er nach einer kurzen Pause: „Darf ich reinkommen?"

Elisabeth wusste später nicht mehr, warum sie darauf genickt hatte und wie sie es geschafft hatte, beiseitezutreten und die Tür hinter ihm zu schließen. Oder hatte er sie geschlossen? Sie wusste nur noch, dass sie beide sich scheinbar endlos lange gegenüberstanden, bis Johannes schließlich zu sprechen anfing: „Es tut mir alles so leid, Liz."

Der Klang seiner tiefen Stimme jagte ihr einen Schauer über den Rücken. Dunkle Ringe umrahmten seine Augen, und seine Haare schien er lange nicht mehr geschnitten zu haben, so wie sie ihm ins Gesicht fielen. Und das, obwohl er sonst so viel Wert auf seine Frisur legte, wunderte sich Elisabeth. Aber wie er jetzt vor ihr stand, kam er ihr insgesamt sehr verändert vor. Abgenommen hatte er und war blass, und von seiner sonst so lebhaften Aura schien kaum etwas geblieben zu sein.

„Wie geht es dir?" Elisabeth zuckte nur mit den Achseln, denn sie war im Moment unfähig, darauf zu antworten. Ihre Knie fühlten sich unsicher an, und ein leichter Schwindel überkam sie in Wellen, also blieb sie nur stehen und hoffte, ihr Mann würde es nicht bemerken. Der wartete einige Augenblicke, nickte dann fast unmerklich und fragte weiter: „Und deiner Schwester?" Knapp und emotionslos berichtete Elisabeth ihm, was passiert war und in welchem Zustand sich Dagmar befand. Und so leidenschaftslos ihre Erzählung war, so wenig schien Johannes davon mitzubekommen, denn seine Augen musterten ihr Gesicht immer wieder, während er sich nervös über die Lippen leckte, bis sie verstummte. Hatte er überhaupt eines ihrer Worte verstanden? Er machte einen Schritt auf sie zu und hob seine Hand, als wollte er sie berühren. Reflexartig wich Elisabeth zurück, woraufhin er seine Hand wieder sinken ließ.

„Oh, Liz, es tut mir so leid, was passiert ist. Ich möchte gerne über alles sprechen... aber ich weiß nicht wie." Die letzten Worte hatte er so leise und flehend gesprochen, dass Elisabeth sich abwenden musste, um ihre aufsteigenden Tränen zu verbergen. Dieser Mann hatte sie so verletzt! Er hatte sie alleine gelassen und ihr gesagt, dass er nicht mehr mit ihr leben könne. Was wollte er jetzt noch von ihr? Ein Teil von ihr wäre am liebsten auf ihn gesprungen, um ihn zu schlagen und zu treten. Er hatte ihr so wehgetan und alles kaputtgemacht, was sie miteinander gehabt hatten! Der andere Teil von ihr jedoch, der kleine und verängstigte, wollte sich an ihn drücken und sich halten lassen so wie in den Zeiten, als noch alles gut und Johannes ihr vertrautester Mensch gewesen war. Auch wenn diese Zeiten wie lange vergangen wirkten, so waren die schönen Empfindungen dennoch greifbar, und Elisabeth musste sich sehr zurückhalten, um ihnen nicht nachzugeben. Sie durfte sich jetzt keine Blöße geben, das war sie sich schuldig nach allem, was hinter ihr lag!

„Ich kann nicht", presste sie deshalb hervor, wandte sich dann mit gesenktem Kopf zur Tür und öffnete sie ruckartig. „Bitte geh jetzt!"

145

Johannes musterte sie einen Augenblick lang und machte eine Mundbewegung, als wolle er etwas darauf erwidern. Dann nickte er jedoch stumm und zog seine Mütze über den Kopf. Seine Schritte waren schwerfällig, als er an Elisabeth vorbeiging. Schon aus der Tür, wandte er seinen Kopf noch einmal zu ihr und sagte leise: „Du solltest Markus anrufen."

Mehr nicht. Er ging über die Straße zu seinem Wagen, stieg ohne einen Blick zurück ein und fuhr los.

Zurück blieb Elisabeth im Dunkel des Flurs stehen, unfähig sich zu rühren. Den Kopf hatte sie an die kalte hölzerne Tür gelehnt und konnte nichts tun, als stumm ihre Tränen fließen zu lassen. Dieser Mann, den sie so geliebt hatte... immer noch liebte... warum musste sie sich so nach ihm sehnen! Wie viel einfacher wäre es, ihn hassen zu können, um ihn dann zu vergessen! Aber tief in sich wusste sie, dass sie das gar nicht wollte und auch nicht konnte. Nicht, nachdem Johannes ihr liebster Mensch gewesen war.

Elisabeth umschlang sich selbst mit ihren Armen und wiegte sich hin und her wie ein Kind, bis sie schließlich zitternd zu Boden sank.

KAPITEL FÜNFZEHN

Hallo Liebling, ich hatte sie mir so schön ausgemalt, unsere Zukunft. So kurz nur bist du bei mir geblieben. Alle haben gute Ratschläge, von denen keiner hilft. Sie wissen alle nicht, wie sich das anfühlt...

„Ah, gut, dass du dich meldest! Wieso hast du nicht früher angerufen? Du musst schnell zurückkommen!" Markus' Stimme hörte sich sehr gestresst an. Wahrscheinlich nicht anders als sonst, aber jetzt fiel Elisabeth seine Gereiztheit besonders auf, und sie fragte sich unwillkürlich, ob sie in der Vergangenheit auch so gewirkt hatte. Stress gehörte zu diesem Beruf zwangsweise dazu, immer Termine und Verpflichtungen. Die Erinnerung daran ließ etwas in Elisabeths Innerem sich zusammenkrampfen, also atmete sie tief durch und hob an zu sprechen, denn sie wollte es schnell hinter sich bringen. „Ich komme nicht zurück, Markus, ich habe eben meine Kündigung abgeschickt." Sie konnte förmlich sein fassungsloses Gesicht vor sich sehen und kannte seine nächste Frage schon, bevor er sie aussprach: „Das ist jetzt ein Witz, oder?" Konnte er sich denn überhaupt noch erinnern, wann er sie das letzte Mal hatte scherzen hören? Elisabeth erwiderte nichts darauf, und so entstand eine lange Pause, die nach und nach wohl seine Zweifel ausräumte. „Was willst du denn machen?", fragte er schließlich, und Elisabeth meinte einen trotzigen, ja, wütenden Unterton heraushören zu können. Sie wusste es selbst nicht. Sie hatte keine Antwort darauf. Aber sie wollte nicht mehr zurück in ihr altes leeres Leben zu ihrer großartigen Karriere, das stand fest. Sie hatte keinen Plan für ihre Zukunft, aber diese Vorstellung erschreckte sie seltsamerweise nicht mehr. Im Gegenteil: sie erfuhr beim Gedanken daran einen erlösenden Hauch der Befreiung.

Markus würde das niemals verstehen, und Elisabeth hatte auch keine Lust, eine Erklärung zu versuchen, also straffte sie ihre Haltung und sagte nur: „Es tut mir leid, Markus. Ich hole meine Sachen irgendwann in den nächsten Wochen ab."

Seine bockige Haltung änderte sich keine Spur, und sie meinte, die Wut durch das Telefon förmlich zu spüren. „Wie du willst!", raunzte er, und ohne einen Abschiedsgruß hatte er in der nächsten Sekunde die Verbindung beendet.

Eine ganze Weile noch blieb Elisabeth auf dem Sofa sitzen, das Handy unschlüssig in ihrer Hand liegend. Das Ende einer Ära… so leicht war es nun vollzogen worden. Kurz überschlug sie im Kopf, dass sie fast vierzehn Jahre in der Firma gearbeitet hatte, davon ungefähr zehn mit Markus zusammen. Eine Ära, wahrhaftig…

Sie legte das Handy auf den Wohnzimmertisch und streckte sich. Vom Kaninchenkäfig her drangen raschelnde Geräusche herüber, aber seit sie heute Mittag Wasser, Futter und Heu gewechselt hatte, hatte Elisabeth die Kaninchendame nicht mehr zu Gesicht bekommen. Wahrscheinlich hatte die alle Pfoten voll zu tun mit ihren Kleinen und keine Zeit für Streicheleinheiten.

Elisabeth stand vom Sofa auf, streckte sich erneut und ging unruhig auf und ab. Durch das Fenster sah sie den grauen Himmel, vor dem sich die Äste der großen Bäume im Wind wiegten. Einzelne Vögel flatterten umher, aber sonst zeigte sich nichts Lebendiges. Elisabeth schlang die Arme um ihren Oberkörper. Sie musste raus hier! Das Telefonat eben, schlechtes Gewissen Markus

148

gegenüber und der Schreck von Johannes´ Besuch gestern steckten ihr noch in den Knochen. Sie hatte in der Nacht nicht genug Schlaf gefunden, auch wenn sie bis Mittag im Bett gelegen war. Sie brauchte frische Luft und Abwechslung, irgendetwas um die bösen Gedanken zu vertreiben. An dem Vogelhäuschen weiterzubauen, reizte sie gerade überhaupt nicht, auch wenn sie gestern ein gutes Stück daran weitergekommen war. Auch auf einen einsamen Spaziergang hatte sie keine Lust, ebenso wenig auf eine Einkaufstour oder auf Sport. Und da sie absolut nicht wusste, wo sie sonst hinfahren sollte, steuerte sie ihr Auto schließlich wie automatisch zum Wohnheim, zu ihrer Schwester.

Dagmar machte ein erstauntes Gesicht, als Elisabeth auf einmal in der Küche der Wohngruppe erschien. Zusammen mit Susi saß sie dort am Esstisch und trank Kaffee, wobei sie ihrer Mitbewohnerin immer wieder die Tasse hochhielt, damit die am Strohhalm saugen konnte. Susis Spastik in den Händen war noch ausgeprägter als bei Dagmar, sodass ihr das Halten einer vollen Tasse wohl schwerfiel.

„Was machst du denn hier?", fragte Dagmar und setzte in fast spöttischem Ton hinterher: „Habe ich dir gefehlt?"

Elisabeth zögerte einen Moment, dann zog sie ihren Mantel aus, hängte ihn über einen der Stühle und setzte sich mit an den Tisch.

„Ja, irgendwie wohl schon", antwortete sie dann mit einer Ehrlichkeit, die sie selbst überraschte. Ja, ihre Schwester hatte ihr gefehlt und auch die Dinge, die sie in den letzten Tagen zusammen erlebt hatten. Der Besuch im Baumarkt, der Abend im Burgerlokal, sowie das Basketballspiel. Diese Stunden mit ihrer Schwester, das wurde Elisabeth nun bewusst, hatten ihr richtig gutgetan. Auf eine besondere und unerwartete Weise, die sie selbst nicht richtig zu verstehen vermochte.

149

Dagmar blickte sie von der Seite prüfend an, deutete dann auf die Kaffeekanne und ein paar saubere Tassen, die auf dem Tisch standen, und fragte in versöhnlichem Ton: „Möchtest du einen?"

Das Angebot nahm Elisabeth sehr gerne an.

Nach und nach waren vom Gang her Stimmen zu hören, denn offenbar kamen die Bewohner nun von der Arbeit nach Hause. Die Uhr an der Wand zeigte kurz nach vier an. Neben der Uhr hingen zwei große Bilderrahmen mit Fotos darin, und als Elisabeth ihren Blick weiter durch den Raum schweifen ließ, entdeckte sie in einer Ecke ein selbstgemachtes Schild, auf dem stand: ‚Das Gehirn muss schwimmen wie ein Fisch!' Aha. Vielleicht sollte das die Bewohner zum Trinken animieren?

Auf dem Gang hörte sie näherkommende Schritte, und im nächsten Augenblick betrat Mareike die Küche. Mit einem „Servus Elisabeth" begrüßte sie ihren Gast am Tisch und goss sich auch einen Kaffee ein.

Susi hob ihre Hand und zog so die Aufmerksamkeit der Mitarbeiterin auf sich.

„Ma´eike, ´anns du ´etz mein ´ändy repa´ieren?"

Obwohl sie wieder sehr undeutlich sprach, verstand Elisabeth beinahe auf Anhieb, was Susi meinte, und Mareike schien darin ohnehin Übung zu haben. Sie bedachte die Frau mit einem gespielt genervten Blick, dann wandte sie sich an Elisabeth und stöhnte:

„Was ich hier alles können soll… Löcher bohren, Handys verstehen, kochen… Neulich musste ich Benjamins Wände grün streichen. Grün! Kannst du dir das vorstellen?"

Sie rollte theatralisch mit den Augen, dann gab sie Susi einen leichten Klaps auf die Schulter.

„Na, dann zeig mir das Ding mal."

Susi startete ihren E-Rolli und steuerte ihn aus der Küche hinaus auf den Gang, und die Betreuerin folgte ihr.

Dagmar hatte die Szene schweigend beobachtet, jedoch mit einem leichten Lächeln auf den Lippen.

„Die Susi ist echt eine Liebe", sagte sie nun und trank den letzten Schluck aus ihrer Kaffeetasse, bevor sie diese auf den Tisch stellte. Elisabeth lag auf der Zunge zu fragen, wie es ihr denn bis jetzt hier in dem Wohnheim gefiel, aber irgendwie scheute sie sich davor. Sie hatte jetzt keine Energie für ein möglicherweise unangenehm verlaufendes Gespräch, deshalb fragte sie stattdessen: „Sollen wir ein bisschen rausgehen?"

Dagmar warf einen Blick aus dem Küchenfenster nach draußen, wo es schon wieder dunkel wurde. Die Bäume schwankten im Wind und ließen keine angenehme Atmosphäre erwarten.

„Hm, gleich kommt die Harfen-Tante", reagierte sie auf Elisabeths Frage, und mit einem Blick auf die verständnislose Miene ihrer Schwester fügte sie hinzu: „Die von der Ergotherapie haben mich überredet, da mitzumachen. Das wäre gut für meine Finger."

Elisabeth verstand noch immer nicht genau, um was es ging, aber sie kam nicht dazu weiter zu fragen, denn auf einmal erschien eine große dunkelhaarige Frau in der Tür, die eine Lesebrille um ihren Hals trug. Sobald sie die beiden Schwestern erblickte, kam sie näher und flötete: „Ah, Sie müssen Frau Gothe sein! Ich bin Frau Bucher."

Damit reichte sie beiden die Hand und strahlte noch etwas mehr, nachdem Elisabeth sich vorgestellt hatte.

„Dann wollen Sie auch bei uns mitmachen an der *Veeh*-Harfe?", erkundigte sie sich mit einem solch begeisterten Ton in der Stimme, dass Elisabeth nicht anders konnte als mit „Ja, gerne" zu antworten. Warum eigentlich nicht? Ihre Schwester warf ihr einen belustigten Blick zu, lenkte ihren Rollstuhl in Frau Buchers Richtung und folgte ihr auf den Gang. Die großgewachsene Frau führte die beiden Schwestern ein paar Gänge

weiter zu dem Gemeinschaftsraum einer der Nachbar-
wohngruppen. Hier saßen in einem Kreis bereits fünf
andere Teilnehmer, zwei Männer und drei Frauen. Ein
junges Mädchen war dabei, jeweils einen Notenständer
vor jeden von ihnen zu platzieren und darauf, hochkant
stehend, ein flaches hölzernes Instrument mit vielen
Saiten. Sie lächelte die Neuankommenden freundlich
an, die sogleich ebenfalls mit einem Instrument aus-
gestattet wurden. Interessiert begutachtete Elisabeth
diesen einfachen flachen Kasten, der an der Rückseite
über ein Klangloch verfügte. Die Saiten auf der Vorder-
seite waren aus Metall, und unter jeder von ihnen stand
die jeweilige Note aufgedruckt. Als nächstes verteilte
Frau Bucher große Papierbögen welche unter die Saiten geschoben werden sollten. Darauf waren von oben
nach unten Punkte jeweils unter derjenigen Saite ab-
gedruckt, die man zupfen sollte. Man konnte also ohne
Noten, nur anhand dieser Punktanleitungen, drauflos
spielen.
„Harfe für Idioten", raunte Dagmar. Ihre Miene ließ
keinen Zweifel an ihrer mäßigen Begeisterung übrig, aber Elisabeth fand dieses Prinzip wirklich nicht
schlecht! Nicht nur für kognitiv eingeschränkte Personen, die keine Noten lernen konnten, sondern auch für
Ungeduldige wie sie selbst. In ihrer Kindheit schon war
sie am Erlernen der einfachen Blockflöte gescheitert,
weil sie keine Lust auf die quälenden Übungseinheiten
gehabt hatte. Aber mit diesem Instrument hier musste
man nicht ewig üben, sondern konnte gleich drauflos
spielen, und es klang wirklich schön, erst recht wenn
mehrere Harfen gleichzeitig gespielt wurden.
„Jeder macht so mit, wie er oder sie kann", verkündete
Frau Bucher fröhlich und gab mit ihrem Fuß den Takt
vor. Voller rührender Geduld wartete sie jedes Mal,
wenn einer der Teilnehmer nicht mitkam oder sich ver-
spielt hatte. Dagmar gab sich offensichtlich nicht allzu

viel Mühe, denn sie verspielte sich oft und ließ die Hände irgendwann gänzlich ruhen. Elisabeth jedoch empfand es als sehr wohltuend, etwas Schönes machen zu können, ohne dass dafür besondere Anstrengung nötig war. So war sie fast enttäuscht, als die Stunde vorüber war. Sie half noch mit, die Harfen zu verpacken und die Ständer zusammenzuklappen. Dann begab sie sich mit Dagmar zurück zu dem Gang der *WG* 7. Der entging die plötzliche gute Laune ihrer Schwester offenbar nicht, denn sie warf einen verwunderten Blick zu ihr hoch und meinte:

„Also, ich sage Frau Bucher dann Bescheid, dass du künftig an meiner Stelle mitmachst."

Elisabeth konnte ein Grinsen nicht unterdrücken. Die *WG* 7 befand sich bereits mitten in den Vorbereitungen fürs Abendessen, sodass in der Küche reger Betrieb herrschte. Deshalb gingen die beiden Schwestern in Dagmars kleines Zimmer, wo Elisabeth sich auf das Bett hockte. Nach wie vor wirkte es sehr kahl, aber immerhin stand nun eine Vase mit Blumen auf dem Tisch. Dagmars Kleider mussten im Schrank verstaut sein, nur ein paar persönliche Dinge lagen auf dem Nachtkasten. Die plötzliche Stille um sie herum ließ Elisabeth nachdenklich werden und schließlich wagte sie, die Frage zu stellen, die ihr schon eine Weile im Kopf herumschwirrte: „Wie findest du es denn hier?"

Dagmar blickte sie einen Moment lang an, hob dann kurz ihre Hände und ließ sie wieder fallen.

„Die Leute sind schon alle nett...", begann sie, verstummte und blickte aus dem Fenster, durch das in der Ferne Lichter zu erkennen waren. Dann atmete sie hörbar aus und fügte leise hinzu: „Was soll ich sagen? Mir fehlt unser Haus."

Elisabeth nickte nur. Natürlich konnte sie Dagmar voll und ganz verstehen! Dieses Zimmer war einfach entsetzlich klein im Vergleich zu dem Platz, den ihre Schwester gewohnt war. Beinahe hätte sie ihr zugestimmt, aber was sollte dann aus Dagmar werden? Schließlich musste sie irgendwo wohnen, wo sich jemand um sie kümmern konnte. Da ihr nichts einfiel, sagte Elisabeth gar nichts, sondern ließ ihren Blick ebenfalls aus dem Fenster in die Dunkelheit schweifen. Als Susi kurz darauf klopfte und zum Abendessen rief, verabschiedete sie sich dann. Vom Wohnheim aus konnte man zu Fuß zu einer kleinen Einkaufsmeile nahe dem Bahnhof kommen. Elisabeth hatte Lust zu bummeln, und sie brauchte nicht einmal zehn Minuten bis sie die ersten Läden erreichte. Zuerst einen, in dem Tee verkauft wurde und daneben einen für Handys und Computerspiele. Darauf folgte ein Cafe, das relativ neu sein musste, denn Elisabeth kannte es nicht. Die Muffins in der Auslage sahen verführerisch lecker aus, deshalb trat sie kurzerhand ein und bestellte einen mit Schokolade zum Mitnehmen. Hinsetzen wollte sie sich nicht dort, denn die frische Luft tat ihr gut. Also schlenderte sie weiter entlang der Schaufenster, während sie den wunderbar klebrig-süßen Geschmack des Gebäcks genoss. Sie hatte den Muffin fast vertilgt, als ihr Blick auf ein Schaufenster fiel, das ihren Blick fesselte. Voller bunter Zeitschriften und Bücher übte es eine magische Anziehungskraft auf Elisabeth aus, und nachdem sie den letzten Happen hinuntergeschluckt hatte, betrat sie das Geschäft. Es war nicht überaus groß, aber in jedem Winkel stapelten sich Bücher und Zeitschriften aller Art. Mit einem wohligen Lächeln schlenderte sie in diesem Durcheinander umher, nahm hier und da ein Heft in die Hand und blätterte es durch. Besonders angetan war sie von einer Fotozeitschrift, in der herrliche Naturfotos abgebildet waren. Eine Weile blätterte sie darin herum, entschied sich zum Kauf und stöberte dann noch in den Unmengen von Büchern, die über mehrere Regale verteilt lagen. Einige interessante Titel waren zu finden, und sie ließ sich Zeit, um hier und da eine Stelle zu lesen, aber keines der Bücher fesselte sie so sehr, dass sie dafür Geld ausgegeben hätte.

Sie hatte sich bereits umgewandt, um ihre Zeitschrift an der Kasse zu bezahlen, die sich nahe der Eingangstür befand, als ihr etwas auffiel. Nur aus dem Augenwinkel, aber doch mit Sicherheit, hatte sie etwas Vertrautes wahrgenommen, etwas, das sie schon einmal gesehen hatte. Nichtsahnend drehte sie ihren Kopf in die Richtung und hatte mit dem nächsten Blick, der sie erkennen ließ, was es war, das Gefühl, als hätte sie einen Schlag in den Magen bekommen. So oft hatte sie dieses Buch in verschiedenen Geschäften durchgeblättert, sich daran erfreut und sich fest vorgenommen ein Exemplar zu kaufen, wenn sie soweit war. Dieses Buch mit seinem schönen Coverbild, das sie auf dem größten Abenteuer ihres Lebens hätte begleiten sollen. Wie oft hatte sie sich ausgemalt, es dann zu kaufen und stolz mit nach Hause zu bringen! Wie lange hatte sie sich nach diesem Zeitpunkt gesehnt, der einfach nicht kommen wollte und nie gekommen war!

Elisabeth spürte ihre Hände zittern und wagte es kaum, noch einmal hinzusehen auf diesen Titel, den sie schon so oft in verschiedenen Geschäften wieder und wieder gelesen hatte: *Meine Schwangerschaft.*

KAPITEL SECHZEHN

Es war fast noch dunkel draußen und bitter kalt unter dem verblassenden Sternenhimmel. Elisabeth hätte jetzt noch in ihrem warmen Bett liegen können, aber dort hatte sie es nicht mehr ausgehalten. Stunde um Stunde hatte sie schon wachgelegen nach gerade mal vier Stunden Schlaf, und irgendwann war diese Idee in ihren Kopf entstanden. Einfach aus dem Nichts heraus. Nun stand sie hier draußen im Garten, eine Schaufel in der rechten Hand, die vor Kälte zitterte, sodass sie das Werkzeug fast hätte fallen lassen. In der anderen Hand hielt sie ein kleines selbstgestricktes Jäckchen aus rosafarbener Wolle. Sie konnte nicht anders. Irgendeine starke Kraft in ihr hatte sie hinausgezogen in die Kälte, in diese Ecke unter der großen Buche. Dies war ein guter Ort für das, was sie vorhatte. Mit kältesteifen Beinen ging sie in die Hocke und wischte den Schnee von dem Fleckchen Boden, das sie auserkoren hatte, stach die Schaufel dann so tief es ging in die halbgefrorene Erde und begann, ein Loch zu graben. Die alte Schaufel war nicht das beste Werkzeug, und trotz der Gartenhandschuhe schmerzten Elisabeths Finger bald von der Kälte. Eiskalte Luft wehte ihr um die Ohren, und sie bereute, dass sie keine richtige Mütze aufhatte, sondern nur die Kapuze ihres Mantels. Aber sie konnte und wollte nicht aufhören, ehe das Loch ungefähr fünfzehn Zentimeter Tiefe erreicht hatte. Mit dem erdbeschmutzten Handrücken strich sie sich die Haare aus dem Gesicht und legte die Schaufel beiseite. Ihr Atem ging keuchend von der Anstrengung, und unter ihrem Mantel und Pullover spürte sie Schweißtrop-

156

fen ihren Rücken hinunterrollen. Sie nahm das kleine Wolljäckchen und betrachtete es einen Moment lang. Mit ihren Fingerspitzen strich sie über seinen gehäkelten Kragen und die kleine Kapuze, die daran befestigt war. Elisabeths Mutter hatte dieses Stück Babykleidung selbst hergestellt, während sie mit Elisabeth schwanger gewesen war. Es hatte erst sie selbst und später Dagmar im Winter gewärmt und danach noch viele Jahre als Puppenjäckchen gedient. Stellenweise war der Stoff ganz dünn gerieben von der ausgiebigen Benutzung. Elisabeth hatte es eigentlich längst vergessen gehabt, bis sie im Keller in einer der Kisten zufällig darauf gestoßen war. Fast sofort, als ihr Blick darauf gefallen war, hatte sie gewusst, was sie tun musste, ja, sie war geneigt, diesen Fund als ein Zeichen zu deuten. Als eine Art Weisung. Selten hatte sie ein so starkes Bedürfnis verspürt, etwas Bestimmtes zu tun.

Ordentlich faltete sie jetzt das kleine Kleidungsstück zusammen und legte es sanft in ihr Erdloch, und nach einem Moment des Innehaltens griff sie erneut nach der Schaufel und bedeckte es mit Erde. Sie schaufelte so lange, bis sich ein kleiner Hügel gebildet hatte, den sie vorsichtig festdrückte.

Das Tageslicht eroberte mehr und mehr die Landschaft, und so hatte Elisabeth keine Schwierigkeiten, unter den Bäumen zwei geeignete Stöcke zu finden. Sie fischte das Stück Schnur aus ihrer Manteltasche, das sie zuvor in der Küche vom Knäul abgeschnitten hatte, und band die beiden Stöcke so zusammen, dass ein kleines Kreuz entstand. Unscheinbar und natürlich sah es aus und passte von der Größe her genau, wie sie es nun tief in das Kopfende des kleinen Erdhügels steckte, damit es stabil stand. Ein wenig drückte sie den Hügel noch in Form, dann erhob sie sich langsam und betrachtete ihr Werk.

Es war ein kleines Grab ohne Namen und ohne Daten.

Einfach und schlicht, ohne weitere Zierde als dem hölzernen Symbol der Trauer. Ein seltsames Gefühl der Erleichterung ergriff Elisabeth, denn endlich hatte sie etwas getan, wonach sie sich in ihrem Innersten schon lange gesehnt hatte, erst recht nach der erlittenen Fehlgeburt.

Ein paarmal atmete sie tief durch und wunderte sich, dass keine Tränen den Weg nach draußen fanden. So oft hatte sie in ihrer Vorstellung an einem Grab um ihr Wunschkind geweint, aber jetzt wollte es nicht passieren. Vielleicht war es auch einfach zu kalt und sie zu erschöpft dafür, und es wäre mit Sicherheit vernünftig gewesen, wieder hineinzugehen und etwas Heißes zu trinken. Aber irgendwie wollte Elisabeth noch nicht wieder zurück ins Haus. Stattdessen fütterte sie die Hühner und holte den Rechen aus dem Werkzeugschuppen, in den sie die Schaufel zurückgebracht hatte. Der Wind der letzten Tage hatte wieder einiges an Zweigen und Laub auf der Wiese verteilt, und Elisabeth machte sich daran, alles zusammenzurechen, um es dann auf den Komposthaufen zu befördern. Obwohl sie die Schmerzen in ihrem Rücken wieder spürte, tat ihr die körperliche Arbeit gut, und sie machte so lange weiter, bis sie wirklich nicht mehr konnte.

Erschöpft brachte sie den Rechen zurück an seinen Platz, räumte auch die Gartenhandschuhe auf und ging dann ins Haus. Die verschwitzten Kleider zog sie gleich aus, duschte sich im Badezimmer heiß ab und zog eine bequeme Jogginghose und einen weichen Pullover an. In der Küche bereitete sie eine Kanne Tee zu und zwei Scheiben Toast mit Marmelade. Dann ging sie damit ins Wohnzimmer und ließ sich erschöpft auf das Sofa sinken. Sie hatte das Gefühl, jeden Knochen in ihrem Körper einzeln zu spüren und stöhnte auf, als sie ihre Beine nach oben legte. Zum Glück lag die warme Decke in Reichweite neben ihr, denn sie hätte jetzt unmöglich noch einmal dafür aufstehen können. Während sie aß und den heißen Tee trank, ließ sie ihren müden Blick halb abwesend durch das Zimmer schweifen. Er blieb an einem gerahmten Familienbild hängen, das Dagmar und Elisabeth mit ihren Eltern zeigte, vor ungefähr zwanzig Jahren. Da waren sie noch alle zusammen gewesen, eine glückliche Familie, fast wie aus einem Bilderbuch. Eine Familie, wie sie Elisabeth auch mit Johannes so gerne gehabt hätte.

Ihre Augenlider wurden auf einmal so schwer, dass sie sie einfach schloss. Sie schloss die Außenwelt aus, und so stiegen unweigerlich Bilder in ihrem Inneren auf.

Ihre Mutter war erst mit dreißig schwanger geworden, deshalb hatte Elisabeth sich in jungen Jahren nie Gedanken gemacht über die Grenzen ihrer eigenen Fruchtbarkeit. Und mit dreißig war sie selbst beruflich so eingebunden gewesen, am Beginn einer großen Karriere, dass ihr Kinder gar nicht in den Sinn gekommen waren. Und auch Johannes nicht, den sie erst zwei Jahre zuvor kennengelernt hatte. Dieser Wunsch in ihnen nach eigenem Nachwuchs war erst viel später wie aus dem Nichts aufgetaucht, Monate nach Elisabeths 38. Geburtstag. Aber auch zu diesem Zeitpunkt hatte sie noch keine Zweifel daran gehabt, dass sie und Johannes bald Eltern werden würden. Erst als ein Jahr und dann zwei Jahre erfolglosen Versuchens verstrichen waren, setzte bei ihr die Panik ein. Warum hatten sie so lange gewartet? Viel früher schon hätten sie sich Hilfe holen sollen in einem Kinderwunschzentrum und nicht erst nach diesen zwei verlorenen Jahren! Als sie endlich mit der ersten Behandlung der künstlichen Befruchtung angefangen hatten, war Elisabeth bereits fast vierzig gewesen, und die Ärztin hatte keinen Heel daraus gemacht, dass die Chancen nicht allzu gut standen. Was hatte Elisabeth nicht alles über sich ergehen lassen! Die ewigen Hormonbehandlungen, eine Entnahme von Ei-

159

zellen nach der anderen, bis am Schluss endlich ein paar davon im Reagenzglas erfolgreich befruchtet und kultiviert werden konnten. Und als eine davon dann auch noch erfolgreich in ihre Gebärmutter eingesetzt worden war und sich eingenistet hatte, da hatte Elisabeth sich endlich am Ende ihres langen Leidensweges gewähnt. Und dabei war es erst der Anfang gewesen…

Auf einmal sah sie sich und Johannes wieder in diesem Zimmer sitzen, ihrer Ärztin gegenüber, die sie mit trauriger Miene betrachtete.

„Es tut mir leid, ich muss Ihnen leider sagen, dass es nicht mehr lebt", sagte sie, und ihre Worte waren so leise, dass Elisabeth sie kaum verstand. Sie wollte sie nicht verstehen! Sie wollte alles vergessen, was in der letzten Viertelstunde geschehen war! Sie wollte es zurück, dieses kleine Flackern auf dem Ultraschallbildschirm, das sie vor zwei Wochen noch gesehen hatten. Dieses lustige Pulsieren, das Leben bedeutete und Freude! Wie hatte sie es verlieren können? Was hatte sie falsch gemacht? Jetzt war da nichts mehr gewesen, kein Flackern, kein Leben.

Johannes saß steif in dem Stuhl neben ihr und fragte etwas, was Elisabeth kaum wahrnahm. In ihr drehte sich alles, und die Übelkeit, die sie die letzten Wochen ununterbrochen begleitet hatte, wurde stärker denn je, sodass ihr Magen ein einziger schmerzender Klumpen war. Sie verstand in diesem Moment nicht, was die Frau in der Praxis ihrem Mann erklärte. Erst am nächsten Tag war sie in der Lage sich anzuhören, dass die Ärztin zu einer Ausschabung geraten hatte, um starke Blutungen zu vermeiden. Aber das kam für Elisabeth nicht infrage!

Sie wollte bluten, und sie wollte, dass es richtig wehtat, weil es das Einzige war, was zu dem Schmerz in ihrem Inneren passte. Und wenn sie selbst dabei verbluten würde, es war ihr fast gleichgültig. Sie wollte dort sein, wo ihr Kind war. Auch wenn es erst knapp einen Zentimeter maß, es war ihr Kind! Ihr kleines Wutzel, auf das sie und Johannes sich so gefreut hatten! So sehr hatten sie sich gefreut, dass Elisabeth nach all den Jahren vergeblichen Hoffens schwanger geworden war, und sie hatten sich ihre Zukunft als Eltern bereits so wundervoll ausgemalt. Und auf einmal sollte das alles wieder vorbei sein? Ihr großer gemeinsamer Traum war gestorben in ihr drin und mit ihm die Hoffnung. Es war ihre letzte Chance auf ein Kind gewesen, denn Elisabeth war inzwischen 43 Jahre alt. Zu alt, um noch eine weitere Hormonbehandlung für die künstliche Befruchtung mitzumachen. Zu alt, um Mutter zu werden. Wenn sie doch nur die Zeit zurückdrehen könnte…

KAPITEL SIEBZEHN

Auf einmal war es dunkel um Elisabeth. Wobei... es war nicht wirklich dunkel, denn ein blasser Schimmer drang zu ihr hinüber. Wo genau sie sich befand, konnte sie nicht ausmachen, aber es musste in einem Haus sein. Zumindest lehnte sie mit dem Rücken an einer hölzernen Wand in einem dunklen Gang, soviel nahm sie wahr. Ihr war warm, weil sie dringend Pipi musste, und so fühlte sie sich richtig erleichtert, als ihr plötzlich bewusst wurde, dass sie genau neben einer Toilette stand. Auf einmal war es auch nicht mehr dunkel, sodass sie deutlich das Blut sehen konnte, das ihren Körper verließ und in die Kloschüssel tropfte. Blut wie rote Tränen... In ihrem Inneren machte sich eine solche Verzweiflung breit, dass sie weinen und schreien wollte: ‚Bitte, bleib bei mir!'. Aber in ihrem tiefsten Schmerz war sie dennoch unfähig, einen einzigen Ton herauszubringen. Und auf einmal sah sie ihre eigene Hand vor sich, hell und klar. Etwas Kleines lag darauf, nicht viel größer als ein Maiskorn und fast durchsichtig, und als sie genauer hinschaute erkannte sie, dass es winzige Ansätze von Armen und Beinen hatte, die sich bewegten. Sie hielt ihren kleinen Embryo in der Hand! So entsetzt sie zuerst über diese Erkenntnis war, so verzweifelt fühlte sie sich, als ihr bewusst wurde, dass dieses winzige Wesen ihren Körper verlassen hatte. Klein und hilflos bewegte es sich auf ihrer Handfläche, wurde schließlich ruhiger und starb. Zurück blieb Elisabeth mit einem so brennenden Schmerz in ihrer Brust, dass sie kaum Luft bekam, und

stumm schrie es immer wieder in ihr: ‚Komm zurück!'
Auf einmal jedoch, mitten in dieser Verzweiflung, tauchte in ihr noch ein anderes Gefühl auf, das sie zunächst schwer greifen konnte. Es war fast etwas wie Erleichterung, wie ein letztes Ausatmen, das eine befreiende Stille hinterließ. Sie konnte es nicht anders nennen: sie fühlte sich mit einem Mal von einem seltsamen Frieden erfüllt, als wäre alles so, wie es sein sollte. Und in ihrem Kopf schwang immer wieder die gleiche Botschaft auf und ab, ohne Worte, nur ein Bewusstsein: ‚Mama, ich kann nicht bleiben, ich muss gehen. Aber es ist okay. Es ist alles gut. Lass los…'

Wie oft hatte Elisabeth sich an diesen Traum erinnert, ja, sie hatte sich sogar an diese Erinnerung geklammert, denn bei all dem Schmerz nach der erlittenen Fehlgeburt, hatte er ihr etwas Frieden geschenkt. Dieses friedvolle Gefühl, dass er hinterlassen hatte, war in ihrer Trauer das Einzige gewesen, das ihr Trost zu spenden vermochte, und sie hätte es so gerne mit Johannes geteilt. Aber sie hatte nicht gewusst wie. Als sie sich endlich getraut hatte, ihm von dem Traum zu erzählen, waren ihr ihre Worte dann selber lächerlich vorgekommen. Das Wichtigste daran, nämlich ihre Empfindung, konnte sie nicht in Worte fassen. Kein Wunder, dass Johannes nicht verstand, was sie ihm mitteilen wollte. ‚Das war nur ein wirrer Traum, das hat nichts zu bedeuten, Elisabeth', hatte er nur auf ihre Erzählung erwidert, und damit war das Thema für ihn erledigt gewesen. Er hatte nichts mehr davon hören wollen, und Elisabeth war alleine geblieben mit ihrer Trauer, ihrer Wut, der verlorenen Hoffnung und ihrer Verzweiflung. Mit diesem ganzen Schmerz…
Nun öffnete sie ihre Augen und richtete sich langsam von dem Sofa auf. Die Decke war halb von ihr hinuntergerutscht, sodass sie fröstelte in ihrem dünnen Pull-

over. Aus dem Käfig an der Heizung kamen scharrende Geräusche, und als Elisabeth hinüberblickte, konnte sie Susi beim Fressen beobachten. Ihre beiden Jungen konnte sie nicht entdecken, aber die lagen bestimmt sicher in dem kleinen Häuschen, in das Susi nach ein paar Happen auch wieder zurückkehrte. Sie war wirklich eine fürsorgliche Mama.

Draußen stand die Sonne hoch, zumindest so hoch, wie es Ende November zu erwarten war. Ihre Strahlen streiften den Tisch im Wohnzimmer und ließen die Kristallglasschale darauf wunderschön glitzern. Ein Blick auf die Wanduhr sagte Elisabeth, dass es beinahe zwölf Uhr war. Sie musste wohl doch eingenickt sein für eine Weile.

Vorsichtig streckte sie sich, um ihren Rücken zu schonen, aber der ziehende Schmerz meldete sich sogleich wieder, wenn auch schwächer als zuvor. Vielleicht würde sie besser noch eine Schmerztablette nehmen, damit sie im Keller weiterarbeiten konnte. Übermorgen würde Dagmar wieder zurückkommen, und bis dahin wollte Elisabeth das Vogelhäuschen fertig und den Keller wieder aufgeräumt haben. Außerdem freute sie sich darauf, die einzelnen Teile endlich zusammenzuleimen, um zu sehen, wie das Ergebnis aussah. Sie stand also von dem Sofa auf, streckte sich erneut und rieb sich die Schläfen und die Stirn, was richtig guttat. Nach einem weiteren Blick auf die Kaninchendame verließ sie das Wohnzimmer in Richtung Küche, um sich einen Kaffee zu kochen. Auf ein richtiges Mittagessen hatte sie keine Lust, obwohl ihr Magen knurrte und es Zeit dafür gewesen wäre, aber im Kühlschrank fand sie noch ein paar Scheiben Brot und Käse. Das war genau richtig. Ein kleiner Snack zum Kaffee würde hoffentlich reichen, um sie wieder munterer zu machen. In der Küche zog es recht frisch durch die Ritzen des alten Fensters, und das ließ Elisabeth erneut frösteln, während sie die

164

Kaffeemaschine mit Wasser und Pulver auffüllte. Hoffentlich hatte sie es heute Früh im Garten nicht übertrieben und sich zu lange in der Kälte aufgehalten. Auf eine Erkältung hatte sie wirklich keine Lust, also holte sie aus dem Badezimmer nicht nur eine Schmerztablette gegen die Schmerzen, sondern auch Vitamin-C-Pulver. Sie machte gleich eine ganze Kanne Kaffee und nahm diese samt ihrer Tasse mit in den Keller. Der Duft des frisch geschliffenen Holzes kam ihr sofort entgegen, als sie sich dem Werkraum näherte und weckte unmittelbar angenehme Gefühle. Auch wenn die Blasen an ihren Händen Elisabeth deutlich an ihre schweißtreibende Arbeit der letzten Tage erinnerten, so überkam sie gleich ein warmer Schauer, als sie nun an den Tisch trat und die einzelnen Teile betrachtete, die sie bearbeitet hatte. Lediglich die rechte Außenwand des Häuschens sollte noch ein Fenster bekommen und dann rund herum glattgeschliffen werden. Alle anderen Bretter waren bereits in ähnlicher Form bearbeitet. Nach ein paar Schlucken Kaffee griff Elisabeth zur Laubsäge und begann.

Es war vielleicht drei Uhr, als sie schließlich das Schleifpapier sinken ließ und mit der Handfläche über das frisch geglättete Holz strich. Die Kaffeekanne hatte sie längst geleert und bemerkte nun, dass ihr Körper die Flüssigkeit auch wieder loswerden wollte. Kein Wunder, sie stand seit über drei Stunden hier unten an der Werkbank, aber es hatte sich gelohnt. So gut es mit nur zwei Händen ging, hielt sie die drei Außenwände aneinander, sodass sie auf der Bodenplatte standen. Nach vorne hin sollte das Häuschen offen sein und auf zwei Stockwerken Futter und Unterschlupf für die Vögel bereitstellen. Im Vorrat ihres Vaters hatte sie bereits einige passende Schrauben gefunden, mit denen sie die Wände verbinden würde, bevor der Leim von außen alles dicht abschloss. Mit der Bohrmaschine konnte sie die Löcher

165

für die Schrauben vorbohren, einschrauben musste sie sie jedoch mit der bloßen Hand, da der Akkuschrauber nicht mehr funktionierte. Eine Tätigkeit, die Elisabeth wieder in Schweiß ausbrechen ließ, denn das Holz war nicht eben weich. Ihre Hände schmerzten bei den letzten Schrauben, die sie eindrehen musste so sehr, dass sie sich um beide dicke Lappen band, um überhaupt noch greifen zu können. Aber der Ehrgeiz, das Vogelhaus heute fertigzubekommen, ließ sie unerbittlich weitermachen. Erst als alles ordentlich gerade saß und festgezogen war, ließ sie sich erschöpft auf den Holzschemel an der Wand sinken und atmete tief durch. Unwillkürlich streifte ein Lächeln über ihre Gesichtszüge, wie sie ihr fertiges Werk nun betrachtete. Etwas Farbe wäre noch schön, dachte sie und stellte sich vor, wie aufgemalte grüne Fensterläden an den Fenstern aussehen würden. Kleine Vögel könnten dort ein- und aus fliegen und wären vielleicht irritiert von derartigen Verzierungen, deshalb entschied Elisabeth sich dagegen. Aber eine Farbe für die Außenwände wäre schon schön. Da sie inzwischen wirklich dringend zur Toilette musste, stieg Elisabeth rasch die Treppe zum Erdgeschoss hoch, um sich zu erleichtern. Der Schrank im Schlafzimmer fiel ihr auf einmal ein, in dem ihre Mutter früher immer ganz hinten eine Kiste mit Mal- und Bastelsachen aufbewahrt hatte. Elisabeth wollte nachsehen, ob die sich immer noch dort befand, und tatsächlich: in einer Ecke unter Dagmars langen Kleidern kam die grüne Blechkiste zum Vorschein. Sie war richtig schwer, sodass Elisabeth Mühe hatte, sie herauszuheben. Offensichtlich stand sie seit Jahren unberührt da im Schrank, denn ihr Deckel klemmte und ließ sich nur mit einiger Kraft öffnen. An den Rändern prangten Rostflecken. Innen lagen bunt durcheinander Tuben und Gläser mit verschiedenen Farben. Öl, Acryl und auch ein Aquarellkasten. Daneben Pinsel in unterschiedlichen Größen und Zuständen. Elisabeth entdeckte sogar den großen Aquarellpinsel, den sie als Kind so gerne gemocht hatte, weil seine Haare sich wunderbar weich auf der Haut anfühlten. Wie sie jetzt damit über ihre Handfläche strich, durchwanderte sie ein wohliger Schauer. Und auch der Geruch der Farben ließ auf einmal Erinnerungen an die Bastelnachmittage mit ihrer Mutter in ihr aufsteigen. Was hatten sie nicht alles hergestellt zusammen! Besonders erinnerte sie sich jetzt an einen großen Nikolausstiefel, den sie zu dritt mit viel Pappmaché und Leim gebastelt und schließlich mit Farben aus dieser Kiste angemalt hatten. Eigentlich war der Plan gewesen, für jede der Schwestern so einen Stiefel für den Nikolausabend zu basteln. Aber nachdem das erste Exemplar so groß geraten war und sie keine Lust hatten, dieselbe Arbeit nochmal zu erledigen, entschieden sie sich, dass Dagmar und Elisabeth sich den einen Stiefel einfach teilten. Am Nikolausmorgen steckten darin dann zwei Beutel mit Leckereien, und das hatte sich in den Folgejahren auch nie mehr geändert.

Elisabeth entschied sich schließlich für hellblaue Acrylfarbe, die sie mit in den Keller nahm und stark mit Wasser verdünnt auf die Außenwände des Vogelhäuschens auftrug. Auf diese Weise entstand eine Oberfläche im *Shabby Chic*-Stil, die ihr richtig gut gefiel. Die inneren Flächen ließ sie unbehandelt, damit die Vögel beim Fressen keine Schadstoffe aufnehmen würden.

Gerade als sie den Pinsel gereinigt und beiseitegelegt hatte, klingelte es an der Haustür. Es überraschte Elisabeth, dass es draußen schon wieder dämmerte, als sie hoch ins Erdgeschoss lief, um zu öffnen. Mit einem kurzen Blick auf die Wanduhr in der Küche stellte sie fest, dass es mittlerweile fast fünf Uhr war. Gute fünf Stunden hatte sie gebraucht, um das Vogelhäuschen zu vollenden.

Vor der Tür standen Pia und knapp hinter ihr ein junger Mann ihren Alters neben ihrem Auto.

„Hallo, Frau Steiner", begrüßte die Krankenpflegerin Elisabeth und trat die Füße auf der Matte ab. „Ich wollte nur kurz die Akte ihrer Schwester holen. Ich habe sie hier liegengelassen, und wir brauchen die für die Monatsabrechnung im Büro."

Elisabeth nickte nur verstehend und bat Pia mit einer Geste hinein. Der junge Mann lächelte ihr freundlich zu, blieb jedoch abwartend stehen.

„Sie können gerne auch hereinkommen", rief Elisabeth ihm zu. Es war doch viel zu kalt, um draußen herumzustehen! Pia nahm das mit einem Lächeln zur Kenntnis.

„Das ist mein Freund, Fabian", sagte sie mit einer Geste auf den jungen Mann, der nun ebenfalls die Füße abstreifte und fügte dann hinzu, während sie ihren Schal lockerte: „Wir sind auch gleich wieder weg."

Erst jetzt schien sie die Schwester ihrer Patientin richtig wahrzunehmen, denn sie musterte kurz Elisabeths verstaubte Kleider und ihre hochgesteckten Haare.

„Sie sehen gut aus", bemerkte sie dann, und Elisabeth fuhr sich unwillkürlich über den Kopf und lächelte.

„Ich habe gerade das Vogelhaus fertiggebaut. Die letzte Woche war ich viel damit beschäftigt", erklärte sie.

„Das scheint Ihnen gutgetan zu haben. Sie haben richtig Farbe im Gesicht bekommen", entgegnete die Krankenschwester und lächelte ebenfalls. Elisabeth hoffte, dass es sich nicht um die blaue Acrylfarbe handelte! Pia ging zielsicher zum Wohnzimmer und kam wenige Augenblicke später mit einem dünnen Ordner zurück, den sie prüfend durchblätterte.

„Wir müssen ja immer jeden Handgriff dokumentieren", seufzte sie und bezog sich dabei wohl auf ihre Kolleginnen. Nachdem sie augenscheinlich alle Unterlagen hatte, die sie benötigte, klemmte sie sich den Ordner unter den Arm und blickte zu ihrer Begleitung.

„Können wir?", fragte der, und Pia griff nach seiner

Hand, während sie bejahte. Eine kleine beiläufige Geste, in der so viel Vertrautheit steckte. Über die Schulter, die Haustür schon öffnend, rief sie Elisabeth noch „Bis bald!" zu, bevor die beiden wieder draußen in der Kälte verschwanden. Eine junge Liebe…

Elisabeth seufzte und ging in die Küche, um sich die Hände zu waschen. Das Bild von Johannes war ungewollt in ihrem Kopf aufgestiegen, und sie war richtig froh, dass ihr knurrender Magen sie davon ablenkte. Mann, hatte sie einen Hunger auf einmal! Sie durchforstete die Vorratsschränke, die nicht viel hergaben, und Elisabeth beschloss, morgen Früh vor Dagmars Rückkehr unbedingt noch einkaufen zu fahren. In einem der Schränke fand sie jedoch schließlich, was jetzt genau das Richtige für sie war: eine angebrochene Packung Spaghetti und ein Glas Pesto. Hmmm… darauf hatte sie nun wirklich Appetit und freute sich, dass die Mahlzeit so schnell und unkompliziert zu kochen war, denn ihr Rücken meldete eindeutig, dass er zu keiner langen stehenden Position mehr bereit war. Erschöpft aber irgendwie beschwingt ließ Elisabeth sich endlich mit dem Teller in der Hand auf das Sofa sinken und schaltete den Fernseher ein. Nur leise, um Susi nicht zu erschrecken, aber sie wollte sich nach dem getanen Werk richtig gehenlassen und irgendeine sinnfreie unbeschwerte Sendung anschauen. Und sie hatte Glück: es lief gerade eine recht unterhaltsame Quizsendung, bei der das Mit-Raten Spaß machte und auch der Moderator amüsant war. Elisabeth fühlte sich wunderbar befreit von den schweren Gefühlen, die sie zu Beginn des Tages gequält hatten. Diese Erinnerungen waren mit einem Mal weit weg, zumindest für eine gewisse Zeit. Erschöpft und leer fühlte sie sich, aber auf eine angenehme Weise. Pia hatte recht: die viele körperliche Arbeit heute, hatte ihr wirklich gutgetan.

KAPITEL ACHTZEHN

Der Einkauf war schneller erledigt, als Elisabeth es erwartet hätte, obwohl sie die Küche rundum mit Vorräten aufgefüllt hatte. Um kurz nach zehn Uhr fuhr sie mit dem Auto zum Heim, um ihre Schwester wie vereinbart auf der WG 7 abzuholen. Die wartete bereits in dem kleinen Raum, der für die letzte Woche ihr spärliches Refugium gewesen war, und ihre Reisetasche stand gepackt auf dem Bett. Die beiden Schwestern begrüßten sich mit einer zaghaften Umarmung.

Fast unmittelbar nachdem Elisabeth angekommen war, betrat auch Serafim das Zimmer und begrüßte sie beide freundlich. Er ließ sich neben der Reisetasche auf das Bett fallen und rieb seine Hände aneinander, von denen ein Geruch nach Desinfektionsmittel herüberzog. Nachdenklich blickte er Dagmar an.

„Dann verlässt du uns jetzt also wieder", begann er das Gespräch, während er die Hände in den Schoß sinken ließ. „Du machst es einfach so, wie wir gestern besprochen haben: du lässt alles noch eine Zeitlang nachwirken und meldest dich dann wieder bei uns. Und wegen der WfB spreche ich schon einmal mit meinen Kollegen."

Dagmar nickte dazu, streckte ihm ihre Hand entgegen und erwiderte:

„Danke, Serafim. Ihr seid wirklich alle sehr nett hier."

Ein weiteres beidseitiges Nicken, dann erhob sich der Gruppenleiter und reichte auch Elisabeth die Hand zum Abschied. Von den Bewohnern befand sich momentan niemand auf der Wohngruppe, da alle in der Arbeit waren, aber Dagmar meinte, sie hätte sich am

Vortag schon verabschiedet.

„Ich glaube sowieso, dass ich nochmal hierherkomme. Mit Susi habe ich schon ausgemacht, dass wir mal zusammen etwas unternehmen. Und vielleicht ist die WfB ja wirklich etwas für mich", fügte sie hinzu und entlockte ihrer Schwester einen überraschten Blick.

Das Umsetzen ins Auto funktionierte mittlerweile so routiniert, dass es Elisabeth beinahe gar nicht mehr registriert hätte. Nachdem sie selbst auch eingestiegen war, half sie ihrer Schwester mit dem verhedderten Gurt.

„Sag mal, ist am Sonntag nicht erster Advent?", fragte die dann unvermittelt mit einem Leuchten in den Augen. Da könnte sie Recht haben, dachte Elisabeth und überschlug im Kopf kurz die Wochen bis Weihnachten. Noch ehe sie mit ihrer Rechnung fertig war, fuhr ihre Schwester fort: „Wir müssen noch einen Adventskranz besorgen."

Sofort, nachdem Dagmar das gesagt hatte, stiegen in Elisabeths Erinnerung die wunderbaren Düfte von frischen Tannenzweigen auf. Einen Adventskranz... seit Jahren hatte sie keinen mehr in ihrer Wohnung gehabt, obwohl sie diesen typischen Geruch so gerne mochte. Also stimmte sie ihrer Schwester zu und bog nach kurzem Überlegen auf die Hauptstraße ab, die in den Ort hineinführte. Hier gab es ein wunderschönes Blumengeschäft, in dem sie erwartete, sofort fündig zu werden. Dagmar blieb im Wagen sitzen, während Elisabeth den Laden betrat. Sie hatte damit gerechnet, ganz schnell einen Kranz aussuchen und wieder gehen zu können, doch die Verkäuferin zuckte auf ihre Frage hin ratlos mit den Schultern.

„Die sind leider schon alle weg, tut mir leid", erklärte sie. Dann deutete sie aus dem Schaufenster quer über die Straße und fuhr fort: „Sie können ja selbst einen binden. Der Supermarkt drüben hat noch Tannenzweige im Angebot."

Das stimmte, die hatte Elisabeth in der Frühe beim Einkaufen gesehen, und sie fand die Idee eigentlich nicht schlecht. Aber war das nicht unfair, wenn Dagmar dabei nicht richtig mitmachen konnte? Mit einem Dank verließ Elisabeth das Geschäft und ging zum Auto zurück. Ihre Schwester fand den Vorschlag der Verkäuferin entgegen aller Zweifel gut, also lief Elisabeth rasch zum Supermarkt, um einen großen Bund Zweige zu besorgen. Schon im Kofferraum verbreiteten diese auf der ganzen Heimfahrt ihren wunderbaren Duft.

Sabine musste unmittelbar vor ihnen am Haus angekommen sein, jedenfalls trug sie noch ihre Jacke, als die beiden Schwestern eintrafen. Sie kniete im Wohnzimmer vor dem Kaninchenkäfig und lugte hinein.

„Das ist ja echt ein süßes Mädchen", meinte sie nach einer kurzen Begrüßung, zog ihre Jacke aus, und Elisabeth musste noch einmal berichten, wie sie das Kaninchen gefunden hatte. Dagmar fuhr mit ihrem Rollstuhl ebenfalls vor den Käfig und versuchte, aus ihrer Position heraus das Kaninchen in dem Haus zu erspähen, jedoch erfolglos.

„Die kommt bestimmt bald mal zum Fressen raus", versicherte Elisabeth, während sie ihr aus der Jacke half. Da es schon wieder Mittagszeit war, setzte Sabine Wasser für Reis auf, und zusammen schnitten sie dazu die drei Zucchini klein, die Elisabeth in der Frühe besorgt hatte. Nach dem Essen ließ Dagmar sich von ihrer Pflegerin ins Bett helfen, um ihren schmerzenden Beinen eine Pause vom Sitzen zu gönnen.

„Hol´ doch die Zweige mal her", schlug sie unvermittelt vor, während Sabine in der Küche aufräumte. Der Wohnzimmertisch bot, wenn man ihn abräumte, guten Platz zum Arbeiten, also zog Elisabeth ihn näher an Dagmars Bett und breitete darauf altes Zeitungspapier aus. Einige der Zweige mussten erst auf eine passende Größe geschnitten werden, aber dann ließen sie sich einfach mit dem Blumendraht zusammenbinden, und es entstand ein dichter, wenn auch nicht ganz runder Kranz, den Elisabeth schließlich auf einem Stück Zeitung vor Dagmar auf die Bettdecke legte. Mit einem beinahe ehrfürchtigen Blick berührte die die spitzen grünen Nadeln.

„Ich glaube, der Weihnachtsschmuck ist im Keller", überlegte sie laut, und Elisabeth konnte das bestätigen. Sie meinte sich noch genau zu erinnern, dass sie vor ein paar Tagen die Weihnachtskiste oben auf den Brettspielen in einem der Umzugskartons entdeckt hatte.

„Ich gehe gleich mal runter und hole ihn", sagte sie, während sie die Reste des Bastelabfalls und die Zeitung zusammenknüllte, um sie in der Küche in den Mülleimer zu werfen. Und tatsächlich fand sie im Keller die bunt beklebte Pappschachtel schnell, in der allerlei Figuren, Sterne, Kerzenhalter und bunte Kugeln lagen. Sie wollte gerade damit die Treppe hochsteigen, als ihr Blick auf den kleinen Raum fiel, wo noch immer auf dem Tisch ihr Werkstück stand. Natürlich, das Vogelhäuschen! Dagmar wusste davon ja noch gar nichts!

Der Anstrich war längst getrocknet, und Elisabeth betrachtete das Ergebnis zufrieden. Die bläulichen Außenwände passten gut zu der Zierde aus Stöcken und Zapfen auf dem Dach, sodass ein harmonisches Gesamtbild entstand. Kurzerhand griff Elisabeth unter das Häuschen und hob es vorsichtig hoch. Das wollte sie Dagmar jetzt sofort zeigen. Als sie wieder hochkam, die Weihnachtskiste in der einen, das Häuschen in der anderen Hand und mit dem Fuß die Tür zum Wohnzimmer ganz aufstoßen wollte, wäre sie fast gegen Sabine gelaufen.

„Frau Gothe, da ist jemand für Sie am Telefon", verkündete die gerade und trat dann zu dem Pflegebett, um es ihrer Patientin zu reichen. Und weil sie ihre Schwester

173

nicht stören wollte, drehte Elisabeth wieder um und ging in die Küche, wo sie ihre Ladung auf dem Tisch abstellte. Sabine folgte ihr, den Küchenlappen noch immer in der Hand, mit dem sie wohl gerade alles trockengewischt hatte. Beim Anblick des fertigen Vogelhäuschens stieß sie einen kleinen Ruf der Begeisterung aus: „Wow, das ist ja schön geworden!"

Sie besah es sich von allen Seiten, und Elisabeth spürte ein angenehmes Gefühl des Stolzes in sich aufsteigen angesichts ihrer Bewunderung.

„So etwas könnte ich nie", sagte sie dann und hängte den Lappen über den Wasserhahn am Waschbecken. Auf einmal jedoch wurde ihre Miene ernst, als sie sich ganz umwandte und Elisabeth direkt anschaute.

„Wie hat es ihrer Schwester denn in der Wohngruppe gefallen? Hat sie etwas gesagt?"

Elisabeth richtete sich auf und musste zuerst einmal tief durchatmen. Nein, Dagmar war nicht begeistert von dem Heim, wie hätte es auch anders sein können? Sobald Elisabeth das winzige Zimmer dort zum ersten Mal gesehen hatte, war ihr klar gewesen, dass es ihrer Schwester schwerfallen würde, sich dort wohlzufühlen. Auch wenn die Leute natürlich alle nett waren, keine Frage, aber konnte das ausreichen, um Dagmar zu einer positiven Entscheidung zu bringen? Und was waren genau die Alternativen? Elisabeth seufzte leise, ohne es beabsichtigt zu haben.

„Toll findet sie es nicht..." Sie hob hilflos ihre Hand und ließ sie wieder fallen. „Ich weiß auch nicht, was werden soll."

Sabine nahm diese Worte mit einem nachdenklichen Nicken auf.

„Naja, sie kann sich nicht ewig Zeit lassen mit der Entscheidung", meinte sie dann. „Die ambulante 24-Stunde-Pflege wird sie nicht mehr genehmigt bekommen, wenn ihre Epilepsie mit Medikamenten eingestellt ist.

174

Und sie scheint da ja auf einem guten Weg zu sein."
Das stimmte, fiel Elisabeth nun auf. Seit diesem einen
Anfall beim Essen, hatte sie nichts dergleichen mehr
mitbekommen. Aber konnte Dagmar alleine daheim
zurechtkommen?
„Ich kann ja auch mal helfen...", fing Elisabeth an zu
sinnieren, ohne zu wissen wie sie diese Idee zu Ende
denken sollte. Sabines Blick war prüfend, und Elisabeth
fragte sich unweigerlich, was im Kopf der Krankenpflegerin vorging, als die erneut die harten Fakten auf den
Tisch legte.
„Die Frage ist doch: schafft Ihre Schwester den All-
tag, wenn nur zu bestimmten Zeiten der Pflegedienst
kommt?", stellte sie in den Raum und fügte dann ganz
ohne Überleitung hinzu: „Wissen Sie denn schon, wie
lange Sie noch bleiben?"
Nein, das wusste Elisabeth nicht. Überhaupt hatte sie
die Frage nach ihrer eigenen Zukunft bis jetzt gemie-
den, seit sie ihre Kündigung an Markus abgeschickt
hatte. Wie sollte es weitergehen? So viele Entscheidun-
gen mussten getroffen werden, doch Elisabeth blieb es
erspart antworten zu müssen, denn im nächsten Moment hörten sie beide Dagmar aus dem Wohnzimmer
rufen. Offenbar hatte sie fertig telefoniert.
Auch ihre Schwester zeigte sich von dem Vogelhäuschen
begeistert, als Elisabeth es nun neben den Adventskranz
vor sie auf die Bettdecke stellte.
„Wow! Da hast du dich aber ins Zeug gelegt!"
„Das schraube ich dann noch auf den Holzstangen fest,
die wir besorgt haben, damit es einen guten Stand hat",
erklärte Elisabeth, wieder nicht ohne Stolz. Dagmar
hob anerkennend den Daumen, was bei ihrer Spastik
etwas schief ausfiel.
„Na, wenn die Piepmätze das mal nicht zu schätzen
wissen", scherzte sie noch, während Elisabeth das Haus
auf den Wohnzimmertisch stellte und die Zeitung mit

dem Adventskranz darauf näher an Dagmars Hände heranzog. Schließlich wollten sie den zusammen schmücken. Dagmars Blick verfolgte, wie ihre große Schwester dann die Kiste mit dem Weihnachtsschmuck öffnete und ebenfalls auf das Bett stellte.

„Das war Uli. Die kennst du doch auch noch, oder?", sagte sie beiläufig und deutete auf das Telefon, das neben ihr auf dem Bett lag. Elisabeth nickte sofort zustimmend, denn Uli war ihr als Dagmars langjährige Freundin natürlich ein Begriff. Kennengelernt hatten die beiden sich damals auf der Berufsschule.

„Das ist ja schön, dass sie sich meldet. Wie geht es ihr denn?", erwiderte sie, während ihr Blick in der Kiste über die bunten Gegenstände wanderte.

„Ganz gut", erwiderte Dagmar und zog ihrerseits eine goldene Engelsfigur hervor. „Sie ist tatsächlich die Einzige, zu der ich noch regelmäßig Kontakt habe seit dem Unfall", fügte sie leise hinzu. Elisabeth wusste nicht, was sie darauf antworten sollte, also sah sie Dagmar nur an und nickte verständnisvoll. Das hatte auch sie selbst schmerzlich realisieren müssen: wenn es einem selbst dreckig ging, dann war man recht schnell einsam. Nur wenige ihrer Bekannten und Freunde hatten sich in den letzten Monaten wirklich dafür interessiert, wie es ihr ging, und von ihrem unerfüllten Kinderwunsch hatte sie überhaupt nur einer davon erzählt. Elisabeth war wirklich froh, dass Uli offenbar keine Hemmungen hatte, weiterhin mit Dagmar Kontakt zu halten.

Sabine streckte den Kopf zur Tür herein und lächelte, als sie den Weihnachtsschmuck und den Kranz erblickte.

„Wieder Bastelstunde?", erkundigte sie sich grinsend und wandte sich dann gleich direkt an Dagmar: „Ich würde mal Pause machen, wenn das in Ordnung ist, Frau Gothe."

Und da die ihre Zustimmung signalisierte, verließ sie

176

das Wohnzimmer und kurz darauf das Haus. Die beiden Schwestern kramten weiter in der Kiste und legten die Teile auf die Bettdecke, welche traditionell für den Adventskranz bestimmt waren: kleine Glaskugeln zum Einstecken, Holzfigürchen, Sterne aus Blech und die vier Kerzenhalter. Nachdem sie alles aussortiert hatten, ordneten sie es auf dem Kranz hübsch an. Erst jetzt fiel ihnen beiden auf, dass sie natürlich auch noch passende Kerzen besorgen mussten, aber das konnten sie auch morgen noch erledigen. Mit zufriedenem Blick beobachtete Dagmar, wie ihre Schwester den Kranz auf dem Wohnzimmertisch platzierte und dann einzelne daneben gefallene Nadeln aufsammelte, um sie zusammen mit dem Zeitungspapier in den Mülleimer zu werfen.

„Du, hatten wir nicht noch Orangensaft im Kühlschrank?", fragte sie dann unvermittelt. „Könntest du mir ein Glas davon holen?"

Eine gute Idee! Darauf hatte Elisabeth jetzt auch Appetit, also ging sie in die Küche, füllte zwei Gläser voll mit Saft und kam zurück ins Wohnzimmer. Wahrscheinlich hatte sie dann das Glas zu schnell losgelassen und nicht darauf geachtet, dass Dagmar es sicher greifen konnte. Jedenfalls krampften deren Hände sich mit einem Mal ruckartig zusammen, sodass ihr das bauchige Glas entglitt, und sein Inhalt sich über ihren Pullover ergoss. Der Schreck stand ihr für einen Moment ins Gesicht geschrieben, genau wie Elisabeth wohl auch. Dann griff sie nach unten, um das Glas am weiteren Hinunterrollen zu hindern. Als Elisabeth endlich auch aus ihrer Starre erwachte, nahm sie es ihrer Schwester ab und schob die Bettdecke beiseite, damit nicht auch die sich noch mit Saft vollsaugen konnte. Dagmars Pullover jedoch war getränkt davon.

„Na toll!", äußerte die in sarkastischem Ton, und Elisabeth eilte zurück in die Küche, um ein Handtuch zu holen, mit dem sie ein wenig der Flüssigkeit aufsaugen

177

konnte. Aber der Pullover musste gewechselt werden, daran führte kein Weg vorbei.

„Wo hast du denn frische Sachen?", erkundigte sie sich nach einem kleinen Seufzer, und Dagmar deutete auf eine Kommode neben dem Regal.

„Wir haben ein paar Teile da hineingeräumt."

Tatsächlich lagen dort ordentlich gefaltet einige Pullover, Unterhemden, Hosen und weitere Unterwäsche, und Elisabeth holte auf Dagmars Wunsch hin einen roten Pullover und ein Unterhemd heraus.

„Ich fürchte, die Hose hat auch etwas abgekriegt", stellte Dagmar fest, nachdem ihre Schwester ihr geholfen hatte, das erste saftgetränkte Kleidungsstück über den Kopf zu ziehen. Also zogen sie nicht nur das Unterhemd, sondern auch die Hose mit aus, und Elisabeth warf alles auf einen Haufen neben der Tür. Dagmar berührte ihren Bauch mit spitzen Fingern.

„Ich muss mich waschen, das klebt ja alles!", meinte sie dann mit verzogenen Mundwinkeln.

Deshalb nahm Elisabeth die feuchten Kleider und das Handtuch mit nach oben in den ersten Stock, um sie dort in den Wäschekorb zu werfen, und holte aus dem Schrank im Badezimmer einen Waschlappen und ein frisches Handtuch. Sie fand auch eine kleine Kunststoffwanne, die sie mit warmem Wasser füllte und mit nach unten ins Wohnzimmer nahm. Den feuchten Lappen reichte sie dann ihrer Schwester, die unbeholfen danach griff und über ihren Oberkörper wischte. Die Spastik machte ihr das Greifen und gezielte Führen des Lappens offenbar schwer, und allmählich wurde Elisabeth bewusst, welche Art von Pflege Dagmar benötigte.

„Soll ich dir helfen?", fragte sie schließlich vorsichtig, obwohl sie Angst hatte, Dagmar damit zu verletzen. Die jedoch reichte ihrer großen Schwester den Lappen und erwiderte:

„Wäre gut, wenn du noch mal drüber wischen könntest."

Und das machte Elisabeth. Es war seltsam, ihre Schwester so halbnackt vor sich zu sehen und ihren Körper zu reinigen, aber es war kein unangenehmes Gefühl. Sie konnte es nicht richtig greifen, aber irgendwie gefiel sie sich in der Rolle der Pflegenden. Ihrer Schwester etwas Gutes tun zu können, fühlte sich wunderbar an, und als die beim Abtrocknen genüsslich ausatmete und „Jetzt fühle ich mich wieder sauber" sagte, da erfüllte Elisabeth plötzlich eine tiefe Zufriedenheit, die sie nicht für möglich gehalten hätte. Unwillkürlich musste sie daran denken, dass ihre Schwester selbst womöglich eine ähnliche Erfahrung gemacht hatte, deshalb fragte sie, während sie Lappen und Handtuch beiseitelegte:

„Wie war es für dich, als du Mutter gepflegt hast?"

Dagmar sah erst überrascht auf, dann hob sie ihre Arme an, um sich in das Unterhemd helfen zu lassen. Während sie es langsam hinunterzog, blickte sie nachdenklich auf das Ende des Bettes.

„Manchmal fand ich es natürlich schwer, sie leiden zu sehen. Du weißt ja, wie gerne sie Dinge selbst erledigt hat. Es war hart für sie, immer unselbständiger zu werden", erwiderte sie dann und wandte sich zu ihrer Schwester, um sich auch in den Pullover helfen zu lassen.

„Aber... ich war froh, dass ich für sie da sein konnte. Das hat mir viel gegeben. Es überrascht mich selbst manchmal, aber das war eine meiner glücklichsten Zeiten mit ihr, glaube ich. Ich habe alles so intensiv erlebt irgendwie." Dagmar machte eine Geste, wie um zu bekräftigen, was sie nicht besser in Worte zu fassen vermochte. Elisabeth nickte stumm dazu.

Gemeinsam zogen sie den Pullover über ihrem Oberkörper glatt, wobei Dagmars Blick seinen nachdenklichen Ausdruck nicht verlor, und sie wirkte, als wäre sie weit fort im Land der Erinnerungen.

179

„Als sie plötzlich nicht mehr da war, habe ich mich echt verlassen gefühlt", fügte sie schließlich mit leiser Stimme hinzu.

Elisabeth konnte auf einmal nicht anders, als einen gewissen Neid zu empfinden. Neid und Bedauern. So war das mit den Chancen im Leben: irgendwann waren sie alle verstrichen, wenn man sie nicht ergriff. Und sie selbst hatte es geschehen lassen, dass sie sich in ihrem eigenen Kummer vergraben und nur noch gearbeitet hatte, anstatt für ihre Mutter da zu sein, die immer kränker wurde. Sie seufzte leise und räumte die Waschschüssel auf den Wohnzimmertisch.

„Irgendwann ist alles vorbei", murmelte sie, und ihre Stimme musste wohl sehr niedergeschlagen geklungen haben, denn Dagmar hob den Kopf und blickte ihr direkt ins Gesicht.

„Reden du und Johannes gar nicht mehr miteinander?", fragte sie ohne Überleitung, und beim Klang von Johannes' Namen zuckte Elisabeth innerlich zusammen. Sie schluckte, und da sie nicht in der Lage war sofort zu antworten, holte sie irgendeine saubere Hose aus der Kommode und begann, sie über Dagmars Füße zu ziehen.

„Er war hier", antwortete sie schließlich nach Minuten des Schweigens. „Er wollte reden."

Dagmar blickte sie neugierig an als erwarte sie eine Fortführung der Erzählung. Doch als die nicht kam, ließ sie sich wieder zurücksinken und meinte leise, während sie nach der Hand ihrer Schwester griff: „Ist vielleicht kein schlechter Anfang, oder?"

Und da ihre große Schwester auch nach einigen Minuten nicht darauf reagierte, sondern sich nur stumm hinunterbeugte, um die Hosenbeine geradezuziehen, fügte sie leiser hinzu: „Du hast doch gesagt, dass du ihn noch liebst."

Als Elisabeth endlich den Kopf hob, hatte sie Tränen in

180

den Augen. Sie ließ sich auf die Bettkante sinken und rieb mit der Hand über ihr Gesicht.

„Ich weiß nicht, was ich machen soll", flüsterte sie schließlich in die Stille.

Ihre Schwester blickte sie einen Moment lang einfach nur an. Dann griff sie nach dem Telefon, das noch immer neben ihr auf dem Bett lag, und reichte es Elisabeth, ohne ein weiteres Wort zu sagen.

KAPITEL NEUNZEHN

Es war längst wieder dunkel draußen, als Elisabeth an dem Lokal ankam. In einer großen Laterne davor flackerte Kerzenlicht und von drinnen zog der Duft von Räucherstäbchen und Essen nach draußen, sodass Elisabeth unwillkürlich Appetit bekam. Aber zugleich war ihr auch ziemlich übel, während sie die Stufen zur Eingangstür hochstieg. Übel und schwindelig. Seit dem Frühstück hatte sie nichts mehr hinuntergebracht.

Warme Luft schlug ihr entgegen, sobald sie die Tür geöffnet hatte und eintrat, und sie nahm den Kellner kaum wahr, der sie freundlich willkommen hieß. Unruhig schweifte ihr Blick durch den Raum und blieb abrupt an dem bekannten Gesicht haften. Johannes schien sie im selben Moment entdeckt zu haben, denn er stellte ruckartig das Glas zurück auf den Tisch, das er wohl eben zum Mund hatte führen wollen. Mit unsicheren Schritten trat Elisabeth zu ihm.

Seine Haare fielen ins Gesicht, und die Ärmel seines dunkelgrünen Pullovers hatte er hochgeschoben. Darunter trug er ein weißes Hemd, dessen Kragen jedoch schief aus dem Pullover heraushing, und Elisabeth musste den Impuls unterdrücken, ihn geradezuziehen. Johannes stand von seinem Stuhl auf und rieb sich nervös mit den Händen über die Hosenbeine.

„Ich habe mich sehr über deinen Anruf gefreut", sagte er nach einem kurzen „Hallo". Seine Hand berührte Elisabeth kurz am Arm, aber er schien ebenso wenig wie sie zu wissen, wie er sich verhalten sollte. Also setzten sie sich beide nach kurzem Zögern einander gegenüber. „Magst du etwas trinken?", fragte er und winkte auf ihr

Nicken hin dem Kellner zu. Erst nachdem sie ein Glas Rotwein und ein Mineralwasser bestellt hatte, zog sie ihren Mantel aus und hängte ihn über die Stuhllehne. Johannes beobachtete sie dabei, dann lehnte er sich vor und räusperte sich.

„Es ist schön, dass du dich gemeldet hast", wiederholte er. „Morgen wäre ich wohl wieder abgereist."

Elisabeth konnte ihren überraschten Blick nicht verstecken.

„Warst du die ganze Zeit hier in der Gegend? Seit du an Dagmars Haus aufgekreuzt bist?"

Der Mann vor ihr nickte und ignorierte ihren ungewollt schnippischen Ton.

„Ich wohne im Hotel am Park", gab er dann Auskunft, und Elisabeth warf ihm einen weiteren erstaunten Blick zu. Wie viele Tage war das jetzt her, dass er plötzlich vor der Tür gestanden hatte? Das bedeutete ja, dass er sich seit mindestens fünf oder sechs Tagen hier im Ort aufhielt!

„Ich habe Urlaub genommen", erklärte er auf ihre unausgesprochene Frage hin.

Der Kellner brachte Elisabeths Getränke und erkundigte sich, ob sie beide auch etwas zu Essen bestellen wollten, sie lehnten jedoch ab. Keinen Bissen hätte Elisabeth nun hinuntergebracht, so aufgeregt fühlte sie sich. Ihr Innerstes schien ein einziger schmerzender Klumpen zu sein, und sie musste sich immer wieder zwingen, tief und ruhig zu atmen. Diesen Mann nun zu sehen, wie er ihr gegenüber saß mit seiner großen Statur und seinem typischen Duft, fühlte sich anders an als alles, was sie je empfunden hatte. Sie kannten sich schon so lange und dementsprechend vertraut wirkte seine Gegenwart. Doch zugleich hatte er etwas Fremdes an sich, so als hätte er sich verändert in den knapp sechs Monaten nach ihrer Trennung. Die hellen Strähnen in seinem braunen Haar schienen mehr geworden zu sein, und auch die Falten in seinem Gesicht, besonders um die Augen herum. So als hätte er lange nicht mehr richtig geschlafen. Wann hatte sie ihn das letzte Mal richtig betrachtet und sich ernsthaft gefragt wie es ihm ging als sie noch zusammenwohnten? Sie war unachtsam gewesen in der Vergangenheit, das wurde ihr nun klar. Zu sehr auf sich selbst und ihren eigenen Schmerz fixiert.

„Wie geht es dir?", fragte sie schließlich, einesteils um etwas zu sagen, anderenteils weil sie es wirklich wissen wollte. Er zuckte daraufhin mit den Schultern und antwortete nach einer Pause, den Blick auf sein Bierglas gerichtet: „Ich weiß es nicht."

Mit solch einer Ehrlichkeit hatte Elisabeth nicht gerechnet. Es hätte ihm eher ähnlichgesehen, wenn er einfach behauptet hätte, dass alles im Lot sei. Aber es schien, als hätte er jegliche Kraft für belanglosen Smalltalk eingebüßt, denn mit einem traurigen Ausdruck in den grauen Augen, fuhr er unvermittelt fort:

„Ich habe dich alleine gelassen, Liz, das tut mir so leid." Elisabeth musste bei diesen Worten schlucken und nippte rasch an ihrem Weinglas, um Zeit zu gewinnen. Mit Erklärungen hatte sie gerechnet, mit Rechtfertigungen und vielleicht auch Vorwürfen, aber nicht mit dieser Ehrlichkeit. Sie schluckte erneut und nickte nur, weil ihr einfach keine passenden Worte einfallen wollten. In ihrem Kopf schwirrten so viele Gedanken ungeordnet umher, und es war ihr gerade unmöglich, sie zu sortieren, geschweige denn verständlich auszusprechen. Diese vielen Emotionen hatte sie für sich selbst noch nicht sortiert, und im Moment dominierte nur die Sehnsucht in ihr. Sehnsucht nach früher, nach Glückseligkeit und nach der Zeit, in der nichts zwischen ihnen gewesen war als grenzenlose Liebe.

„Wir haben wohl beide Fehler gemacht", antwortete sie schließlich versöhnlich aber auch abschließend. Johannes schien zu verstehen, dass sie im Moment nicht

184

in der Lage war, ein tieferes Gespräch über Fehler und Schuld zu führen, denn er lehnte sich auf seinem Stuhl etwas zurück und wechselte das Thema:

„Wie geht es dir denn? Du bist ja schon eine Weile bei deiner Schwester."

Das stimmte, mittlerweile waren es fast zehn Wochen, die sie hier in ihrer Heimat verbracht hatte. Kein Wunder, dass ihr die Arbeit und alles, was damit zusammenhing, sehr weit weg erschien! So viel hatte sich seitdem verändert, vor allem in ihr drin, aber es war schwer, das in Worte zu fassen, deshalb zuckte sie mit den Schultern.

„Ich habe viel nachgedacht...", fing sie langsam an, und als sie nicht weitersprach, hakte Johannes nach:

„Markus hat mir erzählt, dass du gekündigt hast." Sie ließen beide diesen Satz eine Weile im Raum stehen, bis Elisabeth nickte und ihr Weinglas zum Mund hob.

„Ich will nicht mehr so leben wie früher", sagte sie schließlich leise und trank den letzten Schluck aus. Sie wollte Veränderung, einen Neubeginn... aber Johannes, diesen Mann, den sie immer noch liebte, wollte sie schon gerne wieder in ihrem Leben haben. Sie wollte die glücklichen Zeiten zurückholen. War das überhaupt möglich?

„Hast du jemand Neues?", traute sie sich schließlich zitternd ihre dringlichste Frage auszusprechen. Die Sekunden schienen endlos lange zu ticken, bis Elisabeth endlich seine leise Stimme vernahm: „Nein, Liz, es gibt niemanden."

Seine Hände spielten mit dem halbleeren Bierglas, das vor ihm auf dem Tisch stand, und auch sein Blick war darauf gerichtet.

„Ich weiß, dass viel Ungutes zwischen uns passiert ist, aber vielleicht können wir trotz allem Freunde sein?", fuhr er dann fort und hob den Kopf. Er schaute sie einen Moment lang nur an, und es schien ihn einige Kraft zu kosten, die nächsten drei Worte auszusprechen: „Du fehlst mir."

Elisabeth spürte Gänsehaut über ihren Körper rasen, und die Schwere in ihrer Brust wurde etwas weniger. Doch so schön diese Worte sich anhörten und sie tief berührten, so unmittelbar meldete sich in ihr auch eine warnende Stimme.

‚Er hat dich so verletzt! Du darfst jetzt nicht leicht zu haben sein!'

Und dann, aus einer anderen Ecke ihres Bewusstseins: ‚War es wirklich seine Schuld gewesen?'

Johannes hatte sie verletzt, ja, aber tief in sich drin war Elisabeth gewiss, dass er das nie mit Absicht getan hatte. Sie hatten aneinander gelitten, an ihrer beider Unzulänglichkeiten und an ihrer Unfähigkeit, alle Gefühle, auch Schmerz und Trauer, gemeinsam zu durchleben. Daran war keiner von ihnen Schuld, das wurde Elisabeth nun klar. Aber dennoch fiel es ihr schwer, eine passende Reaktion auf seine Worte zu finden, deshalb bedeutete sie ihm mit ihrem Nicken lediglich, dass sie sie zur Kenntnis genommen hatte. Er akzeptierte das schweigend, und es entstand eine Pause zwischen ihnen. Um sie herum murmelten die Stimmen der anderen Gäste wirr durcheinander und bildeten eine konstante Geräuschkulisse gepaart mit dem Klappern von Gläsern und Besteck. Am Nebentisch wurden große Teller voller Speisen gebracht, unter anderem Nachos, bei deren Anblick Elisabeth nicht verhindern konnte, dass ihr das Wasser im Mund zusammenlief. Sofort fühlte sie sich in eine Zeit vor einigen Jahren zurückversetzt, in der Johannes zum ersten Mal in ihrer gemeinsamen Küche diese leckeren Ecken mit Käse und Salsasoße zubereitet hatte. Elisabeth hatte so etwas natürlich schon einmal gegessen davor, aber noch niemals selber zubereitet, und sie war positiv überrascht gewesen, wie schnell sich alles in der Mikrowelle mit dem Käse überbacken ließ.

186

Bei diesem einen Mal war es bei Weitem nicht geblieben. Fast jede Woche hatten sie sich diese Mahlzeit eine Zeitlang gegönnt wie ein Ritual nach einer gelungenen Arbeitswoche. Eine Erinnerung aus ihrer glücklichen Zeit zusammen...

Elisabeth musste unwillkürlich schmunzeln, aber auf Johannes´ fragenden Blick erklärte sie nicht warum. Stattdessen fragte sie: „Wie geht es dir in der Firma?"

Ihr Mann zögerte mit seiner Antwort, so als müsse er zuerst darüber nachdenken, dann zuckte er mit den Schultern.

„Passt alles", meinte er dann knapp. „Es sind gute Aufträge reingekommen."

Auf Elisabeths höfliche Nachfrage erzählte er ein wenig mehr über die Kunden und seine aktuellen Projekte, und Elisabeth entging dabei das Funkeln in seinen Augen nicht. Johannes liebte diese Arbeit, gerade weil sie ihn ununterbrochen auf Trab hielt und ständig mit neuen Menschen in Kontakt brachte. Zwei Aspekte, die auch sie selbst daran geliebt hatte, als die Arbeit noch so etwas wie Erfüllung bedeutet hatte. Umso bewundernswerter fand Elisabeth es nun, dass er schon so viele Tage hier verbracht hatte. Offenbar war es ihm wirklich wichtig gewesen, mit ihr zu sprechen.

Auf einmal reckte Johannes seinen Hals zur Seite und schnupperte in Richtung Nebentisch.

„Hm... die Nachos riechen gut. Langsam kriege ich doch Hunger." Elisabeth musste unwillkürlich lächeln. Johannes wusste schließlich, wie gerne sie Nachos mochte, mehr noch als er selber, und er erwiderte ihr Lächeln als er sich ihr wieder zuwandte.

„Was wirst du denn jetzt beruflich machen?", erkundigte er sich, und Elisabeth fand seine Haltung dazu erstaunlich offen und freundlich. Gerade von ihm hätte sie Vorwürfe oder Belehrungen erwartet, weshalb sie ihre Karriere so wegwarf ohne Ziel und Verstand. Aber er schien ernsthaft interessiert, als sie ihm von dem Vogelhaus erzählte, das sie gebaut hatte.

„Ich will wieder mehr mit meinen eigenen Händen machen", erklärte sie.

„Wie ich das beruflich umsetzen kann, weiß ich noch nicht genau. Erst müssen wir mal abwarten, was jetzt mit Dagmar wird."

Sie betrachtete kurz den schillernden Rand ihres Weinglases, ehe sie einen Schluck trank. Es stimmte, sie hatte keinen Plan, wie es weitergehen sollte mit ihr. Aber irgendwo tief in ihr drin, hatte sich in den letzten Tagen ein Keim Vertrauen gebildet, Vertrauen in das Leben.

„Ich möchte einfach mal schauen, wohin mich das Leben treibt", schloss sie leise und schaute zu Johannes, um seine Reaktion mitzubekommen. Der nickte nur bedächtig und betrachtete sie eine Weile schweigend, bis er schließlich grinste und die Hand in Richtung Bedienung hob.

„Komm, ich bestelle uns jetzt ein paar Nachos."

Als sie sich an diesem Abend nach fast vier Stunden verabschiedeten, fühlte Elisabeth sich müde aber seltsam befreit. Eine ganze Weile waren sie und Johannes nach dem Essen noch draußen umher spaziert, oftmals auch schweigend, und das war eine ganz neue Erfahrung für sie beide gewesen. Sie konnten diese Dinge, die zwischen ihnen passiert waren, nicht an einen Abend lösen, aber das heutige Treffen, das spürte Elisabeth, war ein guter Anfang gewesen.

Sie befand sich also in richtig guter Laune, als sie ihr Auto vorm Haus parkte und dann die Haustür aufschloss. Der Flur war dunkel, und ein Blick auf ihr Handy sagte Elisabeth, dass es schon nach neun war und Dagmar und Sabine womöglich schon schliefen. Deshalb zog sie sich so leise wie möglich Schuhe und Mantel aus und schlich über den Gang zur Treppe. Doch gerade als sie den ersten Fuß daraufsetzen wollte, hörte sie aus dem Wohnzimmer ein Geräusch. Die Tür stand angelehnt, also öffnete Elisabeth sie nach kurzem Zögern. Es brannte ein kleines Licht. Dagmar saß halb aufrecht im Bett, den Kopfteil der Matratze hatte sie nach oben gefahren. Sie hielt ein Taschentuch in der Hand und mehrere benutzte Tücher lagen vor ihr auf der Decke verteilt. Als Elisabeth eintrat, blickte sie auf und zog die Nase hoch.

„Ah, du bist zurück", ließ sie mit tränenerstickter Stimme vernehmen und wischte sich mit dem Tuch über die Augen. Elisabeth ließ diese Feststellung unbeachtet im Raum stehen. Sie trat zu dem Pflegebett und berührte ihre Schwester am Arm.

„Dagmar, was ist passiert?", fragte sie besorgt. Dagmar schaute sie einen Moment lang nur an. Dann hob sie ihre Hand und ließ sie kraftlos wieder fallen.

„Ich bin ziemlich down gerade", antwortete sie dann leise, was kaum nötig gewesen wäre, denn es war ihr deutlich anzusehen. Haarsträhnen hingen ihr feucht von Tränen ins Gesicht, das rot glänzte vom Weinen. Ihr ganzer Oberkörper schien eingefallen, ihre Haltung in sich zusammengesunken. Die Finger krampften sich um das Taschentuch, sodass Elisabeth sich auf die Bettkante setzen und diese Hand in ihre nehmen musste, um sie festzuhalten. Ein paar Minuten saßen die Schwestern so schweigend nebeneinander, Dagmar schniefte von Zeit zu Zeit. Schließlich schluckte sie und rief weinerlich:

„Warum ich? Ich habe doch mein halbes Leben noch vor mir!"

Ihre Finger krallten sich dabei in Elisabeths Hände und gaben ein Stück des Schmerzes an sie weiter, und da Elisabeth nicht wusste, was sie darauf antworten konnte, blieb sie still und hielt einfach nur die Hand ihrer Schwester weiter fest. Sie konnte diese Wut in Dagmar so gut verstehen, und dennoch spürte sie, dass es kei-

189

nen Sinn hatte, sich auf derartige Fragen einzulassen. Was hatte das Ganze für einen Sinn? Welchen das Leben überhaupt?

Eine erneute Welle des Schluchzens überkam Dagmar, und Elisabeth tat nichts, als einfach bei ihr zu sitzen und ihre Hand zu halten. Schmerz wollte gespürt werden, das hatte sie selbst bitter erfahren, und er ließ sich nicht verdrängen oder wegarbeiten. Zu oft hatte sie sich in der Vergangenheit beschäftigt gehalten, um nicht spüren zu müssen, was in ihrem Inneren bebte, doch so sehr sie sich auch abgelenkt hatte, die Trauer, Wut und Verzweiflung hatten immer wieder ihren Platz eingefordert. Schmerz wollte gespürt werden...

Als das Schluchzen langsam verebbte, schnäuzte Dagmar sich abermals die Nase und atmete ein paarmal tief durch. Elisabeth betrachtete ihr erschöpftes Gesicht, und mit einem Mal fand sie den Mut zu einer Frage, die sie schon länger mit sich herumtrug:

„Kannst du dich an den Unfall eigentlich erinnern?"

Dagmar blickte sie einen Moment lang an, dann putzte sie sich noch einmal die Nase und warf das Taschentuch zu den anderen auf die Bettdecke.

„An nicht sehr viel davon", antwortete sie dann. „Ich weiß nur noch, wie plötzlich dieses Tier vor mir auf die Straße gesprungen ist."

„Das Reh?", hakte Elisabeth nach, und Dagmar nickte. „Den Baum habe ich gar nicht gesehen, ich kann mich nur an einen unglaublichen Schlag erinnern." Mit der Hand berührte sie die linke Seite ihres Kopfes, mit der sie gegen die Scheibe geknallt sein musste beim Aufprall gegen den Baum.

„Aber ab da ist alles dunkel. Ich kann mich erst wieder an das Krankenhauszimmer erinnern", schloss Dagmar ihre Erzählung.

„Hattest du Angst, als der Unfall passierte?", stellte Elisabeth nach einer kurzen Pause ihre drängendste Frage, aber ihre Schwester schüttelte den Kopf.

„Eigentlich nicht. Das ging alles viel zu schnell."

Auch wenn sie nicht genau sagen konnte warum, erfüllte Elisabeth diese Erkenntnis mit Erleichterung. Den schrecklichen Gedanken, dass ihre kleine Schwester alleine dort draußen auf der Straße Todesangst ausgestanden haben könnte, hatte sie in den letzten Monaten immer wieder verdrängt, denn das war es, was sie sich selbst als das Schlimmste ausgemalt hatte. Nicht das Erwachen in einem Krankenhaus und auch nicht die Schmerzen der Verletzungen, zumal sie alle zu Anfang so gewirkt hatten, als würden sie wieder verheilen und alles wieder so werden wie früher.

Eine ganze Weile saßen die beiden Schwestern noch beieinander, bis schließlich die Müdigkeit beide überkam, Elisabeth sich verabschiedete und nach oben ging.

KAPITEL ZWANZIG

Elisabeth erwachte nach einer gut geschlafenen Nacht frisch und erquickt. Von Urlaub hatte sie geträumt und von einem wunderschönen Strand, was sie mit einem wonnigen Gefühl hatte erwachen lassen. Nachdem sie sich im Badezimmer frischgemacht und angezogen hatte, ging sie die Treppe hinunter ins Erdgeschoss. Vom Wohnzimmer konnte sie Helgas Stimme hören, die vom Geräusch der Vorhänge untermalt wurde, welche sie offenbar schwungvoll aufzog: „So, möchten Sie aufstehen, Frau Gothe?"

Als Elisabeth den Raum betrat und das Gesicht ihrer Schwester sah konnte sie feststellen, dass Dagmar wohl nicht so gut geschlafen hatte wie sie selber, denn dunkle Ringe zierten ihre blinzelnden Augen. Sie hob ihre Hand vors Gesicht, um sich von dem hellen Tageslicht abzuschirmen. Ihre Schwester schien sie noch nicht bemerkt zu haben.

„Als ob ich jemals wieder aufstehen würde", hörte Elisabeth sie raunen, und in ihrer Stimme schwang solch eine Bitterkeit mit, dass es Elisabeth die Kehle zuschnürte. Auch Helga schien das zu bemerken, denn sie warf Elisabeth einen alarmierten Blick zu und trat dann zu ihrer Patientin ans Bett.

„Entschuldigung, Frau Gothe, aber Sie wissen, wie ich das meine", sagte sie in einfühlsamem Ton und tätschelte der Liegenden den Arm. Die nickte, ließ ihre Hand vom Gesicht sinken, und nun schien sie auch ihre Schwester zu bemerken, denn sie warf ihr einen langen Blick zu. Dann streckte sie ihre Glieder.

„Ich weiß", erwiderte sie dann, „ich habe nur schlecht

geschlafen." Die Krankenpflegerin nickte verständnisvoll. „Vielleicht tut es Ihnen gut, wenn ich Ihnen die Haare wasche?", schlug sie vor, und Dagmar nickte, nachdem sie mit ihren Fingern über ihren Kopf gefahren war. Helga schob den Nachtkasten zur Seite und fuhr das Bett in die richtige Höhe, um Dagmar im Bett zu waschen. Dann wandte sie sich zur Tür, und Elisabeth vermutete, dass sie die kleine Wanne, Handtücher und weitere Utensilien holen wollte. „Also, wenn Sie hier wohnen möchten, dann brauchen Sie eine rolligerechte Dusche hier im Erdgeschoss", sagte sie im Hinausgehen. „Das ist ja kein Zustand so!" Elisabeth hockte sich vor dem Kaninchenkäfig auf den Boden und öffnete seinen Deckel. Mit den Fingern klaubte sie ein paar Köttel und Futterreste sowie feuchtes Heu vom Boden auf und sammelte diesen Müll auf einem Zeitungsblatt, das sie gleich im Garten auf dem Kompost entsorgen wollte. Dann gab sie frisches Heu und Futter in den Käfig und verschloss ihn wieder. Susi ließ alles ohne Widerstand geschehen, selbst als Elisabeth das kleine Häuschen anhob, um frisches Heu hineinzuschieben. Die beiden Jungtiere schliefen eng an die Kaninchendame angekuschelt. Es kam Elisabeth so vor, als hätten sie schon ein wenig Flaum bekommen. Als Helga mit den Waschutensilien zurückkehrte, erhob sie sich und wandte sich zur Tür, um sie mit Dagmar alleine zu lassen. Das Vogelhäuschen stand noch immer auf dem Wohnzimmertisch, und als nun ihr Blick darauf fiel, kam ihr spontan eine Idee. „Ich glaube, ich stelle das Häuschen direkt vor der Terrasse an dem großen Busch auf", sagte sie zu ihrer Schwester und nahm das Haus in beide Hände. „Dann kannst du es vom Bett aus sehen." Sie hoffte, Dagmar damit aufheitern zu können, und ein Blick in deren Gesicht zeigte ihr, dass sie zumindest ein

193

wenig Erfolg hatte, denn Dagmar lächelte leicht und hielt ihren Daumen hoch.

Im Garten bedeckte eine dünne Schneeschicht die Wiese, alle Büsche und Bäume, und es ging ein kühler Wind. Im Keller hatte Elisabeth die Rundholzstangen bereits miteinander verschraubt und eine kleine Holzplatte mit einem Loch darin am oberen Ende befestigt. Auch der Boden des Häuschens hatte ein Loch, durch das Elisabeth nun eine lange Schraube schob, welche unter der kleinen Holzplatte am Ständer herauskam und mit einer Flügelmutter fixiert wurde. So hielt die ganze Konstruktion stabil und wackelte nicht, als Elisabeth sie nahe der Terrasse aufstellte.

Wie sie dann zurücktrat und ihr Werk betrachtete, umspielte ein zufriedenes Lächeln ihren Mund. Genau in dem Moment, als sie sich umdrehen und ums Haus zurück zur Haustür gehen wollte, wurde die Terrassentür geöffnet und Dagmar erschien in der Tür, ein Handtuch um ihren Kopf gewickelt.

„Sieht super aus!", kommentierte sie und zeigte erneut ihren erhobenen Daumen. Ihre Laune schien sich deutlich gebessert zu haben, denn mit einem Grinsen sprach sie gleich weiter:

„Hey, was hältst du von Plätzchenbacken? Wir könnten doch ein paar Zutaten besorgen und dann heute Backtag machen."

Backtag… das hatte ihre Mutter immer gesagt, wenn sie sich mit ihren Mädchen in der Küche der Weihnachtsbäckerei gewidmet hatte. ‚Heute machen wir Backtag…'

Seit Jahren hatte Elisabeth nicht mehr gebacken, nicht einmal einen Kuchen, aber unwillkürlich tauchten in ihrer Erinnerung süße Düfte nach Teig und Weihnachtsgewürzen auf.

„Gute Idee!", rief sie deshalb und zeigte nun ihrerseits den erhobenen Daumen. Damit war es beschlossen.

194

In der Küche stand noch das alte Backbuch, und die Schwestern brauchten nicht lange, um sich ihre Lieblingsrezepte herauszusuchen. Helga verabschiedete sich in ihre Pause, während sie mit ihrer Einkaufsliste zum Supermarkt aufbrachen. Mehl, Zucker, Butter, Eier, Zimt, Nüsse, Mandeln, Puderzucker, Vanille, Kardamom, Kakao, Kuvertüre... sie ließen sich Zeit damit, alle Zutaten in dem Geschäft zusammenzusuchen. Zu guter Letzt packten sie noch zwei Tiefkühlpizzen in den Einkaufswagen, damit sie nach dem Backen nicht noch etwas zu Mittag würden kochen müssen. Elisabeth hievte die große Einkaufstasche auf den Rücksitz ihres Autos, bevor sie Dagmar beim Umsetzen half und dann den Rollstuhl im Kofferraum verstaute. „Ich glaube, wir fangen mit den Vanillekipferln an", meinte Dagmar, während sie vom Parkplatz des Supermarktes fuhren. „Hm, oder doch mit den Zimtsternen...?", sinnierte sie weiter, sodass Elisabeth unweigerlich das Wasser im Mund zusammenlief, und ihr der Magen knurrte. Mit einem Grinsen knuffte sie ihre Schwester in die Seite. „Hör auf, da kriege ich gleich noch mehr Appetit! Ich habe seit gestern Abend nichts mehr gegessen!", rief sie, und Dagmar grinste ebenfalls. Dann jedoch nahm ihr Gesicht auf einmal einen ernsteren Ausdruck an, mit dem sie ihre Schwester von der Seite betrachtete. „Wie war eigentlich das Treffen mit Johannes?", fragte sie unvermittelt. Elisabeth musste angesichts dieses abrupten Themenwechsels erst einmal tief durchatmen. „Ganz gut, denke ich", antwortete sie dann. „Wir haben uns ein wenig aussprechen können." Zumindest hatte sie erfahren, dass ihr Mann sie vermisste und nun bereit war, über das Vergangene zu sprechen. Ob Elisabeth es selbst schon konnte, wusste sie nicht, denn im Moment sehnte sie sich nur nach einem Neubeginn, ohne dabei in den alten Wunden stochern zu müssen. Aber wie genau dieser Neubeginn aussehen sollte, wusste sie auch nicht. Wie gesagt, sie hatte keinen Plan...

„Na, siehst du, vielleicht kommt ihr ja doch wieder zusammen. Schließlich kennt ihr euch schon so lange", gab sich Dagmar optimistisch.

Dazu nickte Elisabeth nur und hielt ihren Blick auf die von Nässe glitzernde Straße gerichtet. Rings herum lagen noch vereinzelte Haufen Schnee an den Straßenrändern, aber die tauten stetig weiter, am schnellsten dort, wo die Sonnenstrahlen hinfanden. Fast konnte man bei diesem Tauwetter sogar Frühlingsgefühle bekommen, aber natürlich lag der größte Teil des Winters noch vor ihnen. Bis zum Frühjahr, dem Neubeginn der Natur, würde es noch eine Weile dauern.

„Wir werden sehen", reagierte Elisabeth endlich auf Dagmars Worte, während sie das Auto vorm Haus am Straßenrand parkte. Dann zwang sie sich zu einer heiteren Miene, stieg aus, ging um das Auto herum und öffnete die Beifahrertür. Ihre gute Laune vom Morgen wollte sie sich jetzt um keinen Preis durch trübe Gedanken nehmen lassen!

„Jetzt wird erst einmal gebacken", sagte sie, während sie schwungvoll den Rollstuhl auseinanderklappte und neben ihre Schwester schob. Die blickte kurz überrascht drein, dann schmunzelte sie.

„Allerdings! Jetzt habe ich auch riesigen Appetit auf Plätzchen!", keuchte sie sobald sie in ihrem Rollstuhl saß. Mit den Einkäufen in der Hand folgte Elisabeth ihr zum Haus. Sie hatte gerade die Haustür hinter sich geschlossen und die Einkaufstasche an der Küchentür abgestellt, als sie wahrnahm, wie ihr Handy in der Handtasche vibrierte. Während sie mit ihrer Schwester weiter in Richtung Wohnzimmer ging, öffnete sie sie, steckte ihre Hand hinein, kramte das Handy hervor und ließ die Tasche dann achtlos auf das Sofa plumpsen, während sie auf das Display starrte. Es war Johannes. Nach einem flüchtigen Blick zu Dagmar trat sie wieder hinaus auf den Gang, und erst als sie in der Küche stand und noch einmal ruhig durchgeatmet hatte, nahm sie den Anruf mit klopfendem Herzen an.

Die Verbindung war schlecht, und sie mussten laut sprechen, um einander zu verstehen, denn wie sich herausstellte, saß Johannes im fahrenden Auto.

„Schön, dass ich dich erreiche", sagte er nach seiner Begrüßung. „Bist du gestern gut heimgekommen?"

Elisabeth bejahte das. Da sie mit dem Auto, Johannes jedoch nur zu Fuß zum Lokal gekommen waren, hatte es sich wirklich nicht angeboten, dass er sie nach Hause brachte.

„Ich wollte mich verabschieden. Ich fahre gerade zurück", fuhr er fort, während in seiner Nähe jemand hupte. Offenbar herrschte viel Verkehr auf der Straße, auf der er fuhr.

„Mein neuer Kunde hat um einen dringenden Termin gebeten", erklärte er, und Elisabeth antwortete: „Ah, verstehe..."

Da schon wieder jemand neben ihm hupte, rief Johannes, dass er leider Schluss machen müsse, und sie verabschiedeten sich knapp.

„Aber ich kann ja bald mal wieder kommen", schob er noch schnell hinterher. „Ich komme gerne wieder, wenn du das möchtest, Liz. Vielleicht in zwei Wochen?" Elisabeth schaffte es gerade noch, ihre Zustimmung auszudrücken, bevor die Verbindung jäh abbrach.

Dieses Angebot kam unerwartet und überraschte Elisabeth positiv, denn sie hatte mit einer erneuten Funkstille zwischen ihnen beiden gerechnet, wenn er zurückfuhr und nur noch arbeiten würde. Aber offensichtlich war auch er ernsthaft an einer Art Neubeginn interessiert. War es möglich, die alten Wunden zwischen ihnen verheilen zu lassen? Schon wieder trübe Gedanken,

197

die ihr den Tag versauen wollten! Mit einem beherzten Seufzer legte Elisabeth das Handy auf den Küchentisch und ging schwungvollen Schrittes zurück zum Wohnzimmer.

„So, wollen wir anfangen?", rief sie beim Eintreten, doch Dagmars Gesichtsausdruck ließ sie abrupt stehenbleiben. Ihre Schwester wirkte irritiert, fast wie aufgeschreckt, und ihre Augen waren groß, wie sie nun hochschaute. Zwischen ihren krummen Fingern hielt sie das kleine blaue Büchlein, das Elisabeth immer dabeihatte, und sein Anblick ließ Elisabeth zusammenzucken. Es musste herausgefallen sein, als sie die Tasche auf das Sofa geworfen hatte! Unwillkürlich machte sie einen Schritt nach vorne und hob ihre Hände, woraufhin Dagmar ihren Fund unbeholfen auf das Sofa zurücklegte.

„Es tut mir leid, ich wollte nicht hineinsehen... es ist offen auf die Couch gefallen... Ich konnte nicht anders, es tut mir leid", stammelte sie.

Elisabeth fühlte sich unfähig, etwas zu sagen. Wie in Trance trat sie zum Sofa und starrte auf das Büchlein, das nun unordentlich neben ihrer Handtasche lag. Ihr Lippenstift war ebenfalls aus der Tasche gerollt. Die Sekunden tickten auf der Wanduhr hinweg, bis endlich Dagmar erneut sprach: „Für wen sind diese Briefe?"

Ihre Stimme klang leise und irgendwie zittrig. Langsam griff Elisabeth nach vorne und nahm das Buch in ihre Hand. Obwohl es klein war, fühlte es sich auf einmal unerwartet schwer an.

„Für mein Wunschkind", antwortete sie nach endlosen Minuten und ließ sich langsam auf das Sofa sinken. Ihre Finger strichen über den rauen Einband des Buches, wie sie es schon unzählige Male getan hatten. An manchen Stellen wies das Papier Unebenheiten auf, nämlich dort, wo Elisabeths Tränen es getränkt hatten. Sie hob den Kopf, sah ihrer Schwester direkt ins Gesicht und fügte nach ein paar tiefen Atemzügen hinzu:

„Fast fünf Jahre lang haben wir versucht, ein Kind zu bekommen. Es hat nie geklappt."

Dagmars Augen waren noch immer groß auf sie gerichtet, und es war ihr anzusehen, dass es ihr schwerfiel, das eben Gehörte zu verarbeiten. Elisabeth hatte mit ihr nie über den Wunsch nach Kindern gesprochen, und so beruflich eingespannt, wie sie immer gewesen war, hatte Dagmar wahrscheinlich schlicht angenommen, dass dies nie ein Thema für ihre Schwester gewesen war.

„Wollte Johannes dich deswegen verlassen?", fragte sie nun, beugte sich etwas nach vorne und machte Anstalten, nach Elisabeths Hand zu greifen, ließ es dann aber bleiben.

War es so? Elisabeth wusste nicht, ob das der einzige Grund gewesen war, aber mit Sicherheit ein wichtiger Aspekt. Johannes gehörte leider zu den Männern, die sich wirklich Kinder wünschten. Eigentlich hatte er den Wunsch stärker empfunden als sie selbst, vermutete Elisabeth, und sie hätte alles getan, um ihm, nein, ihnen beiden, diesen Traum zu erfüllen. Nun schob sie das Büchlein langsam in die Handtasche zurück und schloss deren Reisverschluss. Dann hob sie kraftlos ihre Hände und ließ sie wieder in ihren Schoß fallen.

„Als wir Kinder wollten, waren wir einfach schon zu alt", seufzte sie leise und ließ Dagmars Frage unbeantwortet.

Auf einmal kam ihre Schwester ganz nahe an das Sofa heran, beugte sich soweit sie konnte nach vorne und legte Elisabeth ihre Arme um die Schultern.

„Oh, Elisabeth, das tut mir so leid!", flüsterte sie in die Haare der älteren Schwester.

Die Umarmung währte eine ganze Weile. Dagmars Arme fühlten sich warm an, und ihre innige Berührung ließ in Elisabeth Tränen aufsteigen. Als sie sich endlich voneinander lösten, bemerkte sie, dass auch die Augen ihrer Schwester feucht waren. Fast synchron holten sie

199

Taschentücher aus ihren Hosentaschen und mussten dann darüber lachen, während sie sich schnäuzten. Und dann begaben sie sich in die Küche, um den Backtag beginnen zu lassen.

KAPITEL EINUNDZWANZIG

Warum waren sie nicht früher auf die Idee gekommen? Elisabeth würde ihre eigene Wohnung in der Stadt verkaufen und mit dem so gewonnenen Geld eine Hälfte des Hauses und des Grundbesitzes wieder zurück erwerben. Auf diese Weise konnten sie beide erst einmal in dem Haus wohnen und Dagmar ihren Unterhalt zunächst mit ihrem Vermögen bestreiten. Auf einmal war alles so klar! Sie hatten sich an einen Anwalt gewandt, der alles Nötige für den Verkauf vorbereiten sollte. Elisabeth war froh, sich mit diesen Dingen nicht im Detail herumschlagen zu müssen, denn es war Mitte Dezember, und sie konnte sich einer gewissen weihnachtlichen Stimmung nicht entziehen. Im Radio liefen jetzt schon ab und zu Weihnachtslieder, auch knapp zehn Tage vor dem Heiligen Abend. Jede Fahrt in den Ort offenbarte die Freude der Menschen dort an festlicher Dekoration, denn viele Häuserfassaden und Balkone zierten Lichterketten in verschiedensten Farben. Dazwischen waren Weihnachtsmann- oder Rentierfiguren platziert, und an vielen Fensterscheiben klebten Papiersterne.

Als Elisabeth ihrer Schwester den Vorschlag bezüglich des Elternhauses unterbreitete, war deren Blick zunächst von Skepsis und Ungläubigkeit geprägt.

„Du willst hier wohnen und mich pflegen?", fragte sie so vorsichtig nach, dass Elisabeth nicht anders konnte, als ihr die Hand auf den Arm zu legen.

„Einen ambulanten Pflegedienst sollten wir schon engagieren. Aber ja, ich habe vor, hier mit dir zu wohnen, zumindest erst einmal. Und dann schauen wir, was sich ergibt, sowohl bei dir als auch für mich."

Unausgesprochen schwang die Frage mit, ob es für sie und Johannes noch eine Chance auf eine gemeinsame Zukunft geben würde. Mal sehen, was kommt... auch beruflich. Elisabeth spielte mit dem Gedanken, sich hier in der Nähe zu bewerben auf eine Stelle, bei der sie nicht so viel verdiente wie früher, aber dafür mehr freie Zeit zur Verfügung hatte. Auch wenn ihr Abgang in der Firma unschön gelaufen war, würde Markus ihr sicher ein gutes Zeugnis schreiben, mit dem sie auf dem Arbeitsmarkt gute Chancen haben sollte.

„Okay, dann lass uns das versuchen", antwortete Dagmar auf ihre Überlegungen schließlich. „Aber ich warne dich: es kann passieren, dass du mir mal den Hintern abwischen musst."

Unwillkürlich dachte Elisabeth an ihren Ausflug in den Baumarkt zurück, an diese für sie ganz neue Erfahrung. Sie schmunzelte, und mit einem Zwinkern sagte sie: „Das Risiko gehe ich ein."

Dagmar hatte mittlerweile ein Gespräch mit der Leitung der Werkstatt für Behinderte geführt und sich dazu entschlossen, es dort zumindest einmal auszuprobieren. Auf diese Weise würde sie Susi und die anderen Bewohner der *WG 7* regelmäßig sehen, und darauf freute sie sich, wie es Elisabeth schien. Wahrscheinlich würde es sinnvoll sein, auch die Therapiepraxis zu nutzen, die sich mit im Haus befand, aber das konnte sie erst im nächsten Jahr in Angriff nehmen. Jetzt befanden sich dort schon alle Mitarbeiter im Weihnachtsurlaub, und auch die beiden Schwestern hatten in den wenigen Tagen vor Heiligabend noch einiges zu erledigen. Das ganze Erdgeschoss wollten sie schön schmücken mit dem alten Weihnachtschmuck aus dem Keller: Papiersterne, glitzernde Girlanden und jede Menge Kerzen. Sie besorgten auch einen schönen mittelgroßen Tannenbaum, den sie im Wohnzimmer nahe Susis Käfig auf-

202

stellten. Die Kaninchendame beäugte das neue Stück Natur zuerst misstrauisch, kümmerte sich nach ein paar Minuten jedoch nicht mehr darum.

Dagmar kannte einen guten Biobauern in der Nähe, der sehr auf die artgerechte Haltung seiner Tiere achtete, denn das war ihr wichtig. Deshalb fuhren die beiden Schwestern dorthin und besorgten einen großen Weihnachtsbraten für Heiligabend. Viel zu groß eigentlich für zwei Personen, wie sie beide feststellten, als sie das gute Stück in die Küche gebracht hatten.

„Da essen wir ja noch im Januar davon", meinte Dagmar, während sie die Papiertüte hin und her drehte. Wahrhaftig, da hatten sie beide sich wirklich übernommen, dachte Elisabeth. Das passierte, wenn man hungrig einkaufen ging! Doch auf einmal kam ihr eine tolle Idee.

„Weißt du was? Lass uns Frau Schleifer einladen. Die Arme sitzt wahrscheinlich an Weihnachten ganz alleine in ihrem Haus."

Auch Dagmar fand die Idee gut, und deshalb holten sie gleich das Telefon und riefen bei der Nachbarin an.

„Das ist aber nett von euch!", freute die sich aufrichtig. „Da komme ich gerne! Ich hatte vorgehabt, ins Seniorenzentrum zu gehen, aber die Arthrose macht mir bei der Kälte zu schaffen."

„Ich kann Sie abholen", bot Elisabeth sofort an. „Sagen wir, so um sechzehn Uhr?"

Und dann war er endlich da, der Weihnachtsabend. Die Lichter des Baumes leuchteten wunderschön und aus der Küche zog verführerisch der Duft des Bratens durchs ganze Haus. Wie Elisabeth erwartet hatte, war Frau Schleifer eine wunderbare Köchin, denn sie zauberte mühelos aus ein paar Zutaten eine Soße zu dem Braten. Dazu machten sie zusammen Knödel und Rotkohl mit einer Prise Zimt darauf. Sabine hatte sich am frühen Nachmittag verabschiedet, nachdem Elisabeth ihr versichert hatte, dass das in Ordnung war. Sie hatte keine Zweifel, dass sie ihrer Schwester selbst alle Unterstützung bieten konnte, die sie an diesem Tag noch benötigte, auch ohne Pflegekraft.

Zwar war der Tisch in der Küche nicht wirklich groß genug für ein festliches Essen, aber für sie drei reichte der Platz gerade so aus. Und als sie auf der Fensterbank noch Kerzen anzündeten, hätte die Stimmung kaum gemütlicher sein können.

„Ach, ist das schön!", seufzte Frau Schleifer, nachdem sie mit dem Wein angestoßen hatten, den die alte Dame mitgebracht hatte. In ihren Augen spiegelte sich das Flackern der Kerzen wider, während sie fast feierlich in die Runde sprach: „Nennt mich doch Annemarie. Das hätten wir schon viel früher machen sollen."

Dieses Angebot nahmen die beiden Schwestern gerne an, und die drei Frauen hoben erneut ihre Gläser zum Anstoßen. Dann ließen sie sich das köstliche Essen schmecken.

Fast zwei Stunden saßen sie dort in der Küche, aßen, lachten und unterhielten sich prächtig. Annemarie hatte einige Erinnerungen auf Lager, davon auch ein paar über Elisabeth und Dagmar, bei denen sie ja des Öfteren zum Babysitten gewesen war.

„Das weiß ich noch gut, wie ihr beiden euch spät abends einmal in den Garten geschlichen habt! Und mir ist fast das Herz stehengeblieben, als ich eure leeren Betten gesehen habe!"

„Ja, da wollten wir unbedingt eine Nachtwanderung machen", warf Dagmar ein und weckte damit auch Elisabeths Erinnerung. Acht und zehn mussten sie beide ungefähr gewesen sein und überzeugt davon, dass es in der Nacht draußen von Geistern und finsteren Gestalten wimmelte. Aber viel mehr als nasse Füße und einen Schnupfen hatten sie sich dabei nicht geholt. Und eine ordentliche Standpauke von ihren Eltern.

„Oder wisst ihr noch, wie ihr das nasse Zeitungspapier außen an die Hauswand geworfen habt? Da hatte euer Vater einiges zu tun, um das wieder alles runter zu kratzen!"

Oh ja, das wusste Elisabeth noch ganz genau, denn es war eine der seltenen Gelegenheiten gewesen, zu denen sie ihren Vater wirklich wütend erlebt hatte. Auch Dagmar schien sich zu erinnern, denn sie warf ihrer Schwester einen belustigten Blick zu, während sie ihre Gabel auf den leeren Teller legte.

Sämtliches schmutziges Geschirr, auch die Töpfe, räumten sie kurzerhand in die Spülmaschine, sodass die Küche gleich wieder ordentlich aussah. Schließlich wollten sie diesen schönen Weihnachtsabend nicht mit Aufräumen verbringen, sondern sich in das gemütliche Wohnzimmer neben den Baum setzen.

„So, jetzt ist Bescherungszeit", erklärte Dagmar, schob ihren Rollstuhl vor ihr Bett und deutete darunter.

„Rausholen musst du es selber", grinste sie ihre Schwester an.

Tatsächlich lag unter dem Bett recht weit hinten ein großer Karton. Relativ flach war er und unerwartet leicht, als Elisabeth ihn hervorzog. Ein schlichter Karton mit einer roten Schleife darum. Dagmar fuhr zurück neben das Sofa, und Elisabeth folgte ihr und setzte sich, das Geschenk auf ihrem Schoß festhaltend.

„Mach es auf", drängte Dagmar, noch bevor sie etwas sagen konnte, also zog sie die Schleife auf und öffnete den Deckel der Verpackung. Unter den gespannten Blicken der anderen hob sie vorsichtig einige Schaumstoffpolster hoch, bis darunter eine flache schwarze Tasche zum Vorschein kam, und als sie deren Reisverschluss öffnete, konnte sie einen Ausruf nicht zurückhalten: „Wo hast du die denn her?"

In der Tasche lag weich gebettet eine dieser Harfen, wel-

205

che sie mit ihrer Schwester zusammen in dem Wohnheim kennengelernt hatte. Das helle Holz schimmerte wunderbar glatt und duftete herrlich, und schon die leichteste Berührung der Saiten entlockte dem Instrument wunderschöne Klänge. Dazu lag in der Tasche ein Satz Blätter mit verschiedenen Liedern, die man als Noten unter die Saiten schieben sollte.

„Frau Bucher hatte gute Kontakte", grinste Dagmar, sichtlich zufrieden, dass ihr die Überraschung gelungen war. Langsam ließ Elisabeth ihre Finger über die glatte Oberfläche der Harfe gleiten und legte dann gerührt die Hand auf ihre Brust.

„Vielen Dank, Dagmar", sagte sie schließlich mit Tränen in den Augen und umarmte ihre Schwester innig.

„Mein Geschenk für dich steht draußen", fuhr sie dann fort, und ihr entging Annemaries freudiger Blick nicht, die Elisabeth vor zwei Tagen in ihre Pläne eingeweiht hatte. Ein rascher Blick auf die Uhr: es war soweit. Letzte Woche noch hatte sie befürchtet, das Wetter könnte ihr einen Strich durch die Rechnung machen, aber rechtzeitig hatte es wieder wunderbar zu schneien begonnen, sodass diese abgelegene Straße ganz weiß bedeckt war. Frau Schleifer lächelte wissend, während sie sich anzogen.

„Ich wünsche euch viel Spaß! Bis später!", rief sie ihnen hinterher, als Elisabeth die Tür öffnete. Dagmar brachte beim Anblick, der sich ihr draußen bot, nicht mehr als ein „Wow" hervor, das sich vermischte mit dem sanften Schnauben und Stampfen der beiden braunen Pferde im Schnee.

206

EPILOG

Jingle Bells... leise klangen die Glocken, die an dem Schlitten vorne befestigt waren, und Elisabeth konnte gar nicht ausmachen, wie viele es waren. Der Duft der Pferde erfüllte die kalte Luft, in der jedes Ausatmen weiße Wolken hinterließ, um sich sogleich in der Unsichtbarkeit zu verlieren. Unter dicken Decken saßen die beiden Schwestern warm eingekuschelt auf der hinteren Bank des Schlittens, und als der Kutscher die Peitsche in der Luft leise schnalzen ließ, da lief Elisabeth eine Gänsehaut über den ganzen Körper, so schön war das. Das Gefährt setzte sich mit einem Ruckeln in Bewegung, sodass die beiden Laternen am Kutschersitz ordentlich schaukelten, doch Elisabeth stellte überrascht fest, dass die Kufen des Schlittens dann ganz sanft über die Schneefläche glitten. Nur dann und wann ruckelte es noch, wenn sie über eine Wurzel oder einen Schneehügel fuhren. Sie verließen die Straße recht schnell und bogen auf einen breiten Pfad ab, der in den Wald hineinführte. Irgendwo im Dunkeln war ein Flattern in den Bäumen zu hören, die von den Laternen angestrahlt nur als dunkle Silhouetten wahrnehmbar waren. Ein leichter Windhauch ging, und wo die beiden Frauen durch die Baumkronen hindurch einen Blick auf den Himmel erhaschen konnten, leuchteten ihnen die Sterne entgegen.

Dagmar saß ruhig auf der Bank, die Decke eng um sich gewickelt. Ihr Blick haftete wie gebannt auf dem Schimmern des Laternenlichtes, das sich auf den Metallbeschlägen der Kutsche spiegelte. Ab und zu rieb sie ihre Hände aneinander.

„Ist dir kalt?", fragte Elisabeth, und als ihre Schwester bejahte, bückte sie sich nach ihrer Tasche, die zu ihren Füßen stand und holte daraus eine Thermoskanne und zwei Becher. In dem schwachen Laternenlicht und bei der stetigen Fahrtbewegung, war es nicht ganz einfach, heißen Tee in die Becher zu gießen, und mehr als ein Schluck ging daneben, aber Dagmars Augen leuchteten regelrecht, als Elisabeth ihr half, den warmen Becher mit der Hand zu umfassen. Die kalte Luft um sie herum bildete einen wunderbaren Kontrast zu dem heißen Getränk, das Elisabeth nun auch ihre eigene Kehle hinunterrinnen ließ und das ihre Brust von innen herrlich wärmte. Der Tee duftete nach Zimt und Orangen, weihnachtliche Aromen, die Appetit auf mehr machten.

„Warte, ich habe noch etwas mitgenommen."

Damit griff Elisabeth erneut in die Tasche und förderte eine Keksdose zutage mit verschiedenen Plätzchen und Lebkuchen darin, die sie zusammen gebacken hatten.

Dagmar schloss genüsslich ihre Augen, während sie von einem Vanillekipferl abbiss.

„Das ist echt schön, Elisabeth. Vielen Dank", ließ sie dann vernehmen, ohne die Augen zu öffnen. Und plötzlich überzog ein breites Grinsen ihr Gesicht, und sie blickte ihre Schwester schelmisch an, während sie hinzufügte:

„Fehlt jetzt nur noch, dass du mir was auf der Harfe vorklimperst, als Weihnachtsengel sozusagen!"

Elisabeth musste unwillkürlich auflachen, und Dagmar tat es ihr gleich, ausgelassen wie die Kinder, die sie einst gewesen waren. Ein wunderbares Gefühl durchströmte auf einmal Elisabeths Herz, ein Gefühl voller Dankbarkeit und Empfänglichkeit für alles, was das Leben noch bereithalten würde. Dieses wundervolle Leben. Die beiden Schwestern lachten lange aus tiefstem Herzen miteinander, während die Lichter der Laternen durch die Nacht funkelten.

Ende

INFORMATION

Weitere Titel der Autorin:

Informationen und Leseproben sind auf dem Youtube-Kanal der Autorin erhältlich
(Kanalname: „Julia Rösner"):

https://www.youtube.com/channel/UCmbEWTed-rYTlTrxu4KkWoQ

211